한눈팔기

道草(1915)
夏目漱石

나쓰메 소세키 소설 전집 13
한눈팔기

초판 1쇄 발행 2016년 6월 25일
초판 5쇄 발행 2024년 6월 10일

지은이 | 나쓰메 소세키
옮긴이 | 송태욱
펴낸이 | 조미현

편집주간 | 김현림
교정교열 | 장미향
디자인 | 나윤영

펴낸곳 | (주)현암사
등록 | 1951년 12월 24일 · 제10-126호
주소 | 04029 서울시 마포구 동교로12안길 35
전화 | 365-5051 · 팩스 | 313-2729
전자우편 | editor@hyeonamsa.com
홈페이지 | www.hyeonamsa.com

ISBN 978-89-323-1797-7 04830
ISBN 978-89-323-1674-1 04830(세트)

이 도서의 국립중앙도서관 출판예정도서목록(CIP)은 서지정보유통지원시스템(http://seoji.nl.go.kr)과
국가자료종합목록시스템(http://www.nl.go.kr/kolisnet)에서 이용하실 수 있습니다.
(CIP제어번호 CIP2016014078)

나쓰메 소세키 소설 전집 ⑬

한눈팔기

송태욱 옮김

ᄒ 현암사

소세키의 책 중에 작은 판형으로
제작된 책들이 있는데, 장식성이
뛰어나다.(1914~1918)

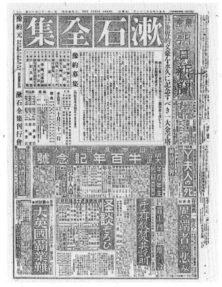

소세키 전집 발간 기사(《아사히 신문》)

소세키 사후 1주년 기념으로 출간된
최초의 소세키 전집(이와나미쇼텐, 1917)

소세키 산방 서재에서(1907). 소세키는 이곳에서 『우미인초』, 『산시로』, 『마음』 등을 집필했다.

도쿄제국대학 강사 시절. 졸업생과 함께(1906)

다섯 살 무렵의 소세키(1872)

도쿄제국대학 재학
시절의 소세키(1892)

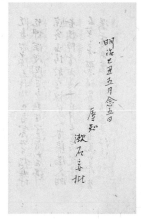

1889년 발매된 마사오카 시키의 시문집《나나쿠사슈》에 비평과 함께
9편의 칠언절구 시를 덧붙이면서 처음으로 '소세키'라는 호를 사용한다.

소세키가 『나는 고양이로소이다』와 『도련님』을 집필한 집 (1903~1906년 거주)

소세키는 슬하에 2남 5녀를
두었다.(1915)

두 아들과 소세키(1914)

소세키 산방의 서재 모습(1917)

소세키 산방에서(1912)

소세키가 애용한 문방구와 특별히
디자인한 원고용지 판목

『한눈팔기』(이와나미쇼텐, 1915)

소세키가 아끼던 오동나무 화로

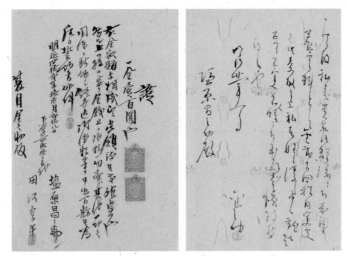

입양 보냈던 소세키를 다시 복적시킬 때 소세키가 양아버지 시오바라 쇼노스케 앞으로 보낸 문서(오른쪽). 이 문서를 근거로 21년 후에 양아버지가 돈을 요구해 소세키는 '금 일 백 엔'을 지불한다. 왼쪽 문서는 양아버지가 '모든 관계를 끊는다'고 적은 〈증서〉

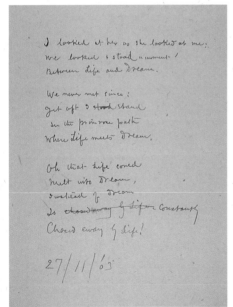

소세키의 자필 영시,
〈무제〉(1903)

아사히 신문사 입사 직후의 소세키(1907)

차 례

1

먼 데서 돌아온 겐조[1]가 고마고메[2] 안쪽에 살림을 차린 것은 도쿄를 떠난 지 몇 해 만의 일일까. 그는 고향 땅을 밟는 각별함 속에 어떤 쓸 쓸함마저 느꼈다.

겐조의 몸에는 새로이 뒤로 내다 버린 먼 나라의 냄새가 아직 들러 붙어 있었다. 그는 그 냄새가 싫었다. 한시라도 빨리 그 냄새를 떨어

---

1 겐조는 영국에서 산 적이 있다. 이는 구마모토의 제5고등학교 교원으로 재직할 당시 문부성 으로부터 영어 연구를 위해 영국에 유학하라는 명령을 받고 1900년 9월에 출발해 1903년 1월에 귀국한 소세키의 체험을 소재로 하고 있다. 그러나 겐조가 살았던 나라가 영국이라는 것은 소설 중반을 지날 때까지 나타나지 않는다. 겐조의 직업에 대해서도 마찬가지다. 『한눈팔기』가 자전적 성격을 띤 작품이고 겐조가 소세키 자신을 소재로 한 인물이라는 것은 널리 알려져 있다. 그러나 겐조를 어떤 시기의 소세키라고 하거나, 『한눈팔기』를 소세키의 체험을 그대로 옮겨놓은 소설이 라고 단정하는 의견에는 비판이 많다. 예컨대 '먼 데'도 소세키가 유학했던 런던이라고 한정할 게 아니라 고향 도쿄 이외의 장소에서 겐조가 겪은 다양한 체험이라는 측면에서 "먼 데서 돌아온" 의미를 생각해야 한다는 의견도 있다.

2 영국에서 귀국한 소세키는 1903년 3월부터 1906년 12월까지 도쿄 시 혼고 구 고마고메 센 다기초 57번지의 셋집에서 살았다. 이 집은 모리 오가이(森鷗外)가 1890년 10월부터 1892년 1월 까지 살았던 집이기도 한데, 현재는 아이치 현의 박물관으로 옮겨져 보존되어 있다.

내버려야 한다고 생각했다. 하지만 그 냄새 속에 숨어 있는 자신의 자부심과 만족감은 알아채지 못했다.

겐조는 이런 기분을 느끼는 사람에게서 흔히 볼 수 있는 차분하지 못한 태도로 센다기에서 오이와케로 빠지는 길[3]을 하루에 두 번씩 규칙적으로 오갔다.

가랑비가 내리는 어느 날이었다. 겐조는 외투도 우비도 걸치지 않고 달랑 우산만 받친 채 늘 가는 길을, 늘 가는 시각에 혼고 쪽으로 걸어가고 있었다. 인력거꾼 집을 막 지났을 때 겐조는 뜻밖의 사람과 마주쳤다. 그는 네즈 신사(神社) 뒷문 쪽 언덕길을 올라와 겐조와는 반대로 북쪽을 향해 걸어온 모양인지 겐조가 무심코 앞길을 바라보았을 때 20미터쯤 앞에서부터 이미 시선에 들어왔던 것이다. 겐조는 엉겁결에 시선을 옆으로 돌렸다.

겐조는 모른 체하고 그 사람 옆을 지나치려고 했다. 하지만 다시 한 번 남자의 용모를 확인할 필요가 있었다. 그래서 4, 5미터 거리로 가까워졌을 때 다시 눈을 그 사람 쪽으로 돌렸다. 그런데 진작부터 그쪽에서는 겐조의 모습을 가만히 지켜보고 있었다.

거리는 한적했다. 두 사람 사이에는 그저 가는 빗줄기만 끊임없이 떨어질 뿐이어서 서로의 얼굴을 확인하는 데는 아무런 어려움이 없었다. 겐조는 곧바로 눈을 돌려 다시 정면을 향해 걷기 시작했다. 하지만 상대는 길가에 멈춰선 채 전혀 발길을 옮길 기색도 없이 그가 지나가는 것을 가만히 지켜볼 뿐이었다. 자신이 발걸음을 옮김에 따라 남자의 얼굴도 조금씩 따라 도는 것을 알아차릴 수 있을 정도였다.

3 겐조는 도쿄 대학 정문 앞길로 나가게 되는데, 이 통근 코스는 센다기에서 도쿄 대학, 일고 (一高)로 다니는 소세키의 통근 코스와 일치한다.

겐조는 그 남자를 몇 해나 만나지 않았을까. 겐조가 그 남자와 인연을 끊은 것은 그가 채 스무 살이 될까 말까 한 오래전 일이다. 그때부터 지금까지 십오륙 년의 세월이 흘렀지만, 그사이 그들은 한 번도 얼굴을 마주한 적이 없다.

겐조의 지위도 처지도 그 시절과는 아주 딴판으로 달라졌다. 검은 수염을 기르고 중산모자[4]를 쓴 지금의 모습과 까까머리였던 예전 모습을 비교해보면 자신이 생각해도 격세지감을 느끼지 않을 수 없었다. 그런데 상대는 전혀 변하지 않았다. 아무리 따져봐도 예순대여섯은 되었을 텐데, 그 사람의 머리가 왜 아직도 예전처럼 까만 것인지 겐조는 속으로 의아했다. 모자도 쓰지 않고 외출하는 옛날 버릇을 지금도 고수하고 있는 그 사람의 특색도 이상한 느낌을 주었다.

겐조는 물론 그 사람을 만나는 게 달갑지 않았다. 혹시 만나더라도 그가 자신보다 근사한 차림이었으면 좋겠다고 생각했다. 하지만 오늘 직접 본 그 사람은 누가 봐도 그다지 유복한 처지에 있는 것 같지 않았다. 모자를 쓰지 않은 것이야 그 사람의 자유라고 해도 하오리[5] 등의 차림새로 판단하건대 아무래도 중류 이하의 생계를 꾸리고 있는 저잣거리의 노인네로밖에 보이지 않았다. 겐조는 그 사람이 쓰고 있던 박쥐우산이 무명실과 털실로 짠 묵직해 보이는 천으로 만든 것이었다는 것까지 알아차렸다.

그날 겐조는 집으로 돌아와서도 길에서 만난 남자를 잊을 수 없었다. 이따금 길가에 서서 가만히 자신을 지켜보던 그 사람의 눈초리에

---

4 꼭대기가 둥글고 불룩한 예장용의 서양 모자. 메이지 시대 대학의 교원은 예장을 하고 교단에 서는 것이 관례였다. 여기서 겐조의 직업을 짐작할 수 있다.

5 기모노 위에 걸쳐 입는 짧은 겉옷.

시달렸다. 하지만 아내에게는 아무 말도 하지 않았다. 기분이 안 좋을 때는 아무리 하고 싶은 말이 있어도 아내에게 이야기하지 않는 것이 겐조의 버릇이었다. 아내도 잠자코 있는 남편에게 딱히 볼일이 있을 때 말고는 결코 말을 걸지 않는 여자였다.

2

다음 날 겐조는 또 같은 시각에 같은 곳을 지나쳤다. 그다음 날도 지나갔다. 하지만 모자를 쓰지 않은 남자는 어디에서도 나타나지 않았다. 겐조는 기계적으로 또 의무적으로 같은 길을 오갔다.

이렇게 아무 일도 없는 날이 닷새가 이어지고 엿새째 되는 날 아침, 모자를 쓰지 않은 남자가 돌연 네즈 신사의 언덕길 뒤에서 나타나 겐조를 불안하게 했다. 얼마 전과 거의 같은 장소였고 시간도 거의 다르지 않았다.

그때 겐조는 상대가 자신에게 다가오는 것을 의식하면서 늘 가는 길을 기계적으로 또 의무적으로 걸어가려고 했다. 하지만 상대방의 태도는 정반대였다. 어느 누구라도 불안을 느끼지 않을 수 없을 만큼 두 눈에 힘을 주고 그를 응시했다. 틈을 보아 겐조에게 다가오려는 의도가 흐리멍덩한 눈동자 안에서 또렷이 읽혔다. 되도록 가차 없이 옆을 지나친 겐조는 이상한 예감이 들었다.

'아무래도 이게 끝이 아닐 것 같다.'

그러나 그날 집으로 돌아와서도 겐조는 결국 아내에게 모자를 쓰지 않은 남자 이야기를 하지 못했다.

겐조와 아내가 결혼한 것은 7, 8년 전 일이다. 그 시절에는 이 남자와의 관계가 진작 끊긴 상태였고, 게다가 고향인 도쿄에서 결혼한 것도 아니라서 아내가 직접 그 사람을 알 리는 없었다. 하지만 그냥 그 사람에 대한 이야기 정도라면 어쩌면 겐조 자신이 말했을지도 모르고 또 자신의 친척에게서 들어 알고 있을지도 모르는 일이었다. 어느 쪽이든 겐조에게는 문제가 되지 않았다.

다만 이와 관련하여 지금도 이따금 겐조가 떠올리는 결혼 후의 한 가지 사건이 있다. 5, 6년 전 겐조가 아직 지방에 있던 무렵의 일이다. 어느 날 돌연 여자 필체로 쓴 두툼한 편지가 그의 사무실 책상에 놓여 있었다. 그때 그는 이상하다는 표정으로 편지를 읽었다. 하지만 아무리 읽고 또 읽어도 다 읽을 수가 없었다. 반지(半紙) 20장 정도에 깨알 같은 글씨로 빈틈없이 쓴 것이었는데, 5분의 1쯤 대충 훑어보고 나서 그는 끝내 아내의 손에 건네고 말았다.

그때 겐조는 자신에게 그런 장문의 편지를 보낸 여자의 정체를 아내에게 설명할 필요가 있었다. 그리고 그 여자와 관련하여 어떻게든 모자를 쓰지 않은 남자를 예로 들어 설명하지 않으면 안 되었다. 겐조는 그렇게 할 수밖에 없었던 과거의 일을 기억하고 있었다. 하지만 감정이 변덕스러운 자신이 아내에게 어느 정도 소상하게 설명해주었는지는 벌써 잊어버렸다. 아내는 여자 일이라 아직 또렷이 기억하고 있겠지만, 지금의 그는 그런 일을 새삼스럽게 그녀에게 캐물어볼 마음이 일지 않았다. 겐조는 장문의 편지를 보낸 여자와 모자를 쓰지 않은 남자를 나란히 놓고 생각하는 것이 몹시 싫었다. 그것은 그의 불행한 과거를 떠올리게 하는 매개체가 되기 때문이었다.

다행히 겐조는 지금 그런 일에 신경 쓸 여유가 없었다. 그는 집으로 돌아와 옷을 갈아입자마자 곧장 서재로 들어갔다. 그는 늘 다다미 여섯 장짜리 좁은 방에 자신이 할 일이 산더미처럼 쌓여 있는 듯한 기분이었다. 하지만 사실을 말하자면 일을 한다기보다는 해야 한다는 자극이 훨씬 강하게 그를 지배하고 있었다. 자연히 그는 초조해질 수밖에 없었다.

젠조가 먼 데서 가져온 책 상자를 이 방에서 열었을 때, 그는 산더미 같은 서양 책들 속에 일주일이고 이주일이고 책상다리를 하고 앉아 지냈다. 그리고 뭐든 손에 잡히는 것을 집어 들고 닥치는 대로 두세 페이지씩 읽었다. 그 때문에 정작 중요한 서재 정리는 아무리 시간이 지나도 진척되지 않았다. 마지막에는 그런 꼬락서니를 보다 못한 한 친구가 와서 순서나 권수에 상관없이 모든 책을 책장에 꽂아 넣고 말았다. 그를 아는 많은 사람들은 그를 신경쇠약[6]이라고 했다. 그는 그것을 자신의 성격이라고 믿었다.

3

젠조는 사실 그날그날의 일에 쫓기고 있었다. 집에 돌아와서도 마음 편히 보낼 수 있는 시간이 없었다. 게다가 읽고 싶은 걸 읽거나 쓰고 싶은 걸 쓰거나 생각하고 싶은 문제를 생각하려고 했다. 그래서 그의 마음은 거의 여유라는 것을 몰랐다. 그는 내내 책상 앞에 달라붙어 있었다.

6 유학과 귀국 전후의 소세키가 신경쇠약 기미가 있었다는 것은 소세키의 『문학론』의 서(序, 1907)나 『나쓰메 소세키 평전(漱石の思ひ出, 근간)』에 쓰여 있다.

오락을 즐길 만한 곳에도 좀처럼 발길을 할 수 없을 만큼 바쁘게 지내는 그에게 어느 날 친구가 우타이[7]를 배워보지 않겠느냐고 해서 완곡하게 거절했지만, 그는 마음속으로 다른 사람에게는 어떻게 그런 여유가 있을까 하고 좀 놀랐다. 그러나 시간에 대한 자신의 태도가 마치 수전노의 그것과 비슷하다는 사실은 전혀 깨닫지 못했다.

자연스럽게 겐조는 사교를 피해야 했다. 사람도 피해야 했다. 머리와 활자의 교섭이 복잡해질수록 고독에 빠져들지 않을 수 없었다. 그런 때 그는 어슴푸레하게 쓸쓸함을 느끼는 경우도 있었다. 하지만 한편으로는 또 마음속 깊은 곳에 이상하게 뜨거운 덩어리가 있다는 자신감을 갖고 있었다. 그러므로 삭막한 광야를 걸어가는 생활을 하면서도 오히려 그것을 당연하게 여겼다. 인간의 따뜻한 피를 말라붙게 한다고는 결코 생각하지 않았다.

겐조는 친척들로부터 괴짜 취급을 받았다. 하지만 그것이 그에게 대단한 고통이 되지는 않았다.

'교육 수준이 다르니 어쩔 수 없지.'

그의 머릿속에는 늘 이런 답변이 있었다.

"역시 자화자찬이네요."

이는 늘 아내가 내놓는 해석이었다.

안타깝게도 겐조는 아내의 이런 비판을 그냥 넘길 수가 없었다. 그런 말을 들을 때마다 불쾌한 표정을 지었다. 어느 날은 자신을 이해하지 못하는 아내를 진심으로 지긋지긋하게 생각했다. 어느 날은 마구 꾸짖었다. 또 언젠가는 다짜고짜 꼼짝 못하게 윽박질렀다. 그럴 때면

---

7 일본의 전통 가면극인 노(能)의 가사에 가락을 붙여 노래하는 것.

그의 울화통 소리는 아내의 귀에 허세를 부리는 사람의 말처럼 울렸다. 아내는 '자화자찬'이라는 네 글자를 '허풍쟁이'라는 네 글자로 정정할 뿐이었다.

겐조에게 형제라고는 배다른 누나[8] 한 명과 형 한 명이 다였다. 친족이라고 해봐야 그 둘밖에 없지만 불행히도 그 두 집과도 별로 친하게 왕래하지 않았다. 자신이 누나나 형과 소원해졌다는 이상한 사실은 그에게 그다지 기분 좋은 일이 아니었다. 하지만 그는 친족 간의 교제보다는 자신의 일이 더 중요했다. 그리고 도쿄로 돌아온 뒤로 이미 두세 번 그들과 얼굴을 마주했다는 기억도 그에게는 다소의 변명이 되어주었다. 만약 모자를 쓰지 않은 남자가 갑자기 그의 앞길을 막지 않았다면 그는 여느 때처럼 센다기의 거리를 하루에 두 번씩 규칙적으로 오갈 뿐 당분간 다른 곳으로는 발길을 돌리지 않았을 것이다. 만약 그사이에 몸을 편히 쉴 수 있는 일요일이 왔다면 지쳐서 녹초가 된 사지를 다다미 위에 눕히고 한나절의 안식을 탐했을 것이다.

하지만 다음 일요일이 되었을 때 그는 문득 길에서 두 번 만난 남자를 떠올렸다. 그리고 갑자기 뭔가 생각난 사람처럼 누나를 찾아갔다. 누나의 집은 요쓰야의 쓰노카미자카 근처로, 큰길에서 백 미터쯤 안쪽으로 들어간 곳에 있었다. 누나의 남편은 겐조의 사촌형뻘 되는 사람[9]이다. 그러니 누나에게도 사촌이다. 하지만 나이는 동갑인가 한 살 차이로, 둘 다 겐조보다는 열 살 넘게 많았다. 예전에 요쓰야 구청에 근무했던 누나의 남편은 그곳을 그만두고 지금은 새로운 직장에 다

---

8 소세키 자신의 배다른 누나인 후사(1852~1915)를 가리킨다.
9 소세키의 사촌형 다카다 쇼키치(高田庄吉)를 소재로 한다. 다카다는 소세키의 작은아버지 아들이다.

니는데 멀어 불편한데도 정든 땅을 떠나는 게 싫다고 했다. 그래서 두 사람은 여전히 원래의 허름한 집에 살고 있었다.

4

천식을 앓고 있는 누나[10]는 늘 헐떡거렸다. 그런데도 천성적으로 심한 결벽증이 있어서 어지간히 고통스럽지 않으면 결코 가만히 있지를 못했다. 뭔가 일거리를 만들어 하루 종일 좁은 집 안을 이리저리 왔다 갔다 하지 않으면 직성이 안 풀리는 사람이었다. 침착하지 못하고 덜렁대는 태도가 겐조의 눈에는 무척 안쓰럽게 비쳤다.

누나는 또 수다 떨기를 굉장히 좋아하는 여자였다. 수다에 전혀 기품이라고는 없었다. 그녀와 마주할 때면 겐조는 늘 씁쓸한 표정으로 앉아 있을 수밖에 없었다.

'이 사람은 내 누나니까 뭐.'

누나와 이야기를 나누고 나면 겐조는 언제나 이런 감회에 젖었다.

그날 누나는 여느 때처럼 앞치마를 두르고 찬장 안을 휘젓고 있었다.

"어머, 웬일로 이렇게, 잘 왔어. 자, 앉아."

누나는 겐조에게 방석을 내밀고는 툇마루 쪽으로 손을 씻으러 갔다.

겐조는 누나가 나가자 방 안을 둘러보았다. 미닫이문 위에는 그가 어렸을 때부터 봐온 낡은 액자가 걸려 있었다. 낙관으로 찍힌 쓰쓰이 겐(筒井憲)이라는 사람은 분명 하타모토[11] 출신의 서예가인가 하는 인

---

10 천식은 소세키의 누나 후사의 지병이었다.
11 에도 시대 쇼군 직속의 무사로, 쇼군을 직접 만날 수 있었으며 만석 이하의 녹봉을 받았다.

물인데, 십오륙 년 전에 매형이 대단한 명필이라고 가르쳐준 일이 떠올랐다. 그 무렵 겐조는 매형, 매형, 하고 부르며 자주 놀러 오곤 했다. 나이로 보면 삼촌과 조카 정도의 차이가 있었지만 둘은 방 안에서 자주 스모를 해서 누나에게 야단을 맞기도 하고, 지붕으로 올라가 무화과를 따 먹고는 껍질을 옆집 마당에 던져 뒤처리를 하라고 요구받기도 했다. 매형이 상자에 든 나침반을 사준다고 하고는 언제까지고 사주지 않고 자신을 속인 것을 굉장히 원망스럽게 여긴 적도 있었다. 누나와 싸우고는 그쪽에서 사과하러 와도 용서하지 않겠다고 단단히 벼르고 있다가, 아무리 기다려도 누나가 오지 않아 어쩔 수 없이 이쪽에서 어슬렁어슬렁 찾아간 주제에 무료하고 겸연쩍어서 들어오라고 할 때까지 잠자코 문간에 서 있던 웃지 못할 일도 있었다.

낡은 액자를 바라보던 겐조는 어릴 때의 자신에게 기억의 탐조등을 비췄다. 그리고 그토록 신세를 진 누나 부부에게 지금은 그다지 호의적이지 않은 자신을 불쾌하게 느꼈다.

"요즘 몸은 어때요? 기침이 아주 심할 때는 없어요?"

겐조는 앞에 앉은 누나의 얼굴을 보면서 이렇게 물었다.

"응, 고마워. 덕분에 날씨가 좋으니까 그럭저럭 집안일 정도는 하고 있는데, 그래도 역시 나이가 나이니까. 도저히 옛날처럼 몸을 안 아끼고 닥치는 대로 일을 할 수는 없어. 옛날에 네가 놀러 왔을 때는 옷자락을 걷어붙이고 가마솥 밑바닥까지 씻고 그랬는데 지금은 도저히 그럴 힘이 없어. 하지만 덕분에 이렇게 매일 우유도 마시고 있고……."

겐조는 약소하지만 매달 누나에게 얼마간의 용돈을 주는 일을 잊지 않았다.

"좀 야윈 것 같네요."

"그렇지, 이건 타고난 체질이라 어쩔 수 없을 거야. 평생 살이라곤 쪄본 적이 없으니까. 역시 신경질적이어서 그렇겠지. 신경질적인 사람이 살이 찔 수는 없으니까."

누나는 앙상한 팔을 걷어 올리고 겐조 앞으로 내밀어 보여주었다. 커다랗게 움푹 팬 그녀의 눈 아래를 거무스름한 반원형의 다크서클이 나른해 보이는 피부를 더욱 울적하게 물들이고 있었다. 겐조는 퍼석퍼석한 손바닥을 잠자코 바라보았다.

"하지만 네가 훌륭해져서 정말 잘됐어. 외국에 갈 때만 해도 두 번 다시 살아서 만나기 어려울 거라고 생각했는데, 그래도 건강하게 잘 돌아왔잖아. 아버지, 어머니가 살아 계셨다면 얼마나 기뻐하셨을까?"

누나의 눈에는 어느새 눈물이 고였다. 겐조가 어렸을 때 누나는 "나중에 돈이 생기면 네가 좋아하는 건 뭐든지 사줄게" 하고 입버릇처럼 말했다. 그런가 하면 "이 아이는 이렇게 고집스러워서 사람 되긴 아주 글렀어" 하고도 말했다. 겐조는 누나가 했던 말이며 말투를 떠올리고 속으로 쓴웃음을 지었다.

5

그런 옛날 기억을 불러일으키는 것과 관련해서도, 오랫동안 만나지 못한 누나의 늙어버린 모습이 한층 더 겐조의 눈에 띄었다.

"그런데 누님은 몇 살이죠?"

"벌써 할머니가 다 됐지. 이제 하나야."

누나는 누렇고 듬성듬성한 이를 드러내며 웃어 보였다. 실제로 쉰

한 살[12]이라는 나이는 겐조에게도 의외였다.

"그럼 나하고는 열두 살 이상이나 차이가 나네요. 기껏해야 열 살이나 열한 살 차이일 거라고 생각했는데."

"천만에, 열두 살이라니. 너하고는 열여섯 살 차이야. 매형이 양띠에 동쪽 목성좌고 내가 동남쪽 목성좌니까. 너는 분명히 서쪽 금성좌였지?"

"뭐가 뭔지 모르겠지만 아무튼 서른여섯이에요."

"헤아려보렴, 분명히 서쪽 금성좌일 테니까."

겐조는 자신의 별자리를 어떻게 헤아리는지조차 몰랐다. 나이 이야기는 그것으로 그만두었다.

"오늘은 안 계시나요?" 매형 히다에 대해 물어보았다.

"어젯밤도 숙직이었어. 뭐, 자기 몫만 하는 거면 한 달에 서너 번이면 되는데 다른 사람한테 부탁받은 것까지 하느라고 말이야. 하룻밤이라도 더 하면 얼마간이라도 더 들어오잖아. 그래서 남의 것까지 맡으려고 하는 거지. 요즘은 거기서 자고 오는 것하고 집에 오는 것하고 거의 반반일 거야. 어쩌면 묵고 오는 날이 오히려 더 많을지도 몰라."

겐조는 잠자코 장지문 옆에 놓인 히다의 책상을 바라보았다. 벼루며 봉투며 두루마리 종이가 반듯하게 놓여 있고 그 옆에는 부기용 공책 두세 권이 붉은 등을 이쪽으로 하고 꽂혀 있었다. 그리고 그 밑에는 깨끗하게 빛나는 조그만 주판도 있었다.

---

12 겐조의 누나 나쓰의 모델인 후사가 쉰한 살이던 해는 1902년에 해당한다. 소세키는 1902년에 서른여섯 살로, 이때 겐조의 나이와 일치한다. 다만 두 사람의 나이 차는 열다섯인데 누나가 열여섯 살 차이 난다고 하는 이유는 알 수 없다. 또 이때를 1902년이라고 하면 겐조가 "먼 데서 돌아온" 해와 소세키가 영국에서 귀국한 해(1903)도 1년 차이가 난다.

들리는 말로는 히다가 요즘 이상한 여자와 관계를 맺어 직장 근처에 살림을 차렸다고 했다. 숙직이라며 집에 들어오지 않는 것은 어쩌면 그 때문이 아닐까 하고 겐조는 생각했다.

"매형은 요즘 어때요? 나이도 어지간히 먹었으니까 옛날하고는 달리 성실해지셨죠?"

"성실은 무슨, 여전히 똑같지. 그 사람은 혼자 놀려고 태어난 사람이니까 어쩔 수 없어. 만담이다 가부키다 스모다 해서 돈만 있으면 일 년 내내 싸돌아다니니까. 하지만 별난 일도 다 있지, 나이 탓인지 뭔지는 모르겠지만 옛날에 비하면 좀 싹싹해진 것 같긴 해. 너도 알다시피 옛날에는 무척 거칠었잖아. 발로 차고 두드려 패고 머리채를 잡고 방 안을 이리저리 끌고 다니고⋯⋯."

"그 대신 누님도 가만히 있는 편은 아니었잖아요."

"아니, 그래도 내가 손찌검을 한 적은 단 한 번도 없었어."

겐조는 악바리 같던 예전의 누나를 생각하자 그만 우스워졌다. 두 사람의 난투 장면은 지금 고백한 것처럼 누나가 그리 수동적이었던 것은 결코 아니었다. 특히 말재주는 누나가 매형보다 열 배 이상이나 나았다. 그건 그렇고 고집 센 누나가 남편에게 속아, 그가 집에 들어오지 않는 걸 회사에서 숙직해서라고 굳게 믿고 있는 것이 묘하게 안쓰러웠다.

"오랜만에 맛난 거라도 사드릴까요?" 하고 누나의 얼굴을 보며 말했다.

"고마워, 하지만 지금 막 초밥을 먹어서. 귀한 건 아니지만 너도 좀 먹어봐."

누나는 손님이 오기만 하면 시간에 상관없이 뭐라도 먹이지 않으면 직성이 풀리지 않는 사람이었다. 겐조는 어쩔 수 없이 엉덩이를 붙이고 앉아 속에 담아온 이야기를 누나에게 꺼낼 생각을 했다.

6

요즘 겐조는 머리를 과하게 쓴 탓인지 어쩐지 속이 좋지 않았다. 어쩌다 운동을 해보면 가슴도 배도 오히려 무지근해질 뿐이었다. 그는 세끼 식사 외에는 되도록 입에 대지 않으려고 늘 주의했다. 그래도 누나가 억지로 권하는 데는 당할 재간이 없었다.

"김초밥이니까 몸에 지장은 없을 거야. 모처럼 누나가 너한테 대접하려고 주문한 거니까 꼭 먹어야 돼. 싫어?"

겐조는 하는 수 없이 맛도 없는 김초밥을 볼이 미어지게 넣고 담배로 어지간히 깔깔해진 입 안을 우물우물 움직여야 했다.

누나가 너무 수다를 떠는 바람에 그는 언제까지고 하고 싶은 말을 꺼낼 수가 없었다. 물어보고 싶은 문제가 있는데도 이렇게 듣기만 하고 있자니 입이 점점 근질근질했다. 하지만 누나에게는 그런 마음이 전혀 전해지지 않는 모양이었다.

남에게 뭔가 먹이는 걸 좋아하는 동시에 주는 것도 좋아하는 누나는 겐조가 일전에 칭찬했던 낡아빠진 달마대사 족자를 가져가겠느냐고 물었다.

"그런 건 우리 집에 있어봐야 소용없으니까 가져가. 뭐 매형도 필요 없을 거야, 지저분한 달마 따위."

겐조는 받는다고도 안 받는다고도 말하지 않고 그저 쓴웃음만 지었다. 그러자 누나는 뭔가 비밀 이야기라도 하는 듯이 갑자기 목소리를 낮췄다.

"실은 말이야, 네가 돌아오면 말해야지, 말해야지, 하면서 그만 오늘까지 말을 못 하고 말았는데, 너도 막 돌아와서 바쁠 것 같고 내가 찾아가도 올케가 있으니까 얘기하기가 좀 그렇고 해서 말이야. 그렇다고 편지를 쓰자니, 너도 알다시피 글을 쓸 줄 모르고……."

누나의 서두는 너무 장황하기도 하고 우스꽝스럽기도 했다. 어렸을 때 아무리 습자 공부를 시켜도 기억력이 나빠서 아주 쉬운 글자도 끝내 외우지 못한 채 쉰 살이 된 지금까지 살아온 사람이라는 걸 생각하니 겐조는 자기 누나지만 안됐기도 하고 좀 창피하기도 했다.

"그런데 누님이 하실 얘기란 게 대체 뭔데요? 실은 저도 오늘은 좀 할 얘기가 있어서 왔는데."

"그래? 그럼 네 얘기부터 들었어야지. 왜 빨리 안 하고?"

"그야 말을 꺼낼 수가 있어야지요."

"그렇게 꺼리지 않아도 돼. 형제지간이잖아."

누나는 자신의 수다가 상대의 입을 막았다는 명백한 사실을 눈곱만큼도 알아채지 못했다.

"아니, 누님 얘기부터 먼저 듣죠 뭐. 뭔가요, 할 얘기란 건?"

"사실 너한테는 너무 미안해서 말하기도 힘들지만 나도 점점 나이를 먹어 몸도 약해지고, 게다가 남편이 그런 사람이라 자기 혼자만 좋으면 마누라가 어떻게 되든 알 바 아니라는 식이니까. ……하긴 매달 받는 월급도 쥐꼬리만 한 데다 사람도 만나야 할 테니까, 어쩔 수 없다고 하면 그만이긴 하지만……."

여자라서 그런지 누나는 말을 어지간히 에두르고 있었다. 목적지에 쉽사리 도달할 것 같지 않았지만 겐조는 무슨 말을 하려는지 충분히 짐작할 수 있었다. 요컨대 다달이 주는 용돈을 올려달라는 이야기일 것이다. 지금도 그걸 남편이 자주 빌려간다는 이야기를 들은 그는 이 요구가 딱하기도 하고 화가 나기도 했다.

"아무쪼록 나를 도와준다 생각하고, 나도 이런 몸이라 오래 살 수도 없을 테니까 말이야."

이것이 누나 입에서 나온 마지막 말이었다. 그래도 겐조는 차마 싫다고 할 수가 없었다.

7

겐조는 집에 돌아가 오늘 밤 안으로 처리해야 할 일이 있었다. 시간의 가치라는 걸 전혀 인정하지 않는 누나와 마주 앉아 언제까지고 빈둥빈둥 수다나 떨고 있는 것은 고통스러운 일이었다. 그는 이쯤에서 적당히 돌아가려고 했다. 그러다 돌아가기 직전에야 겨우 모자를 쓰지 않은 남자에 대한 이야기를 꺼냈다.

"실은 요전에 시마다를 만났어요."

"뭐, 어디서?"

누나는 깜짝 놀란 듯이 물었다. 누나는 교육을 받지 못한 도쿄 사람이 흔히 보이는, 일부러 과장하는 표정을 짓는 여자였다.

"오타노하라 옆에서요."

"그럼 너희 집 바로 옆이잖아? 어떻게 하던, 무슨 말이라도 걸던?"

"말을 걸더냐고요? 특별히 말을 걸 이유도 없을 텐데 뭘."

"그렇긴 하지. 네가 뭐라고 하기 전에는 그 사람이 말을 걸 처지는 아니니까."

누나는 되도록 겐조의 뜻에 영합하려는 말투였다. 그녀는 겐조에게 "행색은 어땠던?" 하고 덧붙여 묻고는 "그럼 역시 형편이 좋은 건 아닌가 보구나" 하고 말했다. 그 말에는 약간의 동정도 어려 있는 것 같았다. 하지만 예전의 시마다 이야기를 꺼냈을 때는 자못 밉살스럽다는 어조를 띠기 시작했다.

"아무렴 인정머리가 없다고 해도 그렇게 인정머리 없는 인간이 또 있을까. 아무리 사정을 해도 오늘이 기한이니까 꼭 받아가겠다고 눌러앉아서는 꼼짝도 않더라니까. 나중에는 나도 화가 나서 미안하지만 돈이 없으니까 물건이라도 괜찮으면 냄비든 솥이든 가져가라고 했더니 그럼 솥을 가져가겠다는 거야. 두 손 들고 말았다니까."

"솥은 들고 가려고 해도 무거워서 도저히 가져갈 수 없을 텐데."

"그래도 그런 욕심쟁이가 무슨 짓을 해서라도 가져가려고만 하면 못할 것도 없지 뭐. 그날 내가 밥을 짓지 못하게 하려고 그런 심술을 부릴 수도 있는 인간이니까. 하여간 앞으로 좋은 일은 없을 거야."

겐조에게는 이 이야기가 단순한 우스갯소리로 들리지 않았다. 그 사람과 누나 사이에 일어난 그런 일에 뒤얽혀 있는 자신의 옛 그림자는 우습다기보다는 오히려 슬픈 것이었다.

"시마다를 두 번 봤어요. 앞으로 또 언제 마주칠지도 모르고."

"그냥 모르는 체하면 돼. 몇 번 보든 그게 무슨 상관이니?"

"하지만 일부러 그 부근을 지나면서 우리 집이라도 찾고 있었던 건지, 아니면 볼일이 있어 지나다가 우연히 맞닥뜨린 건지, 그걸 모르겠어요."

이 의문은 누나도 풀 수 없었다. 그녀는 그저 겐조가 듣기 좋아할 말을 무의미하게 늘어놓을 뿐이었다. 겐조에게는 그냥 하는 입발림처럼 들렸다.

"그 후로 여기로는 전혀 안 찾아와요?"

"응, 지난 2, 3년간은 한 번도 안 왔어."

"그 전에는요?"

"그 전에는 간간이라고 할 정도는 아니지만 그래도 간혹 오긴 했지. 그런데 그게 또 얼마나 우습던지. 항상 11시경에 오는 거야. 장어덮밥이든 뭐든 내놓지 않으면 절대 안 돌아가더라니까. 세끼 중에 한 끼라도 남의 집에서 먹으려는 게 그 사람의 속셈이었던 거지. 그런 주제에 차림새 하나는 번듯하더라니까……."

누나의 말은 옆으로 샜지만 그 이야기를 들은 겐조는 자신이 도쿄를 떠난 뒤에도 역시 금전상의 문제로 두 사람 사이에 여전히 왕래가 있었다는 걸 짐작할 수 있었다. 하지만 그 이상은 아무것도 알 수 없었다. 지금의 시마다에 대해서는 전혀 알 수 없었다.

8

"시마다는 지금도 그때 그 집에 살고 있을까요?"

이런 간단한 질문에조차 누나는 확실하게 대답하지 못했다. 겐조의 기대는 약간 어긋났다. 하지만 자기가 나서서 시마다의 현재 거처를 알아내려는 생각까지는 없었기 때문에 별로 실망하지는 않았다. 겐조는 이런 경우 그렇게까지 수고할 필요가 없다고 믿었다. 설사 수고를 한다고 해도 일종의 호기심을 충족하는 데 지나지 않는다고 생각했다. 게다가 지금 겐조는 그런 호기심을 경멸해야 했다. 그의 시간은 그런 일에 쓰기에는 너무 비쌌다.

겐조는 그저 상상의 눈으로 어린 시절에 본 그 사람 집과 그 주변을 마음속에 떠올렸다.

그곳에는 길 한편에 폭이 넓은 큰 수로가 백 미터나 이어져 있었다. 물이 흐르지 않아 수로는 썩은 흙탕물로 몹시 불쾌하게 탁했다. 군데군데 퍼런색으로 끓어올랐고 고약한 냄새가 코를 찔렀다. 그는 그 더러운 일대를 ○○ 양반의 저택이라는 이름으로 기억했다.

수로 건너편에는 나가야(長屋)[13]가 쭉 늘어서 있었다. 나가야는 한 가구에 하나 꼴로 네모난 어두운 창이 열려 있었다. 저택의 돌담과 거의 닿을 듯이 지어진 나가야가 쭉 이어져 있어서 저택 내부는 전혀 보이지 않았다.

이 저택 반대쪽에는 아담한 단층집이 드문드문 들어서 있었다. 낡은 집과 새 집이 너저분하게 뒤섞여 있던 그 동네는 물론 건물들이 들쑥날쑥했다. 노인의 치아처럼 곳곳이 비어 있었다. 시마다는 비어 있는 그곳을 얼마간 사들여 집을 지었던 것이다.

겐조는 그 집이 언제 지어졌는지 몰랐다. 하지만 그가 처음 그 집에 간 것은 신축한 지 얼마 되지 않아서였다. 네 칸밖에 안 되는 좁은 집이었지만 어린 겐조의 눈에도 목재의 질 따위에 상당히 신경 쓴 것으로 보였다. 방 배치도 신경을 썼다. 다다미 여섯 장짜리 방은 동향으로, 솔잎을 전면에 깐[14] 좁다란 뜰에는 지나치게 크다 싶을 정도로 근

13 칸을 막아서 여러 가구가 살 수 있도록 길게 만든 집.
14 추위에 대비하고 서리 방지나 장식 등의 목적으로 뜰에 마른 솔잎을 까는 것.

사한 화강암 석등을 세웠다.

청결을 좋아하는 시마다는 손수 팔을 걷어붙이고 물걸레로 끊임없이 툇마루와 기둥을 닦았다. 그러고는 맨발로 남향으로 난 거실 쪽 앞뜰로 나가 풀을 뽑았다. 어떤 때는 괭이로 문간의 도랑을 쳤다. 도랑에는 120센티미터쯤 되는 길이의 나무다리가 걸쳐져 있었다.

시마다는 이 집 외에도 엉성한 셋집 한 채를 지었다. 그리고 두 집 사이를 지나 뒤편으로 나갈 수 있도록 폭이 1미터쯤 되는 길을 냈다. 뒤편은 들인지 밭인지 알 수 없는 습지였다. 풀을 밟으면 질퍽질퍽 물이 스며 나왔다. 가장 심하게 팬 곳은 평소에는 얕은 연못 같았다. 시마다는 머지않아 그곳에도 조그만 셋집을 지을 생각인 모양이었다. 하지만 그 계획은 시간이 아무리 흘러도 실현되지 않았다. 겨울이 되면 오리가 오는데 그러면 한 마리 잡아주겠다고도 했다.

겐조는 이런 옛 기억을 차례로 떠올렸다. 지금 그곳에 가보면 필시 놀랄 만큼 변했을 거라고 생각하면서도 그는 여전히 20년 전의 광경을 오늘 일처럼 생각했다.

"어쩌면 매형이 연하장 정도는 보내고 있을지도 몰라."

겐조가 돌아갈 때 누나는 이런 말을 하며 넌지시 매형이 돌아올 때까지 이야기나 하다가 가라고 권했지만 그는 그럴 필요까지는 느끼지 못했다.

겐조는 그날 오랫동안 뜸했던 문안을 겸해 이치가야의 야쿠오지마에(藥王寺前)에 있는 형[15] 집에 들러 시마다에 대해 물어볼까 하는 생각도 했지만 시간도 늦어졌고 어차피 물어도 별 소득이 없을 것 같다

15 겐조의 형 조타로는 소세키의 형 나쓰메 나오타다(夏目直矩, 1859~1932)가 모델이다.

는 생각이 강해져 그대로 고마고메로 돌아왔다. 그날 밤은 또 다음 날 일 준비에 쫓기지 않으면 안 되었다. 그래서 시마다에 대해서는 까맣게 잊어버리고 말았다.

9

겐조는 다시 평소의 자신으로 돌아왔다. 자신의 직업에 활력의 대부분을 쏟을 수 있었던 것이다. 그의 시간은 조용히 흘렀다. 하지만 조용한 가운데 시종 조바심을 내게 하는 게 있어 끊임없이 그를 괴롭혔다. 멀리서 그를 지켜보고 있어야 했던 아내는 특별히 도와줄 수도 없어 모른 척하고 있었다. 겐조는 그것을 아내가 보여서는 안 될 냉담함으로만 여겼다. 아내는 또 속으로 남편에게 똑같은 비난을 퍼부었다. 남편이 서재에서 지내는 시간이 많아질수록 부부간의 대화는 볼일이 있을 때 말고는 적어질 수밖에 없다는 것이 아내의 논리였다.

그녀는 자연스럽게 겐조 혼자 서재에 남겨두고 아이들만 상대해왔다. 아이들은 또 좀처럼 서재에 들어가지 않았다. 간혹 들어가면 반드시 무슨 장난을 쳐서 겐조에게 야단을 맞았다. 겐조는 아이들을 꾸짖는 주제에 자기 곁으로 오지 않는 아이들에게 어쩐지 불만을 품고 있었다.

일주일 후 다시 일요일이 돌아왔으나 겐조는 외출하지 않았다. 기분 전환 삼아 4시경에 목욕탕에 다녀왔더니 갑자기 기분 좋은 나른함이 덮쳐와 그는 손발을 다다미 위로 뻗은 채 그만 선잠에 빠져들고 말았다. 저녁 먹을 시간이 되어 아내가 깨울 때까지 죽은 사람처럼 세상 모르고 잤다. 하지만 일어나 밥상 앞에 앉았을 때 등줄기를 따라 위에서 아래로 희미한 한기가 지나가는 느낌이 들었다. 그러고 나서 심한 재채기를 두 번쯤 했다. 아내는 옆에 잠자코 있었다. 겐조는 말은 안 했지만 속으로는 이렇게 동정심이 부족한 아내를 불쾌해하면서 젓가락을 들었다. 아내는 또 남편이 왜 자신에게 뭐든지 격의 없이 이야기하여 아내답게 능동적으로 처신할 수 있게 하지 않는지 오히려 그것을 불쾌하게 생각했다.

그날 밤 겐조는 확실히 감기 기운이 있다고 느꼈다. 조심하여 빨리 자려고 했지만 시작한 일 때문에 그만 자정이 지날 때까지 자지 못했다. 그가 잠자리에 들 때는 식구들 모두 자고 있었다. 뜨거운 갈분탕[16]이라도 마셔 땀을 빼고 싶었지만 하는 수 없이 그대로 차가운 이불 속으로 들어갔다. 그는 여느 때와 다른 한기에 좀처럼 잠을 잘 수 없었다. 하지만 두뇌의 피로는 곧 그를 깊은 잠에 빠져들게 했다.

다음 날 눈을 떴을 때는 의외로 거뜬했다. 그는 잠자리에서 감기가 이미 나은 거라고 생각했다. 하지만 막상 일어나 세수를 하려고 하자 늘 하는 냉수마찰이 귀찮을 정도로 몸이 나른했다. 용기를 내서 식탁에 앉아봤지만 밥맛이 전혀 없었다. 평소에는 규칙적으로 세 공기를 먹는데 그날은 한 공기로 식사를 끝내고, 뜨거운 차에 매실 장아찌를 넣어 후후 불어 마셨다. 그러나 왜 그런지는 자신도 알지 못했다. 그때도 아내는 겐조 옆에 앉아 식사 시중을 들었지만 별다른 말을 하지 않았다. 그 태도가 일부러 냉담한 척하는 것으로 보여 그는 살짝 화가 났다. 겐조는 일부러 기침을 두세 번 해 보였다. 그래도 아내는 여전

16 갈분에 설탕을 넣고 뜨거운 물을 부어 휘저은 것으로, 발한 효과가 있다고 한다.

히 거들떠보지 않았다.

젠조는 서둘러 와이셔츠와 양복으로 갈아입고 평소와 같은 시간에 집을 나섰다. 아내는 여느 때와 마찬가지로 모자를 들고 현관까지 배웅하러 나왔지만, 이때의 그에게는 그것이 단지 형식만을 중시하는 여자의 행동으로만 받아들여져 더욱 불쾌한 기분이 들었다.

출근해서는 자꾸만 오한이 났다. 혀가 묵직하고 바짝바짝 마르는 데다 열이 있는 사람처럼 몸 전체가 나른해졌다. 젠조는 맥을 짚어보고는 너무 빨리 뛰어서 깜짝 놀랐다. 손가락 끝에 느껴지는 팔딱거림이 째깍거리는 회중시계 소리와 뒤섞여 그의 귀에 이상한 리듬으로 전해졌다. 그래도 그는 참으며 해야 할 일을 했다.

10

젠조는 평소와 같은 시각에 집에 돌아왔다. 옷을 갈아입을 때 아내는 여느 때와 마찬가지로 그의 평상복을 들고 옆에 서 있었다. 그는 불쾌한 얼굴로 아내 쪽을 보았다.

"잠자리 좀 펴줘. 자야겠어."

"네."

아내는 그의 말대로 잠자리를 폈다. 그는 곧장 이불 속으로 들어가 누웠다. 그는 자신의 감기 기운에 대해 아내에게 한마디도 하지 않았다. 아내도 그것에 전혀 신경 쓰지 않는 모습이었다. 둘 다 마음속에 불만이 있었다.

젠조가 눈을 감고 깜빡깜빡 잠에 빠져들고 있는데 아내가 머리맡으로 와서 그를 불렀다.

"여보, 진지 드시겠어요?"

"밥 생각 없어."

아내는 잠시 잠자코 있었다. 하지만 곧장 일어나 방을 나가려고는 하지 않았다.

"여보, 무슨 일 있어요?"

젠조는 아무 대답도 안 하고 얼굴을 반쯤 이불깃에 묻고 있었다. 아내는 말없이 젠조의 이마 위에 손을 살짝 댔다.

밤이 되어 의사가 왔다. 단순한 감기일 거라는 진단을 내리고 물약과 한 번 먹을 약을 주었다. 아내가 먹여주었다.

다음 날은 열이 더욱 높아졌다. 의사의 말에 따라 고무 얼음주머니를 남편의 머리 위에 올린 아내는 하녀가 니켈로 만든 얼음주머니 고정 기계를 사올 때까지 얼음주머니가 떨어지지 않도록 손수 잡고 있었다.

악귀에 홀린 듯한 상태가 이삼일 계속되었다. 젠조는 그사이의 기억이 거의 없을 정도였다. 제정신으로 돌아왔을 때 그는 태연한 얼굴로 천장을 쳐다보았다. 그러고는 머리맡에 앉아 있는 아내를 보았다. 갑자기 아내에게 폐를 끼쳤다는 생각이 들었다. 하지만 그는 아무 말도 안 하고 다시 얼굴을 돌리고 말았다. 그래서 아내에게는 남편의 마음이 조금도 전해지지 않았다.

"여보, 어떻게 된 거예요?"

"감기에 걸렸다고 의사가 말했잖아?"

"그건 알고 있어요."

대화는 그것으로 그치고 말았다. 아내는 불쾌한 얼굴로 그대로 방에서 나갔다. 겐조는 손뼉을 쳐서 다시 아내를 불렀다.

"내가 뭘 어쨌다는 거야?"

"어쨌다니요? ……당신이 편찮으니까 저도 이렇게 얼음주머니를 갈아주기도 하고 약을 먹여주기도 하잖아요? 그런데 저리 가라느니, 방해가 된다느니 하는 건 너무 심하……."

아내는 말을 잇지 못하고 고개를 숙였다.

"그런 말 한 적 없어."

"그건 열이 심할 때 한 말이라 아마 기억하지 못하는 거겠지요. 하지만 평소에 그런 생각을 하지 않는다면 아무리 아프다고 해도 그런 말을 할 리는 없을 거예요."

이런 경우 겐조는 아내의 말 속에 과연 어느 정도의 진실이 담겨 있을까, 하고 반성하기보다는 곧장 이성의 힘으로 그녀를 눌러버리려고 했다. 사실 문제를 떠나 논리상으로만 따지면 이 경우에도 아내가 지는 것이었다. 열에 들떴을 때, 마취 상태일 때, 또는 꿈을 꿀 때 사람은 반드시 자신이 생각하는 것만 말한다는 보장이 없으니까. 하지만 그런 논리로는 결코 아내를 설득할 수 없었다.

"좋아요. 어차피 당신은 저를 하녀나 마찬가지로 취급할 생각이니까요. 자기 혼자만 좋으면 상관없다고 생각하고……."

겐조는 자리에서 일어난 아내의 뒷모습을 괘씸하다는 듯이 쳐다보았다. 그는 논리의 권위로 스스로를 속이고 있다는 사실을 전혀 깨닫지 못했다. 학문의 힘으로 단련된 그의 머리에서 보면 명백한 이 논리를 진실한 마음으로 얌전히 따를 수 없는 아내는 그야말로 벽창호나 다름없었다.

그날 밤 아내는 질냄비에 죽을 담아와 다시 겐조의 머리맡에 앉았다. 죽을 그릇에 뜨면서 "일어나보실래요?" 하고 물었다.

겐조의 혀에는 아직 백태가 잔뜩 끼어 있었다. 묵직하고 텁텁한 입속에 뭘 넣고 싶은 생각은 들지 않았다. 그래도 그는 웬일로 자리에서 일어나 아내의 손에서 그릇을 받으려고 했다. 하지만 까슬까슬한 밥알이 껄끔껄끔 목으로 미끄러져 들어가자 그는 조금 담은 한 공기만 먹고는 입을 닦고 곧 원래대로 누웠다.

"아직 식욕이 안 나나 보네요."

"영 맛이 없어."

아내는 오비¹⁷ 사이에서 명함 하나를 꺼냈다.

"당신이 주무시고 계실 때 이런 사람이 왔는데, 몸이 편찮다고 하고 돌려보냈어요."

겐조는 누운 채 손을 내밀어 고급 종이에 인쇄된 명함을 받아 이름을 보았는데, 만난 적도 들어본 적도 없는 사람이었다.

"언제 온 거지?"

"아마 그제였을 거예요. 그냥 말하려고 했지만 열이 내리지 않아서 일부러 말 안 했어요."

"전혀 모르는 사람인데."

"시마다 일로 잠깐 뵙고 싶어서 왔다고 했어요."

아내는 유독 시마다라는 세 글자에 힘을 실어 이렇게 말하면서 겐

---

17 기모노를 입을 때 허리 부분을 감고 조여 묶는 좁고 긴 천.

조의 얼굴을 보았다. 그러자 곧바로 그의 뇌리에 일전에 길가에서 마주쳤던, 모자를 쓰지 않은 남자의 그림자가 스쳤다. 열이 내린 그에게는 지금껏 그 남자를 떠올릴 기회가 전혀 없었던 것이다.

"당신은 시마다에 대해 알고 있어?"

"오쓰네 씨라는 여자한테서 장문의 편지가 왔을 때 당신이 얘기해주지 않았나요?"

겐조는 아무 대답도 하지 않고 일단 내려놓았던 명함을 다시 집어들고 들여다보았다. 당시 아내에게 시마다에 대해 얼마나 자세하게 말했는지 확실히 기억나지 않았다.

"그게 언제였더라? 상당히 오래된 일이잖아?"

겐조는 아주 긴 편지를 아내에게 보여주었을 때의 심정을 떠올리고 쓴웃음을 지었다.

"그렇죠. 벌써 7년쯤 되었을 거예요. 우리가 아직 센본도리에 살던 시절이니까요."

센본도리는 그들이 그 무렵에 살던 어느 도시[18] 변두리에 있는 동네 이름이다.

아내는 잠시 후 "시마다 일이라면 당신한테 듣지 않아도 아주버님한테 들어서 알고 있어요" 하고 말했다.

"형님이 무슨 말을 했는데?"

"무슨 말이냐고요? ……잘은 모르지만 아무튼 그리 좋은 사람은 아니라는 얘기 아니었을까요?"

아내는 아직 그 남자에 대해 겐조가 어떻게 생각하는지를 알고 싶

---

18 구마모토를 말하지만 센본도리는 가상의 이름이다.

은 모양이었다. 하지만 겐조는 오히려 그걸 피하고 싶었다. 그는 말없이 눈을 감았다. 쟁반에 담은 질냄비와 그릇을 들고 자리에서 일어나기 전에 아내는 다시 한번 이렇게 말했다.

"그 명함을 가져온 사람이 다시 온대요. 병이 나으면 일간 다시 찾아뵙겠다며 돌아갔어요."

겐조는 하는 수 없이 다시 눈을 떴다.

"오겠지. 어차피 시마다의 대리라고 한 이상 또 올 게 뻔해."

"그런데 당신은 만날 거예요? 만약 온다면요."

사실 겐조는 만나고 싶지 않았다. 아내는 더더욱 남편이 그 이상한 남자를 만나지 않았으면 하고 바랐다.

"만나지 않는 게 좋지 않아요?"

"만나도 상관없어. 전혀 무서울 게 없으니까."

아내는 남편의 말이 또 예의 그 아집이라고 생각했다. 겐조는 싫지만 정당한 일이라 어쩔 수 없다고 생각했다.

12

며칠 후 겐조는 말끔히 나았다. 활자에 눈을 두거나 만년필을 놀리거나 팔짱을 끼고 그저 생각에 잠기거나 하는 시간이 다시 이어졌을 무렵 한번 헛걸음했던 남자가 돌연 그의 집 현관 앞에 나타났다.

겐조는 고급 종이에 인쇄된 요시다 도라키치(吉田虎吉)라는 한 번 본 적이 있는 명함을 받아 들고 잠시 바라보았다. 아내는 조그만 소리로 "만나시겠어요?" 하고 물었다.

"만날 테니까 객실로 안내해."

아내는 거절하고 싶은 표정으로 잠시 망설였다. 하지만 남편의 태도를 알아채고는 아무 말 없이 서재를 나갔다.

요시다라는 사람은 아주 뚱뚱하고 풍채가 좋은 사십 줄의 남자였다. 줄무늬 하오리를 입고 그 무렵에도 유행한 오글쪼글한 흰색 비단 허리띠에 번쩍이는 시곗줄을 감아 늘어뜨리고 있었다. 말투로 봐도 여지없는 장사꾼이었다. 그렇다고 결코 건실한 상인 같지는 않았다. '그렇군요'라고 할 때 일부러 '요'를 길게 뺀다거나 '지당하다' 대신에 자못 감복한 듯한 투로 '과연 그렇군요'라고 대답했다.

겐조는 이야기 순서상 먼저 요시다의 신분부터 물어볼 필요가 있었다. 하지만 겐조보다 말솜씨가 좋은 요시다는 이쪽에서 물어보기도 전에 먼저 자신에 대해 간단히 설명했다.

요시다는 원래 다카사키에서 살았다. 그곳에 있는 병영에 출입하며 말 사료를 납품하는 것이 그의 일이었다.

"그런 관계로 점점 장교들 신세를 지게 되었지요. 그중에서도 시바노 어르신께서 특별히 잘 돌봐주셨습니다."

겐조는 시바노라는 이름을 듣자 불현듯 떠오르는 게 있었다. 시마다의 후처가 데려온 딸이 시집간 군인의 성이었다.

"그런 연고로 시마다를 알게 된 모양이군요."

두 사람은 잠시 시바노라는 장교에 대해 이야기를 나누었다. 시바노가 지금 다카사키에 없다는 것, 좀 더 먼 서쪽으로 전임한 지 몇 년 되었다는 것, 여전히 술을 많이 마시고 살림이 그다지 풍족하지 않다는 것 등이었다. 이런 것들은 모두 겐조가 처음 듣는 소식임에는 틀림없었지만 동시에 그다지 흥미를 끄는 화제도 아니었다. 시바노 부부에게 아무런 악감정도 없는 겐조는 그저 그런가 하며 태연하게 들었을 뿐이다. 하지만 이야기가 본론에 이르러 드디어 시마다 이야기가 나왔을 때는 겐조도 자연스럽게 불쾌한 기분이 들었다.

요시다는 자꾸만 그 노인의 궁핍한 상황을 호소하려 들었다.

"사람이 너무 좋아서 그만 남한테 속아 늘 손해를 보는 겁니다. 도저히 돌려받을 가망이 없는데도 무턱대고 돈을 빌려주고 하니까요."

"사람이 너무 좋아서 그런 걸까요? 너무 욕심을 부려서 그런 게 아니고요?"

설사 요시다의 말대로 노인이 곤궁하다고 해도 겐조는 그렇게 해석할 수밖에 없었다. 게다가 곤궁하다는 것부터가 수상쩍었다. 정작 대리인인 요시다도 굳이 그런 점을 변호하지는 않았다. "어쩌면 그럴지도 모르지요" 하고는 웃음으로 얼버무렸다. 그런 주제에 곧바로 매달 얼마간이라도 돈을 보내줄 수는 없겠느냐는 이야기를 꺼냈다.

솔직한 겐조는 일면식도 없는 이 남자에게 그만 자신의 경제적 상황을 털어놓지 않을 수 없었다. 겐조는 수중에 들어오는 백이삼십엔[19]의 월수입이 어떻게 쓰이는지 상세히 설명하며 매달 한 푼도 안 남는다는 사실을 상대에게 납득시키려고 했다. 요시다는 이따금 예의 '그렇군요'와 '과연 그렇군요'라는 말을 쓰며 얌전히 겐조의 해명을 들었다. 하지만 요시다가 어디까지 믿고 어디까지 의심하는지 겐조는 도통 알 수가 없었다. 다만 요시다는 어디까지나 저자세를 취하는 데 주안점을 두고 있는 것 같았다. 불손한 말은 물론이고 협박하는 듯한

---

19 1903년 4월부터 1907년 3월까지 소세키는 제일고등학교와 도쿄제국대학 문과대학 영문과 강사로 재직했는데, 그 수입은 제일고등학교 연봉이 700엔, 도쿄제국대학 연봉이 800엔이었다. 그것을 합하면 매월 125엔이다.

내색도 전혀 비치지 않았다.

13

이것으로 요시다가 가져온 용건을 다 들은 것으로 이해한 겐조는 마음속으로 그가 돌아가겠거니 하고 넌지시 예상했다. 하지만 그의 태도는 그런 예상을 여지없이 뒤집었다. 그 뒤로 돈 문제를 언급하지는 않았지만 언제까지고 이롭지도 해롭지도 않은 잡담을 늘어놓으며 꿈쩍하지 않았다. 그리하여 화제는 다시 자연스레 시마다 이야기로 돌아갔다.

"어떨까요? 노인도 요즘은 나이가 들어선지 무척 허전하다는 말만 합니다. ……어떻게 좀 예전처럼 왕래해주실 순 없겠습니까?"

겐조는 잠깐 대답이 궁했다. 어쩔 수 없이 말없이 두 사람 사이에 놓인 담배합[20]을 쳐다보았다. 겐조의 뇌리에는 무명실과 털실로 짠 묵직해 보이는 천으로 만든 박쥐우산을 쓰고 이상한 눈동자로 자신을 물끄러미 쳐다보던 노인의 모습이 생생하게 떠올랐다. 겐조는 그 사람에게 신세를 졌던 옛일[21]을 잊을 수는 없었다. 동시에 인격적인 면에서 일어나는 그 사람에 대한 혐오감도 어쩔 수 없었다. 상반된 감정 사이에서 난처해진 그는 한동안 입을 열 수 없었다.

20 담배쌈지, 담뱃대, 불씨를 넣는 조그만 그릇, 담뱃재를 버리는 대나무 통 등 담배를 피울 때 쓰는 도구 일체를 넣는 상자.
21 "모자를 쓰지 않은 남자" 시마다와의 과거가 조금씩 밝혀진다. 시마다의 소재가 된 인물은 소세키의 양부였던 시오바라 쇼노스케(塩原昌之助)인데, 그렇다고 시마다를 꼭 사실 그대로 그리지는 않았다.

"저도 이렇게 어렵사리 찾아온 것이니 아무쪼록 이것만은 들어주셨으면 합니다만."

요시다의 태도는 더욱 정중해졌다. 아무리 생각해도 왕래하는 건 견딜 수 없이 싫었지만, 또 아무리 따져도 그걸 거절하는 것이 도리에 어긋나는 일이라는 건 인정하지 않을 수 없었다. 겐조는 싫어도 바른 길을 가려고 마음먹었다.

"그런 거라면 상관없겠지요. 그쪽에도 그렇게 전해주십시오. 하지만 왕래를 한다고 해도 도저히 옛날 같은 관계로는 할 수 없으니까 그것도 오해 없도록 전해주시기 바랍니다. 그리고 저의 지금 상황으로는 제가 이따금 찾아가서 노인을 위로해드리는 건 어려울 것 같습니다만⋯⋯."

"그렇다면 뭐 그쪽에서만 드나들게 되겠네요."

겐조는 드나든다는 말을 듣는 게 괴로웠다. 그렇다고도 그렇지 않다고도 말하기 힘들어서 또 입을 다물었다.

"아니, 뭐 그걸로 충분하죠, ⋯⋯옛날과 지금은 사정도 전혀 다르니까요."

요시다는 드디어 자신의 임무가 끝났다는 표정으로 이렇게 말한 뒤 지금까지 만지작거리던 담배쌈지를 허리춤에 찔러 넣고는 재빨리 돌아갔다.

겐조는 그를 현관까지 배웅하고는 곧장 서재로 들어갔다. 그날 일을 빨리 해치우겠다는 생각에 급히 책상 앞에 앉았지만 마음 한구석이 찜찜한 탓인지 좀체 일이 생각대로 진척되지 않았다.

그때 아내가 잠깐 얼굴을 내밀었다. "여보, 여보" 하고 두 번 불렀지만 겐조는 책상 앞에 앉은 채 돌아보지 않았다. 아내가 그대로 잠자코 물러간 후 겐조는 진척도 없는 일을 저녁때까지 붙들고 있었다.

평소보다 늦은 시각에야 겨우 저녁 식탁에 앉은 겐조는 비로소 아내와 이야기를 나누었다.

"아까 온 요시다라는 사람은 대체 어떤 사람인가요?" 아내가 물었다.

"전에 다카사키에서 육군에 납품인가 뭔가를 했다나 봐." 겐조가 대답했다.

물론 문답이 이것으로 끝날 리 없었다. 아내는 요시다와 시바노의 관계, 남편과 시마다의 관계에 대해 자신이 납득할 수 있을 때까지 설명을 들으려고 했다.

"어차피 돈이나 뭘 달라는 거죠?"

"뭐 그렇지."

"그래서 당신은 어떻게 했어요? ……아무튼 거절한 거죠?"

"응, 거절했어. 거절하는 것 외에 달리 방법이 없으니까."

두 사람은 각자 마음속으로 집의 경제 상황을 생각했다. 매달 지출하는, 또는 지출해야 하는 금액은 그에게 상당히 고통스러운 노력의 대가였지만, 그것으로 살림을 꾸려나가는 아내에게는 전혀 풍족하다고 할 수 없는 상황이었다.

14

겐조는 자리에서 일어서려고 했다. 하지만 아내는 아직 묻고 싶은 것이 있었다.

"그래서 순순히 돌아가던가요, 그 사람? 좀 이상하네요."

"그야 내가 거절했으니까 어쩔 수 없지 않겠어? 싸울 수도 없는 노릇이고."

"하지만 또 오겠지요. 그렇게 얌전히 돌아갔다가 말이에요."

"와도 상관없어."

"그래도 싫어요, 귀찮아요."

젠조는 아내가 옆방에서 조금 전의 대화를 빠짐없이 듣고 있었다고 짐작했다.

"당신, 들었지, 다?"

아내는 남편의 말을 긍정하지 않는 대신 부정도 하지 않았다.

"그럼 그걸로 된 거잖아."

젠조는 이렇게 말하고 일어나 서재로 가려고 했다. 그는 독선가였다. 아내에게 더 이상 설명할 필요는 처음부터 없었다고 믿었다. 아내도 그런 점에서 남편의 권리를 인정하는 여자였다. 하지만 겉으로만 인정할 뿐 속으로는 항상 불만이었다. 매사에 우격다짐으로 나오는 남편의 태도가 그녀에게 결코 기분 좋을 리 없었다. 왜 좀 더 마음을 터놓고 이야기해줄 수 없을까, 하는 생각이 끊임없이 그녀의 가슴속 깊은 데서 일어났다. 그러면서도 남편이 마음을 터놓고 이야기하게 할 만한 타고난 자질이나 재주를 충분히 갖추고 있지 못하다는 사실에는 전혀 관심이 없었다.

"당신은 시마다와 왕래해도 좋다고 받아들인 것 같던데요."

"어."

젠조는 그게 어쨌다는 거냐는 표정을 지었다. 아내는 늘 이런 데서 입을 다물어버렸다. 그녀의 성격상 남편이 이런 태도로 나오면 갑자기 불쾌해져 한 발짝도 앞으로 나아갈 생각이 들지 않았다. 그런 무뚝뚝한 모습이 또 남편의 기질을 자극하여 그를 더욱 우격다짐으로 나오게 하는 경향이 있었다.

"당신이나 가족하고는 관계없는 일이니까 상관없잖아, 나 혼자 어떻게 결정하든 말이야."

"그야 저한테 아무 신경을 쓰지 않아도 좋아요. 신경을 써달라고 해도 어차피 신경 써줄 양반도 아니니까요······."

학문을 한 겐조의 귀에 아내의 말은 완전히 빗나간 것이었다. 그리고 그렇게 빗나간 것은 아무래도 머리가 나쁜 증거로밖에 여겨지지 않았다. 속으로 '또 시작이군' 하는 마음이 들었다. 하지만 아내는 곧바로 본론으로 돌아가 그의 주의를 끌 만한 이야기를 꺼냈다.

"하지만 아버님께 죄송하잖아요. 이제 와서 그 사람하고 왕래하게 되면요."

"아버님이라니, 우리 아버지 말이야?"

"물론 당신 아버님이지요."

"우리 아버지는 진작 돌아가셨잖아."[22]

"하지만 돌아가시기 전에 시마다하고는 절교했으니까 앞으로 절대 왕래하면 안 된다고 말씀하셨잖아요."

겐조는 아버지와 시마다가 싸워서 의절한 당시의 상황을 생생하게 기억하고 있었다. 하지만 그는 아버지에 대해 그다지 애정 어린 기억을 갖고 있지 못했다. 게다가 절교 운운한 것에 대해서도 그렇게 엄중한 지시를 받은 기억이 없었다.

---

22 소세키의 아버지 나쓰메 나오카쓰(夏目直克 : 그동안 명확한 근거 없이 '나오카쓰'로 읽어왔으나 2014년 '나오요시'로 표기된 자료가 발견됨)는 1897년 도쿄에서 사망했다.

"당신은 어디서 그런 얘기를 들은 거야? 내가 말한 것 같지는 않은데."

"당신이 한 거 아니에요. 아주버님한테 들었어요."

아내의 대답은 겐조에게 전혀 이상할 게 없었다. 동시에 아버지의 의지도 형의 말도 그에게는 그다지 영향을 주지 못했다.

"아버지는 아버지고 형님은 형님, 나는 나니까 어쩔 수 없어. 내가 볼 때 왕래를 거절할 만한 근거가 없으니까."

이렇게 단언했지만 겐조는 속으로 시마다와 왕래하는 것이 싫어서 견딜 수 없다는 사실을 의식했다. 하지만 그런 마음은 아내의 가슴에 전혀 전해지지 않았다. 그녀는 자신의 남편이 또 예의 그 고집을 부려 쓸데없이 모두의 의견에 반대하는 거라고만 생각했다.

15

옛날에 겐조는 그 사람 손에 이끌려 걸었다. 그 사람은 겐조를 위해 작은 서양 옷을 맞춰주었다. 어른들조차 외국 복장에 그다지 친숙하지 않던 때라 재봉사는 어린애가 입을 옷의 스타일 같은 것은 전혀 신경 쓰지 않았다. 상의 허리 언저리에는 단추 두 개가 나란히 달려 있었고 가슴 쪽은 벌어져 있었다. 희끗희끗한 두툼한 모직도 딱딱하고 뻣뻣해서 촉감이 무척 거칠었다. 특히 바지는 옅은 갈색에 세로로 골이 패어 있어 말 조련사나 입을 법한 옷이었다. 하지만 당시의 겐조는 그 옷을 입고 시마다의 손을 잡고 의기양양하게 걸었다.

모자도 그 무렵 그에게는 진기한 것이었다. 얇은 냄비 밑바닥 같은 모양의 펠트 모자를 까까머리에 두건처럼 푹 눌러쓰는 것이 그에게는 아주 만족스러웠다. 여느 때처럼 시마다의 손에 이끌려 요세(寄席)[23]로 마술을 보러 갔을 때 마술사가 그의 모자를 빌려 소중한 검은색 모직물 안에서 손가락을 밖으로 통과해 보였기 때문에 그는 깜짝 놀라 다시 자기 손으로 돌아온 모자를 걱정스럽게 여기저기 여러 차례 어루만져본 적도 있었다.

시마다는 또 겐조를 위해 꼬리가 긴 금붕어를 여러 마리나 사주었다. 무사나 전쟁을 소재로 그린 그림, 풍속화를 색도(色度) 인쇄한 목판화, 그 목판화가 두세 장 이어진 것도 겐조가 사달라는 대로 사주었다. 겐조는 자기 몸에 딱 맞는 붉은빛 가죽 끈으로 꿴 갑옷과 용머리 투구까지 갖고 있었다.[24] 그는 하루에 한 번씩 갑옷을 입고 투구를 쓴 채 금종이로 만든 지휘 채를 휘둘렀다.

겐조는 또 어린아이가 차는, 짧은 호신용 칼도 갖고 있었다. 칼이 빠지지 않도록 칼자루에 지르는 쇠못을 가리는 쇠붙이 장식에는 쥐가 빨간 고추를 물고 가는 조각이 새겨져 있었다. 겐조는 은으로 만든 쥐와 산호로 새긴 고추를 보물처럼 소중히 여겼다. 그는 때때로 칼을 뽑아보고 싶었다. 또 몇 번이나 뽑으려고 했다. 하지만 매번 뽑히지 않았다. 봉건 시대의 이 장식품 역시 시마다의 호의로 어린 겐조에게 건네진 것이었다.

겐조는 또 시마다의 손에 이끌려 자주 배를 탔다. 배에는 반드시 허리에 짧은 도롱이를 두른 뱃사람이 있어 그물을 던졌다. 모쟁이[25]며

23 재담, 만담, 야담 등을 들려주는 대중적 연예장.
24 어린이용 갑옷을 입은 어린 소세키의 사진이 남아 있는데, 오른손에 지휘 채를 들고 있다.
25 숭어 새끼.

숭어가 수면 가까이 올라와 날뛰는 모습이 어린 눈에는 백금처럼 빛나 보였다. 뱃사람은 때때로 바다 멀리 4킬로미터나 8킬로미터까지 노를 저어 나가 감성돔까지 잡았다. 그럴 때는 높은 파도가 밀려와 배를 흔들었기 때문에 그의 머리는 금세 무거워졌다. 그래서 배 안에서 잠이 든 경우가 많았다. 그가 가장 재미있어한 것은 복어가 그물에 걸렸을 때였다. 그는 삼나무 젓가락으로 복어의 배를 작은 북처럼 통통 두드리며 복어가 배를 부풀리거나 화를 내는 모습을 즐겼다.

요시다가 다녀간 뒤 겐조는 문득 어렸을 때의 이런 기억을 차례로 떠올리곤 했다. 기억들은 모두 단편적이지만 비교적 또렷하게 떠올랐다. 그래서 단편적이긴 해도 어느 것이나 결코 그 사람과 떼어놓을 수가 없었다. 아주 자질구레한 사실을 더듬어가면 갈수록 소재가 무진장 늘어나는 것처럼 보였을 때, 또 그렇게 무진장한 소재 각각에 반드시 모자를 쓰지 않은 남자의 모습이 포함되어 있는 것을 발견했을 때 그는 마음이 괴로웠다.

'이런 광경을 잘도 기억하면서 그 무렵에 느꼈던 마음은 왜 생각나지 않는 걸까?'

겐조에게는 이것이 커다란 의문이었다. 사실 그는 어렸을 때 그렇게 신세를 졌던 사람에 대한 당시의 마음을 깡그리 잊어버리고 말았다.

'하지만 그런 일을 잊어버릴 리는 없으니까 어쩌면 처음부터 그 사람에 대해서만은 은혜를 입었다는 마음이 없었는지도 몰라.'

겐조는 이렇게도 생각했다. 한발 더 나아가 아마 그랬을 거라고 해석했다.

겐조는 그 사건으로 인해 떠올린 어릴 때의 기억을 아내에게 말하지 않았다. 여자는 감정에 약해서 혹시 말했다가는 어쩌면 시마다에

대한 그녀의 반감을 누그러뜨리는 데 유리하게 작용하지 않을까 하는
생각조차 하지 않았다.

16

드디어 예상하고 있던 날이 찾아왔다. 어느 날 오후 요시다와 시마
다가 나란히 겐조의 집 현관 앞에 나타났다.

겐조는 예전에 알던 사람에게 어떤 말을 사용하고 어떻게 응대해야
좋을지 몰랐다. 이런저런 생각을 하지 않고 자연스럽게 그것을 정해
주는 마음의 움직임이 지금의 그에게는 전혀 없었다. 그는 20여 년이
나 만나지 않은 사람과 무릎을 맞댔지만 특별히 반가움도 느끼지 못
하여 오히려 냉담함에 가까운 응수만 했다.

시마다는 전부터 건방지다고 소문난 사람이었다. 겐조의 형과 누나
는 단지 그 이유만으로도 그를 몹시 싫어할 정도였다. 실은 겐조 자신
도 내심 그것을 두려워하고 있었다. 다만 겐조는 그 사람의 사소한 말
한마디에 자존심에 상처를 입기에는 지금의 자신이 너무 높은 위치에
있다고 스스로를 평가했다.

하지만 시마다는 생각보다 정중했다. 보통 초면인 사람이 인사할
때 쓰는 '입니까'라든가 '아닙니다'라는 말을 썼고, 일부러 말끝을 얼
버무리지 않으려고 신경을 쓰는 것처럼 보였다. 겐조는 그 사람이 겐
짱, 겐짱, 하고 불렀던 어린 시절을 떠올렸다. 관계가 끊어지고 나서도
만나기만 하면 여전히 겐짱이라고 불러 그걸 불쾌하게 여겼던 과거도
자연스럽게 마음속에 떠올랐다.

'뭐 이런 식이라면 괜찮겠지.'

그래서 겐조는 두 사람에게 가능한 한 불쾌한 얼굴을 비치지 않으려고 애썼다. 상대도 되도록 평온하게 돌아갈 생각인지 겐조의 기분을 상하게 하는 말은 한마디도 하지 않았다. 그 때문에 당연히 양쪽 사이에 화제가 될 만한 회고담 같은 것도 거의 나오지 않았다. 따라서 대화는 걸핏하면 끊어지기 일쑤였다.

겐조는 문득 비가 내리던 날 아침에 있었던 일을 생각했다.

"얼마 전 길을 가다가 두 번쯤 뵌 것 같습니다만, 가끔 주변을 지나십니까?"

"실은 다카하시네 장남의 딸이 시집간 곳이 바로 요 앞이어서요."

다카하시라는 사람이 누구인지 겐조는 전혀 몰랐다.

"아, 네."

"거, 아시죠? 시바의 그……."

겐조는 어릴 때 시마다 후처의 친척이 시바에 있고 그 집안 사람은 모두 신관이거나 스님이라는 이야기를 들은 것 같기도 했다. 하지만 그 친척 중에 그와 비슷한 나이의 요조(要三)라는 남자를 두세 번 만났을 뿐 다른 사람을 만난 기억은 전혀 없었다.

"시바라고 하면 혹시 오후지 씨의 여동생이 시집간 곳이지요?"

"아뇨, 언니입니다. 동생이 아니고요."

"아, 네."

"요조는 죽었습니다만 자매는 다 좋은 데로 시집을 가서 행복하게 잘 삽니다. 맏딸은 아마 아실 텐데요, ○○한테 시집을 갔습니다."

과연 ○○은 처음 듣는 이름이 아니었다. 하지만 그는 꽤 오래전에 죽은 사람이었다.

"여자하고 애들만 남아 곤란하니까 무슨 일만 있으면 숙부님, 숙부님, 하면서 편하게 여겨서요. 게다가 요즘은 집을 수리하는데 감독할 사람이 필요하다고 해서 거의 매일처럼 요 앞을 지납니다."

겐조는 옛날 이 남자가 이케노하타의 책방에 데려가 법첩(法帖)[26]을 사준 일이 저도 모르게 떠올랐다. 비록 한두 푼이라도 깎지 않으면 물건을 산 적이 없는 이 사람은 그때도 겨우 5린(厘)[27]이라는 푼돈을 깎을 요량으로 가게 앞에 앉아 완강히 버티며 꼼짝하지 않았다. 동기창(董其昌)[28]의 글씨본을 안고 옆에 서 있어야 했던 겐조는 그런 그의 태도가 몹시 꼴사납고 불쾌했다.

'이런 사람한테 감독을 받는 목수나 미장이는 오죽이나 화가 날까.'

겐조는 이렇게 생각하면서 시마다의 얼굴을 보고 쓴웃음을 지었다. 하지만 시마다는 전혀 눈치채지 못한 것 같았다.

17

"하지만 저술을 남겨준 덕분에 남편이 죽은 뒤에도 별 어려움 없이 그럭저럭 살아갈 수 있는 거지요."

시마다는 ○○가 저술한 책을 세상의 모든 사람이 알고 있어야 한다는 투로 이렇게 말했다. 그러나 불행히도 겐조는 저서의 제목을 몰랐다. 자전(字典)이나 교과서일 거라고 짐작은 했지만, 특별히 물어볼

---

26 옛사람의 뛰어난 필적을 탁본한 것. 습자 교본이나 감상용으로 쓴다.
27 1린은 10분의 1센(錢), 1,000분의 1엔(円).
28 명나라의 문인으로 시, 그림, 글씨에 뛰어났다.

생각은 들지 않았다.

"책이라는 건 정말 고마운 것이라서 한 권만 써두면 그게 두고두고 팔리니까요."

겐조는 잠자코 있었다. 하는 수 없이 요시다가 상대가 되어 여하튼 돈을 벌기에는 책만 한 것이 없다고 했다.

"장례식은 치렀지만 ○○가 죽고 나자 남은 사람이 여자뿐이어서 실은 제가 책방과 교섭을 했지요. 그래서 매년 얼마라고 정해놓고 그쪽에서 지급하도록 해두었습니다."

"허어, 대단하네요. 역시 학문을 할 때는 그만큼 돈이 들어서 손해인 것 같지만 막상 해놓고 보면 결국 그게 더 남는 장사니까 배우지 못한 사람은 도저히 당해낼 수가 없지요."

"결국 이득이지요."

겐조는 그들의 수작에서 아무런 흥미도 느끼지 못했다. 게다가 아무리 맞장구를 치려고 해도 칠 수 없게, 대화는 이상한 데로 흘러갔다. 무료해진 겐조는 어쩔 수 없이 두 사람의 얼굴을 번갈아 보다가 이따금 뜰을 바라보았다.

뜰은 손질을 하지 않아 볼썽사나웠다. 언제 가지치기를 했는지 알 수 없는 소나무 한 그루가 답답한 듯이 검푸른 잎을 울타리 옆으로 무성하게 뻗고 있었다. 소나무 말고는 나무다운 나무는 거의 없었다. 비질을 하지 않은 바닥은 자갈이 섞여 울퉁불퉁했다.

"선생님도 한번 돈을 벌어보시는 게 어떻습니까?"

요시다가 돌연 겐조 쪽을 보았다. 겐조는 쓴웃음을 짓지 않을 수 없었다. 하는 수 없어 "예, 벌고 싶네요" 하며 분위기를 맞추었다.

"뭐 간단한 일이죠. 양행(洋行)까지 했다면요."

이는 노인의 말이었다. 그게 마치 자신이 학자금이라도 대서 그를 서양에 보낸 것처럼 들렸기 때문에 겐조는 불쾌한 얼굴을 했다. 하지만 노인은 그것에 전혀 신경 쓰는 것 같지 않았다. 달갑지 않게 여기는 겐조를 보고도 모른 체했다. 마침내 요시다가 예의 담배쌈지를 허리춤에 쑤셔 넣고는 "그럼 오늘은 이만 일어설까요?" 하고 재촉해서야 노인은 겨우 돌아갈 생각을 한 것 같았다.

두 사람을 보내고 다시 잠깐 객실로 돌아온 겐조는 방석에 앉아 팔짱을 끼고 생각에 잠겼다.

'대체 뭐 때문에 온 거지? 이건 남을 괴롭히려고 온 거나 마찬가지 아닌가. 그 사람들은 이게 재미있는 걸까?'

겐조 앞에는 조금 전 시마다가 가져온 선물이 그대로 놓여 있었다. 그는 멍하니 변변치 않은 과자 상자를 바라보았다.

아무 말 없이 찻잔이며 담배합을 치우기 시작한 아내는 끝내 말없이 앉아 있는 겐조 앞에 섰다.

"여보, 아직도 거기 앉아 계신 거예요?"

"아니, 이제 일어날 거야."

겐조는 곧바로 일어서려고 했다.

"그 사람들, 또 올까요?"

"올지도 모르지."

겐조는 이렇게 말하고는 서재로 들어갔다. 한바탕 빗자루로 객실을 쓰는 소리가 들렸다. 비질 소리가 그치자 과자 상자를 놓고 다투는 아이들 소리가 났다. 드디어 모든 게 조용해졌을 무렵, 해 질 녘의 하늘에서 비가 떨어졌다. 겐조는 사야지, 사야지, 하면서 아직 사지 못한 오버슈즈[29]를 떠올렸다.

18

비 오는 날이 며칠이나 이어졌다. 그러다 활짝 갰을 때 물들인 듯한 하늘에서 눈부신 빛이 대지 위로 떨어졌다. 날마다 찌무룩하여 개운치 않은 마음으로 바느질에만 정신을 팔고 있던 아내는 툇마루 끝으로 나가 파란 하늘을 올려다보았다. 그러고는 갑자기 옷장 서랍을 열었다.

그녀가 옷을 갈아입고 남편의 얼굴을 들여다보러 왔을 때 겐조는 턱을 괸 채 멍하니 지저분한 뜰을 바라보고 있었다.

"여보, 무슨 생각을 그렇게 하세요?"

겐조는 잠깐 나들이옷을 입은 아내의 모습을 돌아다 보았다. 그 순간 나른하게 풀어진 그의 눈은 아내에게서 뜻밖의 신선한 느낌을 받았다.

"어디 가는 거야?"

"네."

아내의 대답은 너무 간결했다. 그는 다시 원래의 울적한 모습으로 돌아왔다.

"애들은?"

"애들도 데려가요. 놔두고 가면 시끄러워서 귀찮을 테니까요."

29 overshoes. 구두 따위의 신발에 끼워 신는 덧신으로, 비 올 때 방수용으로 쓰이며 고무나 합성수지로 만든다.

겐조는 일요일 오후를 혼자 조용히 보냈다.

아내가 돌아온 것은 그가 저녁을 마치고 다시 서재로 물러간 뒤였는데, 이미 불을 켠 지 한두 시간 지났을 때였다.

"다녀왔어요."

늦어졌다고도 뭐라고도 하지 않는 그녀의 무뚝뚝함이 마음에 들지 않았다. 그는 힐끗 돌아보았을 뿐 아무 말도 하지 않았다. 그러자 그것이 또 아내의 마음에 어두운 그림자를 드리우는 계기가 되었다. 아내도 그대로 일어나 다실 쪽으로 가버렸다.

두 사람이 이야기할 기회는 그걸로 사라졌다. 그들은 얼굴만 보면 자연스럽게 뭔가 말하고 싶은 사이좋은 부부가 아니었다. 또한 그럴 만한 친밀감을 보여주기에는 서로가 너무 고리타분했다.

이삼일 지나고 나서 아내는 비로소 그날 외출한 일을 밥상머리 화제로 올렸다.

"요전에 친정에 갔다가 모지 숙부를 만났어요. 정말 깜짝 놀랐어요. 아직 타이완에 있는 줄 알았더니 어느새 돌아왔더라니까요."

모지 숙부라는 사람은 그들 사이에 방심할 수 없는 사람으로 각인되어 있었다. 겐조가 아직 지방에 있을 무렵 그가 기차를 타고 불쑥 찾아와서는 급한 볼일이 생겨 그런다며 돈을 좀 융통해달라고 부탁했다. 겐조가 지방 은행에 예치해둔 돈을 빌려주었더니 그는 그럴싸하게 인지를 붙인 차용증을 우편으로 보내왔다. 차용증에는 '단 이자는' 하는 문구까지 덧붙어 있어서 겐조는 오히려 너무 융통성이 없는 사람이라고 생각했는데 빌려간 돈은 끝내 돌아오지 않았다.

"지금 뭘 하고 있지?"

"뭘 하는지 모르겠어요. 무슨 회사를 차리는데 꼭 당신의 동의를 얻고 싶다면서 일간 찾아올 거라고 했어요."

겐조는 그다음 이야기는 물어볼 필요도 없었다. 그가 예전에 돈을 빌려갔을 때도 무슨 회사를 세운다고 해서 그는 정말 그 말을 철석같이 믿었다. 장인도 그 말을 의심치 않았다. 숙부는 장인을 감쪽같이 구슬려 모지까지 모시고 갔다. 그리고 아무런 연고도 없는 남의 집을 보여주며 그게 건축 중인 회사라고 했다. 그는 사실 그런 수단으로 장인에게서 수천이나 되는 자금을 우려냈다.

겐조는 그 사람에 대해 더 이상 아무것도 알고 싶지 않았다. 아내도 말하는 게 싫은 모양이었다. 하지만 평소와 달리 대화는 거기서 끊기지 않았다.

"그날은 날씨가 너무 좋아서 오랜만에 아주버님 댁에도 들렀어요."

"그래?"

아내의 친정은 고이시카와 다이마치(台町)[30]에 있고 겐조의 형 집은 이치가야 야쿠오지마에에 있기 때문에 아내는 멀리 돌아가지 않아도 되었다.

19

"아주버님께 시마다가 찾아왔다는 이야기를 했더니 무척 놀라셨어요. 이제 와서 찾아올 이유가 없다며 당신이 그런 사람을 상대해주지 말았으면 좋았을 거라고 하셨어요."

---

30 이 지명은 실재하지 않는 가상의 이름이다.

아내의 얼굴에는 다소 에둘러 말하는 기색이 드러났다.

"그 말을 들으려고 일부러 야쿠오지마에까지 들렀다 온 거야?"

"또 빈정거리네요. 당신은 왜 그렇게 남이 하는 말을 나쁘게만 받아들이세요? 저는 오랫동안 찾아뵙지 못해 죄송한 마음이 들어 돌아오는 길에 잠깐 들렀을 뿐이에요."

그가 좀처럼 간 적이 없는 형 집에 아내가 가끔 찾아가는 것은 결국 남편 대신 형제간의 도리를 다하는 것이라 아무리 겐조라도 거기에는 불평할 이유가 없었다.

"형님은 당신을 걱정해주시는 거예요. 그런 사람하고 왕래하기 시작했다가는 또 무슨 성가신 일이 생길지 모른다고 하시면서요."

"성가시다니 뭐가 성가시다는 거야?"

"그거야 일어나기 전에는 아주버님도 모르시겠지만, 아무튼 변변한 일이 없을 거라고 생각하시는 거겠지요."

변변한 일이 있을 거라고는 겐조도 생각하지 않았다.

"하지만 사람 도리가 그런 게 아니잖아."

"그래도 돈을 주고 인연을 끊은 이상 도리에 어긋나는 일은 아니잖아요?"

인연을 끊기로 하고 준 돈은 어렸을 때의 양육비[31]라는 명목으로 겐조의 아버지가 시마다에게 건넨 것이다. 겐조가 스물두 살[32]이 되던 해 봄의 일이었다.

---

31 1888년 1월 소세키의 아버지 나오카쓰와 양부 시오바라 쇼노스케 사이에 7년간의 양육비 240엔을 상환하는 조건으로 소세키의 호적을 나쓰메가로 다시 옮기는 교섭이 이루어졌고 그것을 기록한 증서가 교환되었다. 겐조의 아버지와 시마다의 교섭은 이를 소재로 한 것이다.

32 앞의 증서에 쓰인 해가 1888년이기 때문에 겐조와 소세키의 나이가 일치한다. 또 겐조가 현재 서른여섯 살이므로 '인연을 끊은' 것은 14년 전이 된다.

"게다가 그 돈을 주기 14, 5년 전에[33] 이미 당신은 집으로 돌아온 거였잖아요."

그는 몇 살부터 몇 살까지 시마다의 손에 길러졌는지도 확실히 알 수 없었다.

"세 살부터 일곱 살까지였대요. 아주버님이 그렇게 말씀하셨어요."

"그런가?"

겐조는 꿈처럼 사라진 자신의 과거를 돌아보았다. 그의 뇌리에는 안경을 끼고 보는 듯 세세한 그림이 많이 떠올랐다. 하지만 그 그림에는 뭘 봐도 날짜가 붙어 있지 않았다.

"증서에 정확히 그렇게 쓰여 있었다고 하니까 틀림없겠지요."

그는 자신의 이적(離籍)에 관한 서류를 본 적이 없었다.

"안 봤을 리가 없어요. 잊어버렸겠지요."

"하지만 여덟 살 때 집으로 돌아왔다고 해도 복적(復籍)할 때까지는 가끔 왕래하기도 했으니까 어쩔 수 없지. 완전히 인연이 끊어진 것도 아니었으니까."

아내는 입을 다물었다. 어쩐 일인지 겐조에게는 그것이 섭섭했다.

"사실 나도 달갑진 않아."

"그럼 그만두면 되잖아요. 소용없어요, 여보, 이제 와서 그런 사람하고 왕래해봐야. 대체 무슨 속셈일까요, 그 사람은?"

"그건 나도 도통 모르겠어. 그 사람도 틀림없이 소용없을 거라고 생각할 텐데 말이야."

"아주버님은 기어코 다시 돈을 뜯어내려고 찾아온 게 틀림없으니까

33 겐조가 집으로 다시 돌아온 것은 일고여덟 살 무렵이라는 이야기가 된다.

조심해야 한다고 하셨어요."

"하지만 돈은 처음부터 거절했으니까 괜찮을 거야."

"그래도 앞으로 무슨 말을 꺼낼지 모르잖아요."

아내의 마음속에는 처음부터 이런 예감이 자리 잡고 있었다. 그걸 이미 막았다고만 믿고 있던 이론에 밝은 겐조의 머리에 새롭게 희미한 불안이 싹텄다.

20

그런 불안은 겐조가 일하는 동안에도 따라다녔다. 하지만 그는 또 그런 불안의 그림자를 어딘가에 묻어버리고 말 정도로 바빴다. 그리고 시마다가 다시 겐조의 집 현관에 나타나기 전에 벌써 월말이 되었다.

아내는 연필로 지저분하게 써 넣은 가계부를 겐조 앞으로 갖고 왔다.

겐조는 자신이 밖에서 일해 받은 돈을 다 아내에게 맡겼다. 그래서 아내가 가계부를 갖고 온 것은 뜻밖이었다. 아내는 여태껏 월말에 지출 내역서를 보여준 적이 한 번도 없었다.

'뭐 그럭저럭 꾸려가고 있겠지.'

그는 항상 이렇게 생각했다. 그래서 돈이 필요할 때는 거리낌 없이 아내에게 청구했다. 매달 사는 책 값만 해도 꽤 큰 금액일 때가 있었다. 그래도 아내는 아무 일 없는 얼굴이었다. 경제에 어두운 그는 때로 아내의 방만함을 의심하기까지 했다.

"매달 계산을 정확히 해서 나한테 보여줘야지."

아내는 불쾌한 얼굴을 했다. 그녀가 보기에 자기만큼 충실한 살림

꾼은 어디에도 없다는 식이었다.

"네."

그녀의 대답은 이것뿐이었다. 그러나 월말이 돼도 가계부는 끝내 겐조의 손에 건네지지 않았다. 겐조도 기분이 좋을 때는 그걸 묵인했다. 하지만 기분이 안 좋을 때는 오기가 나서 일부러 보여달라고 다그치기도 했다. 그러면서도 정작 보여주면 너저분하게 쓰여 있어 좀처럼 이해할 수가 없었다. 설령 장부에 쓰인 숫자는 아내의 설명을 듣고 알 수 있다고 해도 실제로 한 달에 반찬을 얼마나 먹는지 또는 쌀이 얼마나 드는지 또 그것이 너무 비싼지 싼지 하는 것은 전혀 가늠할 수 없었다.

이런 경우에도 겐조는 아내의 손에서 가계부를 받아 들고 쓰윽 훑어볼 뿐이었다.

"뭐 달라진 거라도 있어?"

"어떻게든 해주지 않으면……."

아내는 남편에게 현재의 살림살이 형편에 대해 자세하게 설명했다.

"거참, 신기하군. 그래도 용케 지금까지 꾸려온 거네."

"실은 매달 적자예요."

겐조도 남을 거라고는 생각하지 않았다. 지난달 말에 옛 친구 네다섯 명이 그에게 어딘가로 소풍을 가자고 엽서를 보내왔을 때 회비 2엔이 없다는 이유로 동행을 거절한 기억도 있었다.

"하지만 빠듯하게나마 꾸려나갈 수 있었을 것 같은데."

"꾸려나가든 못 하든 지금 수입만으로 꾸려나갈 수밖에 다른 도리가 없지만요."

아내는 주저주저하면서 어렵사리, 옷장 서랍에 넣어둔 자신의 기모노와 오비를 전당포에 맡긴 이야기[34]를 했다.

겐조는 예전에 누나와 형이 나들이옷을 보자기에 싸서 슬쩍 밖으로 가지고 나갔다 들어오는 것을 목격하곤 했다. 남에게 들키지 않도록 조심스럽게 행동하는 그들의 태도가 마치 죄를 지어 그늘에 사는 사람처럼 보여 어린 마음에 쓸쓸한 인상을 남겼다. 이런 연상이 지금의 그를 더욱 울적하게 했다.

"전당포에 맡기다니, 당신이 직접 맡기러 간 거야?"

아직 전당포 문턱을 넘어본 적이 없는 그는 자기보다 빈궁을 겪어 보지 못한 그녀가 아무렇지 않게 그런 데를 드나들 수 있을 거라고 생각지 않았다.

"아뇨, 부탁했어요."

"누구한테?"

"야마노 댁 할멈한테요. 그 집은 단골 전당포의 장부가 있어 편리하거든요."

겐조는 더 이상 묻지 않았다. 변변한 옷 한 벌 해주지 못하는 건 고사하고 아내가 친정에서 가져온 옷까지 전당포에 맡겨 살림에 보태야 하는 처지라는 것은 남편으로서 수치스러운 일임에 틀림없었다.

---

34 영국에서 귀국한 소세키는 가계가 상당히 어려웠다. 특히 "이 무렵(1904)이 가장 돈이 궁하던 때여서 사소한 일에도 난처했습니다. 하지만 어려운 가운데서도 마루젠 서점에서 책을 사는 것만이라도 그만두라는 말을 하지 못하고 돈이 부족할 때는 전당포에 다니기도 하고 해서 그럭저럭 견뎌낼 수 있었습니다"라고 『나쓰메 소세키 평전』에도 쓰여 있다. 이런 사정이 소재가 되었을 것이다.

21

겐조는 좀 더 일해야겠다고 결심했다. 그런 결심에서 나온 노력[35]이 매달 몇 장의 지폐가 되어 아내의 손에 건네진 것은 그로부터 얼마 지나지 않아서였다.

그는 새롭게 받아온 돈을 양복 안주머니에서 꺼내 봉투째 다다미에 던졌다. 묵묵히 봉투를 받아 든 아내는 봉투 뒷면을 보고 곧 지폐의 출처를 알았다. 살림살이에 부족했던 부분은 이렇게 해서 무언중에 채워졌다.

그때 아내는 별로 기쁜 표정도 짓지 않았다. 하지만 만약 남편이 부드러운 말과 함께 봉투를 건네주었다면 아마 기쁜 표정을 지었을 거라고 생각했다. 겐조 역시 만약 아내가 봉투를 기쁘게 받아주었다면 부드러운 말을 건넸을 거라고 생각했다. 그래서 물질적 요구에 응하려고 마련한 그 돈은 두 사람 사이에 존재하는 정신적 요구를 채우는 방편으로서는 오히려 실패로 돌아가고 말았다.

아내는 그때의 찜찜한 마음을 회복하려고 이삼일 지나 겐조에게 옷감 한 필을 보여주었다.

"당신 옷을 지으려고 하는데 이건 어떠세요?"

아내의 얼굴은 환하게 빛나고 있었다. 그러나 겐조의 눈에는 그것이 서툰 기교를 부리는 것으로 비쳤다. 그는 그 불순함을 의심했다. 그리하여 일부러 그녀의 애교에 넘어가지 않으려고 했다. 아내는 썰

---

35 소세키는 1903년 4월부터 제일고등학교와 도쿄제국대학의 강사가 되었고 이듬해 4월에는 메이지 대학에도 일주일에 세 시간 출강했다. 메이지 대학에서의 월급은 30엔이었다. "그 20, 30엔의 돈도 당시 우리 생활에 상당한 보탬이 되었습니다."(『나쓰메 소세키 평전』)

렁하게 자리에서 일어났다. 아내가 자리를 뜬 뒤에 그는 자신이 왜 아내를 썰렁하게 만들어야 하는 심리 상태에 지배당했는지를 생각하고는 더욱 불쾌해졌다.

다음에 아내와 대화를 할 기회가 왔을 때 그는 이렇게 말했다.

"나는 결코 당신이 생각하는 그런 냉혹한 사람이 아니야. 단지 내가 갖고 있는 따뜻한 애정을 막고 밖으로 보낼 수 없게 하니까 어쩔 수 없이 그렇게 하는 거지."

"누가 그런 심술궂은 짓을 한다는 거예요?"

"당신이 늘 그렇게 하잖아?"

아내는 원망스럽다는 듯이 겐조를 쳐다보았다. 겐조의 논리는 아내에게 전혀 통하지 않았다.

"요즘 당신 신경이 아주 이상해요. 왜 좀 더 온당하게 저를 봐주지 않는 거죠?"

겐조는 아내의 말에 귀를 기울일 마음의 여유가 없었다. 그는 부자연스러운 자신의 쌀쌀함에 대해 화가 날 정도로 고통을 느꼈다.

"당신한테 아무도 뭐라고 하지 않는데 자기 혼자 괴로워하니 도리가 없잖아요?"

둘은 결국 서로 철저하게 이야기할 수도 없는 사람들인 것 같았다. 따라서 둘 다 현재의 자신을 고칠 필요를 느끼지 못했다.

겐조가 새로 구한 일은 그의 학문과 교육 수준에서 보면 그다지 어려운 것은 아니었다. 하지만 그는 그 일에 허비하는 시간과 노력이 아까웠다. 무의미하게 시간을 보내는 것이 현재의 그에게는 무엇보다 두려웠다. 그는 살아 있는 동안 뭔가 해내야 한다고, 또 해내지 않으면 안 된다고 생각했다.

그가 새롭게 구한 일을 끝내고 집으로 돌아올 때는 언제나 해 질 무렵이었다.

어느 날 그는 지친 발걸음을 재촉해 현관의 격자문을 거칠게 열었다. 그러자 안에서 나온 아내가 그의 얼굴을 보자마자 "여보, 그 사람이 또 왔어요"라고 했다. 아내는 시마다를 늘 그 사람, 그 사람이라고 불렀기 때문에 겐조도 그녀의 모습과 말에서 자기가 집을 비운 사이에 누가 온 것인지 대충 짐작이 됐다. 그는 말없이 거실로 들어가 아내의 도움을 받아 양복을 일본 옷으로 갈아입었다.

22

겐조가 화로 옆에 앉아 담배 한 대를 피우고 있자니 곧 저녁 밥상이 들어왔다. 그는 곧바로 아내에게 물었다.

"집 안으로 들어왔어?"

누가 들어왔느냐는 건지 알아듣지 못할 만큼 갑작스러운 질문이었다. 살짝 놀라 겐조의 얼굴을 쳐다본 그녀는 대답을 기다리고 있는 남편의 모습을 보고 비로소 그 의미를 알아챘다.

"그 사람 말이에요? ……하지만 집에 없었으니까요."

아내는 시마다를 객실로 들이지 않은 것이 마치 남편의 기분을 상하게 하는 일이라도 된다는 듯이 변명조로 대답했다.

"들이지 않은 거야?"

"네. 그냥 현관에서 잠깐."

"무슨 말 안 했어?"

"진작 찾아뵀었어야 하는데 잠시 여행을 다녀와서 소식을 전하지 못했다고 미안하다던데요."

미안하다는 말이 겐조에게는 일종의 조롱처럼 들렸다.

"여행도 가나 보네? 시골에 볼일이 있는 사람으로 보이지도 않던데, 당신한테 어디 갔다고는 안 했어?"

"아무 말도 안 하던데요. 그냥 딸네 집에서 와달라고 해서 갔다 왔다고만 했어요. 아마 오누이(お縫) 씨라는 사람 집이겠지요."

오누이 씨와 결혼한 시바노라는 사람은 겐조도 예전에 만난 기억이 있다. 시바노가 지금 있는 곳도 얼마 전 요시다에게서 들어 알고 있다. 사단인가 여단인가가 있는 주고쿠(中国) 지방 주변의 어느 도시였다.

"군인인가요, 오누이 씨가 시집간 사람이?"

겐조가 갑자기 말을 그쳐서 아내는 잠깐 사이를 두었다가 이렇게 물었다.

"잘 알고 있네 뭐."

"언젠가 아주버님한테 들었어요."

겐조는 마음속으로 예전에 본 시바노와 오누이 씨의 모습을 나란히 놓고 생각했다. 시바노는 어깨가 떡 벌어지고 피부가 까맸으며 이목구비로 보면 오히려 근사한 부류에 속하는 남자임에 틀림없었다. 오누이 씨 역시 날씬하고 멋진 여성으로 얼굴은 갸름하고 피부가 하얬다. 유달리 아름다운 데는 속눈썹이 많고 눈초리가 긴 눈 같았다. 그들이 결혼한 것은 시바노가 아직 소위인가 중위일 때였다. 겐조는 그들의 신혼집에 한 번 가본 기억이 있다. 그때 시바노는 부대에서 돌아와 몸을 쭉 펴고 목제 화로 가장자리에 얹어놓은 판자에 있는 컵을 들어 찬술을 벌컥벌컥 들이켰다. 오누이 씨는 하얀 피부를 드러내고 경대 앞에서 흩어진 살쩍을 곱게 매만지고 있었다. 시바노는 자기 몫으로 남겨둔 초밥을 열심히 집어 먹었다.

"오누이 씨라는 사람은 인물이 아주 좋았나요?"

"그건 왜?"

"당신 색시로 삼겠다는 이야기가 있었다면서요?"

그런 이야기가 있었던 건 사실이다. 겐조가 아직 열대엿 살 무렵 한 친구를 길가에 기다리게 해놓고 혼자 잠깐 시마다의 집에 들르려고 했을 때 우연히 문 앞 도랑에 걸쳐진 작은 다리 위에 서서 길거리를 보고 있던 오누이 씨가 겐조와 마주치자 순간 미소를 지으면서 가볍게 인사했다. 그 장면을 목격한 친구는 독일어를 배우기 시작한 때라서 "프라우,[36] 문에 기대어 기다리네" 하며 겐조를 놀렸다. 그러나 오누이 씨는 겐조보다 나이가 한 살 위였다. 게다가 그 무렵 겐조는 여자의 미추에 대한 감각도 없었을 뿐 아니라 호오의 감정도 없었다. 그리고 수줍음 비슷한 일종의 묘한 감정이 여자에게 다가가고 싶은 그를 자연의 힘으로 오히려 고무공처럼 여자로부터 튕겨냈다. 그와 오누이 씨의 결혼은 다른 귀찮은 일이 있고 없고를 떠나 도저히 이루어질 수 없는 것으로서 없었던 일이 되고 말았다.

23

"당신은 왜 오누이 씨라는 사람을 아내로 맞이하지 않았어요?"

---

36 Frau. 독일어로 아내, 여자라는 뜻이다.

겐조는 밥상 위에서 갑자기 눈을 들었다. 추억의 꿈에서 깨어난 사람처럼.

"전혀 문제가 안 되었어. 그런 속셈은 시마다한테만 있었으니까. 나는 아직 어린애이기도 했고 말이야."

"그 사람의 친자식이 아니죠?"

"물론이지. 오누이 씨는 오후지 씨가 데려온 아이거든."

오후지 씨라는 사람은 시마다의 후처였다.

"하지만 만약 당신이 오누이 씨라는 사람하고 결혼했다면 어땠을까요, 지금쯤?"

"어떻게 되었을지는 모르지, 해보지 않았으니까."

"하지만 어쩌면 그게 더 행복했을지도 모르겠네요."

"그럴지도 모르지."

겐조는 약간 화가 치밀었다. 아내는 입을 다물었다.

"왜 그런 걸 묻는 거야? 쓸데없이."

아내는 꾸중을 듣는 것 같았다. 그녀에게는 그것을 그냥 지나칠 만한 용기가 없었다.

"어차피 처음부터 제가 마음에 안 들었으니까……."

겐조는 젓가락을 내던지고 손을 머리카락 속으로 찔러 넣었다. 그리고 쌓인 비듬을 북북 긁어 털어내기 시작했다.

두 사람은 그대로 각자의 방으로 가서 각자의 일을 했다. 겐조는 안녕히 주무시라는 인사를 하러 온 아이들이 나가자 평소처럼 책을 읽었다. 아내는 아이들을 재우고 낮에 못다 한 바느질을 하기 시작했다.

오누이 씨 이야기가 다시 두 사람 사이에 화제가 된 것은 이틀 뒤였다. 그것도 우연한 계기에서였다.

그때 아내는 엽서 한 장을 들고 겐조의 방으로 들어왔다. 엽서를 남편에게 건넨 그녀는 여느 때처럼 나가려고 하지 않고 겐조 옆에 앉았다. 겐조가 엽서를 손에 든 채 아무리 기다려도 읽으려 하지 않자 참다못한 아내는 끝내 남편을 재촉했다.

"여보, 그 엽서는 히다 씨한테서 온 거예요."

겐조는 마침내 책에서 눈을 뗐다.

"그 사람 일로 무슨 볼일이 생겼대요."

아니나 다를까 엽서에는 시마다 일로 만나고 싶으니까 잠깐 들르라는 말과 함께 날짜와 시간이 명기되어 있었다. 일부러 겐조를 부르는 실례를 정중히 사과하는 내용까지 있었다.

"무슨 일일까요?"

"전혀 모르겠는데. 의논하자는 것도 아닐 거고. 여기서 의논하자고 한 적도 전혀 없으니까."

"모두 왕래해서는 안 된다고 충고라도 하려는 게 아닐까요? 아주버님도 오신다고 쓰여 있죠, 거기에?"

엽서에는 아내가 말한 내용이 정확히 쓰여 있었다.

형의 이름을 본 순간 겐조의 뇌리에는 문득 오누이 씨의 그림자가 다시 스쳤다. 시마다가 겐조와 오누이를 결혼시켜 나중까지 양가의 관계를 이으려고 한 것처럼 그 여자의 생모 또한 형과 오누이를 결혼시키려는 바람을 갖고 있었던 모양이다.

"겐짱 집하고 그런 사이가 되어야지. 그래야 나도 항상 겐짱 집에 갈 수 있을 테니까."

오후지 씨가 겐조에게 이런 말을 한 것도 돌아보면 먼 옛날 일이다.

"그런데 오누이 씨가 지금 시집간 곳은 원래 어렸을 때 정혼한 집이었죠?"

"정혼한 사이라도 경우에 따라서는 거절할 생각이었을 거야."

"오누이 씨는 대체 어디로 가고 싶었을까요?"

"그런 걸 어떻게 알겠어?"

"그럼 아주버님은 어때요?"

"그것도 모르지."

젠조의 어릴 때 기억 중에는 아내의 질문에 대답할 만한 인정 어린 이야깃거리가 하나도 없었다.

24

젠조는 곧 엽서로 알았다는 뜻의 답장을 보냈다. 그리고 지정한 날이 됐을 때 약속대로 쓰노카미자카로 갔다.

젠조는 시간에 굉장히 정확한 사람이었다. 우직한 그의 성격은 한편으로 그를 오히려 신경질적으로 만들었다. 그는 도중에 두 번쯤 시계를 꺼내 보았다. 사실 요즘 그는 일어나서 잠들 때까지 내내 시간에 쫓기는 듯했다.

젠조는 길을 가면서 자신의 일에 대해 생각했다. 일은 결코 자신의 생각대로 진행되지 않았다. 목적지에 한 발 다가서면 목적지는 다시 그에게서 한 발 멀어졌다.

그는 다시 아내에 대해 생각했다. 예전에는 아주 심했던 그녀의 히스테리가 자연스럽게 가벼워진 지금도 그의 가슴에는 여전히 어둡고 불안한 그림자가 드리워져 있었다. 그는 또 아내의 친정에 대해 생각했다. 경제적인 압박이 가정을 덮치고 있는 듯한 기색이 그의 정신에, 배를 탔을 때와 같은 둔한 동요를 일으키는 원인이 되었다.

그는 또 누나와 형, 그리고 시마다까지도 한데 묶어 생각해야 했다. 모든 것이 퇴폐의 그림자이고 조락의 빛인 가운데 피와 살과 역사가 뒤얽힌 자신도 아울러 생각해야 했다.

누나 집에 도착했을 때 그의 마음은 가라앉아 있었고, 반대로 그의 정신은 흥분해 있었다.

"이야, 이거 일부러 오게 해서……" 하고 히다가 인사를 했다. 이는 옛날에 겐조를 대하던 태도가 아니었다. 하지만 변해가는 세상에서 겐조가 단지 누나의 남편인 이 사람에게만 우월한 사람이 되었다는 자랑은 그에게 만족감보다는 오히려 고통을 주었다.

"한번 찾아가보려고 해도 도무지 너무 바쁜 통에 시간을 낼 수가 있어야지. 사실 어젯밤에도 숙직했네. 오늘 밤에도 실은 부탁을 받았지만 자네하고 약속이 있으니까 거절하고 간신히 지금 돌아온 참이네."

히다가 하는 말을 잠자코 듣고 있으니 그가 직장 근처에서 이상한 여자와 살림을 차렸다는 소문은 새빨간 거짓말인 것 같았다.

고풍스러운 말로 표현하자면 그저 계산과 읽고 쓰기에 능숙하다는 사실 외에 그다지 학문도 재간도 없는 그가 지금의 회사에서 그렇게 중히 여겨질 리가 없을 텐데……. 겐조의 마음에는 이런 의문까지 일었다.

"누님은요?"

"오나쓰는 또 그놈의 천식 때문에."

히다의 말대로 누나는 반짇고리 위에 올린 베개에 기댄 채 헐떡거리고 있었다. 거실을 들여다보러 일어선 겐조의 눈에 흐트러진 머리카락이 비참하게 비쳤다.

"어떤가요?"

그녀는 머리를 똑바로 올릴 수조차 없어서 조그만 얼굴을 옆으로 돌려 겐조를 보았다. 인사를 하려고 애쓰는 바람에 목이 건드려졌는지 지금까지 다소 진정되었던 기침 발작이 한꺼번에 일어났다. 기침이 그치기도 전에 다음 기침이 쉴 새 없이 터져 나왔기 때문에 옆에서 보고 있기에도 거리끼는 마음이 들었다.

"힘들겠다."

그는 혼잣말처럼 이렇게 중얼거리고 미간을 찡그렸다.

사십 줄의 낯선 여자가 누나 뒤에서 등을 쓰다듬고 있는 한편 삼나무 젓가락 하나가 꽂힌 조청 그릇이 쟁반 위에 놓여 있었다. 여자는 겐조에게 가볍게 인사했다.

"어쩐지, 그저께부터."

누나는 이렇게 사나흘이나 잠도 못 자고 밥도 못 먹어 쇠약해졌다가 다시 강한 회복력으로 천천히 원래의 모습을 되찾아가는 게 연례행사였다. 겐조도 그것을 모르지 않았지만 직접 맹렬한 기침과 꺼져가는 숨결을 보고 있으니 병에 걸린 당사자보다 자신이 오히려 불안해서 견딜 수 없었다.

"말을 하려고 하면 기침이 나는 거네요. 가만히 있으세요. 저는 저리 갈 테니까."

한바탕 이어지던 발작이 진정되었을 때 겐조는 이렇게 말하고 객실로 돌아왔다.

25

히다는 태연한 얼굴로 책을 읽고 있었다. "아니, 뭐, 또 그 지병이니까" 하며 겐조의 위로에는 전혀 상대해주지 않았다. 한 해에도 똑같은 일을 여러 번 되풀이하다 보니 자연스럽게 점점 쇠약해져가는 불쌍한 아내의 모습이 이 남자에게는 손톱만큼의 감상도 불러일으키지 못하는 것 같았다. 사실 히다는 30년 가까이 같이 살아온 아내에게 상냥한 말 한마디 건넨 적이 없었다.

겐조가 들어오는 것을 본 그는 곧바로 읽다 만 책을 덮고 금속 테 안경을 벗었다.

"지금 자네가 거실에 가 있는 동안 시시한 것을 읽고 있었네."

히다와 독서는 지극히 어울리지 않는 조합이었다.

"뭔가요, 그건?"

"뭐, 자네가 읽을 만한 건 아니네. 오래된 거라."

히다는 웃으면서 책상에 엎어놓은 책을 집어 겐조에게 건넸다. 뜻밖에도 『조잔기담(常山紀談)』[37]이어서 겐조는 은근히 놀랐다. 그건 그렇고 자신의 아내가 당장이라도 숨이 끊어질 듯한 기세로 기침을 해대는데 마치 남의 일처럼 태연하게 그런 책이나 읽을 수 있다는 것이 이 사람의 성격을 아주 잘 드러내주었다.

"나는 고리타분한 사람이라 이런 옛날 야담을 좋아한다네."

그는 『조잔기담』을 보통의 야담으로 생각하는 듯했다. 하지만 그걸 쓴 유아사 조잔을 야담가로 착각할 정도는 아니었다.

---

37 에도 중기의 유학자 유아사 조잔(湯淺常山, 1708~1781)이 저술한 수필적 사담집(史談集). 명장의 언행이나 일화 등을 담은 책이다.

"역시 학자겠지, 그 사람은? 교쿠테이 바킨[38]과 비교하면 누가 낫나? 나는 바킨의 『난소사토미핫켄덴』[39]도 갖고 있네만."

아니나 다를까 그는 오동나무 책 상자 안에 일본 종이에 활판으로 인쇄한 예약본 『난소사토미핫켄덴』을 가지런히 쌓아두고 있었다.

"자넨 『에도 명소 도회(江戸名所圖絵)』[40]를 갖고 있나?"

"아니요."

"그거 재미있는 책이네. 난 아주 좋아하지. 뭐하면 빌려줄까? 아무튼 에도의 옛날 니혼바시(日本橋)나 사쿠라다(桜田)[41]를 죄다 알 수 있거든."

그는 도코노마[42]에 있는 다른 책 상자에서 미농지에 인쇄한 엷은 남빛 표지의 오래된 책 한두 권을 꺼냈다. 그리고 마치 겐조를 『에도 명소 도회』라는 책 이름조차 들어본 적이 없는 사람 취급 했다. 겐조는 『에도 명소 도회』를 창고에서 꺼내와 한 장 한 장 넘기며 열심히 삽화를 골라 보는 것이 가장 큰 즐거움이었던 어린 시절의 그리운 추억을 갖고 있다. 그중에서도 스루가초(駿河町)라는 부분에 그려진 에치고야(越後屋)[43]의 포렴과 후지 산이 지금 그의 기억을 대표하는 초점이 되었다.

'이런 상태로는 도저히 그때와 같은 느긋한 마음으로 연구와 직접

---

38 교쿠데이 바킨(曲亭馬琴, 1767~1848). 에도 시대 말기의 희작자(戲作者). 권선징악을 표방했으며 대표작은 『난소사토미핫켄덴(南総里見八犬伝)』이다.

39 이 작품의 전체적인 구상은 『수호전』에서 빌려온 것이다.

40 에도(江戸)의 지지풍속서(地誌風俗書).

41 황거(皇居)가 있는 사쿠라다몬(桜田門) 부근 일대를 말한다.

42 일본식 다다미방 한쪽 바닥을 한 단 높게 만들어 벽에는 족자를 걸고 바닥에는 꽃이나 장식물을 꾸며놓는 곳.

43 스루가초에 있던 고후쿠텐(포목점)으로 지금의 미쓰코시 백화점의 전신이다.

관계가 없는 책을 읽을 여유는 약에 쓰려고 해도 없겠어.'

젠조는 속으로 이렇게 생각했다. 다만 너무나 초조해하기만 하는 지금의 자신이 원망스럽기도 하고 딱하기도 했다.

약속한 시간까지 형이 얼굴을 내밀지 않아서 히다는 시간을 때우기 위해선지 자꾸만 책 이야기를 하려고 했다. 책 이야기라면 아무리 해도 젠조에게 폐가 되지 않을 거라는 자신감이라도 갖고 있는 듯했다. 불행히도 히다의 지식은 『조잔기담』을 보통의 야담으로 생각하는 정도였다. 그래도 그는 옛날에 나온 《풍속화보(風俗畵報)》[44]를 한 권도 빠짐없이 철해서 갖고 있었다.

책 이야기가 바닥나자 히다는 하는 수 없이 화제를 바꿨다.

"이제 올 때가 됐는데, 큰처남도. 그렇게까지 말해두었으니까 잊어 버릴 리는 없을 테고. 게다가 오늘은 숙직한 다음 날이라 늦어도 11시 까지는 돌아가야 하는데 말이지. 뭐하면 누구를 좀 보낼까?"

그때 또 무슨 변화가 있었는지 거실 쪽에서 불이 붙은 듯이 심하게 기침을 해대는 소리가 들려왔다.

26

얼마 후 문간의 격자문을 열고 신발 벗는 데서 게다를 벗는 소리가 들렸다.

44 1889년에 창간한 월간 잡지. 그림이나 사진으로 각지의 풍속과 관습을 소개했다. 1916년 에 종간했기 때문에 소세키가 귀국한 당시는 물론이고 『한눈팔기』를 집필하는 동안에도 계속 간 행되고 있었다.

"드디어 온 모양이군." 히다가 말했다.

하지만 현관을 지나온 발소리는 바로 거실로 들어갔다.

"또 안 좋아진 거야? 깜짝 놀랐어. 전혀 모르고 있었거든. 언제부터 그런 거야?"

짧은 말이 감탄사처럼, 또는 질문처럼 객실에 앉아 있는 두 사람의 귀에 들려왔다. 히다의 추측대로 목소리의 주인은 역시 겐조의 형이었다.

"큰처남, 아까부터 기다리고 있었네."

성급한 히다는 곧바로 객실에서 소리쳤다. 아내의 천식 따위는 아무래도 좋다는 듯한 모습이 이 사람의 특성을 잘 드러내주었다. 사람들로부터 '정말 제멋대로인 사람'이라는 말을 듣는 만큼 그는 이 경우에도 자신의 사정 외에 아무것도 생각하지 않는 것 같았다.

"곧 갑니다."

조타로도 약간 화가 난 듯이 거실에서 좀처럼 나오지 않았다.

"미음이라도 좀 먹으면 좋지 않을까? 싫어? 하지만 그렇게 아무것도 안 먹으면 몸이 약해질 텐데."

누나가 숨이 막혀 제대로 대답하지 못하자 등을 쓰다듬고 있던 여자가 조타로의 한마디 한마디에 적절히 대답했다. 평소 겐조보다 친하게 이 집을 드나들던 형은 낯선 이 여자와도 가까워 보였다. 그런 탓인지 그들의 수작은 쉽게 끝나지 않았다.

히다는 몹시 부루퉁해져 있었다. 아침에 일어나 세수할 때처럼 두 손으로 거무스름한 얼굴을 박박 문질렀다. 끝내는 겐조를 보고 조그마한 소리로 이렇게 말했다.

"저래서 곤란하다니까. 말만 많아서 말이지. 나도 별수가 없으니까 어쩔 수 없이 부탁하긴 하지만."

히다의 비난은 확실히 겐조가 모르는 여자를 향한 것이었다.

"누굽니까, 저 사람은?"

"거, 머리 틀어 올릴 때 도와주는 오세이 아닌가. 옛날에 자네가 놀러 왔을 때도 자주 와 있었을 텐데, 우리 집에."

"아, 그런가요?"

겐조는 히다의 집에서 그런 여자를 만난 기억이 전혀 없었다.

"모르겠는데요."

"아니, 모를 리가 없을 텐데, 오세이 모르나? 저 사람은 알다시피 정말 친절하고 성의가 있는 참 좋은 여자이긴 한데, 저래서 곤란하다니까. 말이 많은 게 병이야."

사정을 잘 모르는 겐조는 히다의 말이 그저 자기 편한 대로 과장한 것처럼 들리기만 할 뿐 별로 감흥을 주지 못했다.

누나는 다시 기침을 해대기 시작했다. 발작이 일단락될 때까지 그 대단하던 히다도 잠자코 있었다. 조타로도 거실에서 나오지 않았다.

"어쩐지 아까보다 심한 것 같네요."

좀 불안해진 겐조는 이렇게 말하면서 자리에서 일어나려고 했다. 히다는 두말없이 만류했다.

"뭘, 괜찮네, 괜찮아. 저게 지병이니까 괜찮네. 모르는 사람이 보면 좀 놀라긴 하지만 말이야. 난 벌써 몇 년 전부터 아주 익숙해져서 아무렇지 않다네. 사실 저걸 일일이 걱정했다가는 도저히 지금까지 같이 살 수 없었을 테니 말일세."

겐조는 아무 대답도 할 수 없었다. 그저 속으로 자신의 아내가 히스테리 발작을 일으켰을 때의 고통스러운 마음과 대조하며 상상해볼 뿐이었다.

누나의 기침이 일단 진정되었을 때 조타로가 비로소 객실에 얼굴을 내밀었다.

"정말 죄송합니다. 좀 더 빨리 왔어야 하는데, 하필이면 갑자기 손님이 찾아오는 바람에요."

"왔나, 큰처남. 엄청 기다렸어. 농담 아니야. 사람이라도 보내려던 참이었다니까."

히다는 겐조의 형에게 이렇게 허물없는 투로 말할 수 있는 위치에 있었다.

27

세 사람은 곧 용건에 대해 이야기를 시작했다. 히다가 먼저 입을 열었다.

히다는 사소한 용건에도 심각한 체하는 사람이었다. 심각한 체하면 할수록 자신의 존재가 주위로부터 크게 인정받는다고 생각하는 모양이었다. 그래서 다들 "히다 씨, 히다 씨, 하고 추어올려주기만 하면 된다니까" 하고 뒤에서 비웃었다.

"그런데 큰처남, 어떻게 된 일일까?"

"그러게요."

"정말이지 처음부터 말도 안 되는 일이라 처남한테 말할 필요도 없을 거라고 생각하지만 말이야."

"그렇지요. 이제 와서 그런 말을 꺼내며 찾아온다고 해도 우리가 상대해줄 필요는 없지 않을까요?"

"그래서 나도 딱 거절했지. 이제 와서 그런 말을 꺼내는 건 마치 자기가 죽인 자식을 다시 살려달라고 부처님께 비는 거나 다름없는 일이니까 그만두라고 했지. 하지만 아무리 뭐라고 해도 꿈쩍도 하지 않으니 별수가 있어야지. 그 사람이 이제 와서 그렇게 뻔뻔하게 집으로 찾아오는 것도 실은 옛날에 그런 관계가 있었기 때문이네. 그렇긴 해도 그건 정말 아주 오래전 이야기지. 게다가 그냥 빌린 것도 아니고……."

"또 거저 빌려줄 사람도 아니고요."

"그렇지. 말로는 친척 사이이니 뭐니 하는 주제에 돈에 관해서라면 생판 남보다 악독하고 인정머리라고는 찾아볼 수가 없으니까."

"찾아왔을 때 그렇게 말해주었으면 좋았을 텐데요."

히다와 형의 대화는 좀처럼 본론으로 돌아오지 않았다. 특히 히다는 그 자리에 겐조가 있다는 사실조차 잊어버린 것처럼 보였다. 겐조는 이제 슬슬 무슨 말이라도 해야 했다.

"대체 무슨 일입니까? 시마다가 갑자기 이쪽으로도 찾아오기라도 한 겁니까?"

"아니, 일부러 불러놓고 그만 멋대로 떠들어서 미안하네. ……그럼 큰처남, 내가 처남한테 일단 이 일의 전말을 이야기하기로 할까?"

"예, 그러세요."

이야기는 의외로 단순했다. 어느 날 시마다가 히다의 집을 불쑥 찾아왔다. 자기도 나이를 먹었고 의지할 사람이 없어 불안하니 옛날처럼 겐조를 시마다라는 성(姓)으로 되돌리고 싶다, 아무쪼록 겐조에게 그렇게 전해달라고 부탁했다는 것이다. 히다도 그 요구가 너무 뜻밖인 데 놀라 처음에는 거절했다. 그러나 무슨 말을 해도 꿈쩍하지 않아서 아무튼 그의 희망만은 겐조에게 전해주겠다고 약속했다. 단지 이뿐이었다.

"좀 이상하네요."

겐조는 아무리 생각해도 이상하기만 했다.

"이상하지."

형도 같은 의견이었다.

"어차피 이상한 건 틀림없어. 어쨌든 예순이 넘어서 약간 노망이 든 거니까."

"욕심 때문에 노망이 든 게 아닐까요?"

히다도 형도 우습다며 웃었지만 겐조만은 그들과 같이 웃을 수가 없었다. 겐조는 언제까지고 이상하다는 기분에 사로잡혀 있었다. 그가 머리로 판단했을 때 그런 일은 도저히 일어날 수 없었다. 겐조는 처음 요시다가 찾아왔을 때 나눴던 대화를 떠올렸다. 다음으로 요시다와 시마다가 같이 왔을 때의 광경을 떠올렸다. 마지막으로 그가 집을 비웠을 때 시마다가 여행에서 돌아왔다며 혼자 찾아와서 했다는 말을 떠올렸다. 하지만 아무리 생각해봐도 거기에서 이런 결과가 나올 것 같지는 않았다.

"아무리 생각해도 이상하네요."

겐조는 자신을 위해 같은 말을 다시 한번 되풀이했다. 그러고는 간신히 기분을 바꿔 이렇게 말했다.

"하지만 그거야 문제가 안 되겠지요. 그냥 거절하기만 하면 되는 거니까요."

28

겐조가 보기에 시마다의 요구는 이상할 정도로 이치에 맞지 않았다. 따라서 그것을 처리하는 일도 쉬웠다. 그저 간단히 거절하기만 하면 끝나는 일이었다.

"하지만 일단 자네한테 얘기하지 않으면 내 잘못이 되니까 말이야." 히다는 자신을 변호하듯 말했다. 히다는 어디까지나 이 모임을 진지하게 하지 않으면 뭔가 찜찜한 모양이었다. 그래서 때에 따라 말도 바꿨다.

"게다가 상대가 상대라서 말이지. 까딱 잘못했다가는 무슨 짓을 할지 모르니까 조심해야 하거든."

"노망이 든 거라면 상관없지 않을까요?" 형이 반농담으로 히다의 모순을 지적하자 그는 더욱 진지해졌다.

"노망이 들어서 무서운 거네. 그 사람이 평범한 사람이라면 나도 그자리에서 거절해버렸겠지."

대화 중에 이런 우여곡절은 종종 일어났지만, 결국 이야기는 처음으로 돌아갔다. 즉 히다가 대표자로서 시마다의 요구를 거절하기로 한 것이다. 이는 세 사람 모두 처음부터 예상한 결과라서 겐조가 보기에 거기에 이른 절차는 오히려 시간 낭비에 지나지 않았다. 하지만 겐조는 그에 대해 히다에게 감사의 뜻을 전하는 것이 도리였다.

"아니, 고맙기는 무슨, 그러면 송구스럽지"라고 말한 히다는 오히려 득의양양했다. 누가 봐도 집에 들어오지도 못할 만큼 바쁜 사람 같지 않게 신바람이 났다.

히다는 그곳에 있는 간장 맛이 나는 전병 과자를 집어 우두둑우두둑 마구 씹었다. 그리고 틈틈이 큼직한 찻잔에 차를 따라 몇 잔이나 마셨다.

"여전히 잘 드시네요. 지금도 장어덮밥 두 그릇 정도는 해치우시죠?"

"아니, 사람도 쉰이 되면 못쓰네. 전에는 처남이 보는 앞에서 튀김 메밀국수 다섯 그릇쯤은 날름 해치웠는데 말이지."

히다는 그전부터 식욕이 강했다. 그리고 쓸데없이 먹는 걸 자랑했다. 그러고는 배가 불룩한 것을 칭찬받고 싶어 틈만 나면 배를 두드려 보였다.

겐조는 이 사람을 따라 요세에 갔다가 돌아오는 길에 둘이서 포장마차에 들어가 초밥이며 튀김을 서서 먹곤 했던 옛날 일을 떠올렸다. 히다는 겐조에게 요세에서 들었던 사슴춤을 출 때의 샤미센 연주법을 가르쳐주기도 하고 '고등어를 센다'[45]라는 은어를 가르쳐주기도 했다.

"역시 서서 먹는 게 최고인 것 같네. 나도 이날 입때껏 여기저기서 여러 가지 음식을 먹어봤지만 말이야. 처남, 한번 가루이자와에서 메밀국수를 먹어보게, 속는 셈치고. 기차가 멈춘 사이에 내려서 먹는 거네. 플랫폼에 서서 말이지. 역시 본고장이라 기가 막히다네."

히다는 신앙심을 구실로 여기저기 자주 놀러 다녔다.

"아니, 그보다 큰처남, 젠코지(善光寺) 경내에 원조 도하치켄(藤八拳)[46] 교습소라는 간판이 걸려 있어 깜짝 놀랐다네."

45 고등어를 셀 때 서둘러 수를 세는데 그때 숫자를 속이는 경우가 많아서 생긴 말로, 숫자를 속여 이득을 본다는 뜻이다.

46 가위바위보의 한 가지인데, 양손을 펴서 관자놀이에 대는 것(여우), 무릎 위에 얹는 것(촌장), 총을 쏘듯 내미는 것(포수)으로 가위바위보를 대신한다. 여우는 촌장을, 촌장은 포수를, 포수는 여우를 이긴다.

"들어가서 한번 배워보지 그랬어요?"

"하지만 입문하려면 돈을 내야 해서 말이야."

이런 대화를 듣고 있으니 겐조도 어느새 옛날의 자기로 돌아간 것 같은 기분이 들었다. 동시에 지금의 자신이 어떤 의미에서 그들로부터 떨어져 어디에 서 있는지도 분명히 의식해야 했다. 하지만 히다는 전혀 그걸 알아채지 못했다.

"처남은 교토에 가본 적 있지? 거기 '진치라덴키 접시의 물 먹세'라고 우는 새가 있다는 걸 아나?" 하고 물었다.

조금 전부터 잠잠하던 누나가 다시 심하게 기침을 하기 시작했을 때야 비로소 히다는 입을 닫았다. 그리고 자못 울적하다는 듯이 두 손바닥을 모아 거무스름한 얼굴을 박박 문질렀다.

형과 겐조는 잠깐 거실의 상황을 들여다보려고 일어났다. 둘 다 발작이 가라앉을 때까지 누나의 머리맡에 앉아 있다가 각자 집을 나섰다.

29

겐조는 자기 배후에 이런 세계가 있다는 것을 끝내 잊을 수가 없었다. 평소의 그에게 이 세계는 과거의 것이었다. 하지만 만일의 경우에는 갑자기 현재로 변해야 하는 성격을 띠고 있었다.

겐조의 뇌리에 머리가 길게 자란 중과 비슷한 히다의 밤송이머리가 떠올랐다 사라졌다. 고양이처럼 턱이 짧아진 누나가 숨이 막힌 듯이 헐떡이는 모습이 어렴풋이 보였다. 핏기가 없고 깡마르고 쪼그라진 형 특유의 길쭉한 얼굴도 나타났다 사라졌다.

과거에 이 세계 사람이 된 겐조는 그 후 자연의 힘으로 그곳에서 혼자 탈출했다. 탈출해서 오랫동안 도쿄 땅을 밟지 않았다. 그는 지금 다시 그 속으로 되돌아가 오랜만에 과거 냄새를 맡았다. 이는 그에게 3분의 1의 그리움과 3분의 2의 불쾌감을 주는 혼합물이었다.

그는 또 그 세계와는 전혀 관계없는 방향을 바라보았다. 그러자 거기에는 이따금 앞을 가로지르는, 젊은 피와 반짝이는 눈을 가진 청년들이 있었다. 그는 그 사람들의 웃음에 귀를 기울였다. 미래의 희망을 울리는 종소리처럼 상쾌한 그 울림이 겐조의 어두운 마음을 들뜨게 했다.

어느 날 겐조는 그 청년 중 한 사람의 권유로 이케나하타를 산보하고 돌아오는 길에 한길에서 샛길로 빠지는 길로 접어들었다. 그들이 새로 지은 권번[47] 건물 앞에 이르렀을 때 겐조는 문득 청년의 얼굴을 쳐다보았다.

그의 뇌리에는 자신과 전혀 연고가 없는 한 여자가 떠올랐다. 그녀는 예전에 게이샤를 했던 무렵 사람을 죽인 죄로 20여 년이나 감옥에서 어두운 세월을 보낸 후에야 비로소 세상에 얼굴을 내밀 수 있었다.

"필시 괴로웠을 거야."

용모를 생명으로 여기는 여자의 몸이 되었다면 거의 견딜 수 없는 쓸쓸함을 느꼈을 거라고 겐조는 생각했다. 하지만 봄이 오래도록 자기 앞에 얼마든지 이어져 있다고 생각하는 청년에게는 그의 말이 아무런 감흥도 불러일으키지 못했다. 이 청년은 아직 스물서너 살이었다. 그는 비로소 자신과 청년 사이의 거리를 깨닫고 놀랐다.

---

47 손님이 게이샤를 부를 때 주선을 하거나 유흥비를 계산하던 곳.

'이렇게 말하는 나 역시 그 게이샤와 다를 바 없지.'

그는 속으로 자신에게 이런 말을 건넸다. 젊었을 때부터 흰머리가 나던 그는 그렇게 생각한 탓인지 요즘 들어 부쩍 흰머리가 는 것 같았다. 자신은 아직 괜찮다고 생각하는 사이에 어느새 10년이 지나버렸다.

"하지만 남의 일이 아니네. 사실 나도 청춘 시절을 완전히 감옥에서 보낸 거나 마찬가지니까."

청년은 깜짝 놀란 얼굴이었다.

"감옥이란 뭔가요?"

"학교지, 그리고 도서관이고. 생각하면 둘 다 감옥 같은 곳 아닌가?"

청년은 대답하지 않았다.

"하지만 내가 만약 오랫동안 감옥 생활을 하지 않았다면 지금의 나는 결코 세상에 존재하지 않을 테니까 어쩔 수 없는 일이지."

겐조의 말투는 반은 변명조였고 반은 자조적이었다. 과거의 감옥 생활 위에 현재의 자신을 쌓아 올린 그는 현재의 자신 위에 꼭 미래의 자신을 쌓아 올려야 했다. 그것이 그의 방침이었다. 그리고 겐조가 보기에 옳은 방침임에 틀림없었다. 하지만 그 방침에 따라 앞으로 나아가는 것이 지금의 그에게는 헛되이 늙어간다는 결과 외에 어떤 것도 가져오지 못하는 것으로 보였다.

"학문만 하다 죽어도 인간은 별수 없지."

"그렇지 않습니다."

겐조가 한 말의 뜻은 결국 청년에게 통하지 않았다. 그는 아내의 눈에 지금의 자신이 결혼 당시의 자신과 얼마나 다르게 비칠지를 생각하면서 걸었다. 아내는 또 아이를 낳을 때마다 늙어갔다. 머리카락도 주눅이 들 만큼 빠지곤 했다. 그리고 지금은 이미 세 번째 아이[48]를 임신하고 있었다.

30

집으로 돌아오자 아내는 안쪽의 다다미 여섯 장짜리 방에서 팔베개를 하고 자고 있었다. 겐조는 그 옆에 흐트러져 있는 빨간 천 조각이며 잣대며 반짇고리를 보고 또야, 하는 표정을 지었다.

아내는 잠이 많았다.[49] 간혹 아침에도 겐조보다 늦게 일어났다. 겐조를 보내고 나서 다시 드러눕는 날도 적지 않았다. 이렇게 푹 자두지 않으면 머리가 마비된 것처럼 그날 하루 종일 무슨 일을 해도 신통치 않다는 것이 늘 그녀가 하는 변명이었다. 겐조는 어쩌면 그럴지도 모른다고 생각했고, 한편으론 그런 일이 어디 있겠느냐고도 생각했다. 특히 잔소리를 듣고 나서 잘 때는 후자 쪽 생각이 더 강하게 일었다.

"심통이 나서 누워버리는 거겠지."

그는 자신의 잔소리가 히스테리 증세가 있는 아내에게 어떤 반응을 일으킬지 자세히 관찰하는 대신, 단순한 앙갚음 때문에 그렇게 부자연스러운 태도를 보여주는 거라고 해석하고 혼잣말로 쓸쓸하게 중얼거리곤 했다.

"왜 밤에 일찍 안 자는 거야?"

48 소세키의 세 번째 아이는 에이코(榮子)로 『나쓰메 소세키 평전』에 따르면 1903년 10월 말에 태어났다.

49 소세키의 아내 교코(鏡子)의 일상생활을 소재로 한 것으로 보인다. 교코의 『나쓰메 소세키 평전』에도, 소세키의 편지와 일기에도, 교코가 늦잠을 잔 이야기가 나온다. "아내는 늦잠꾸러기다. 잔소리를 하면 더욱 일어나지 않는다. 때로는 9시, 10시까지도 잔다."(일기)

그녀는 밤늦도록 자지 않았다. 겐조가 이렇게 말할 때마다 어김없이 밤에는 눈이 말똥말똥하기만 하고 잠이 안 와서 깨어 있는 거라고 대답했다. 그리고 자신이 깨어 있고 싶을 때까지 반드시 깨어 있으면서 바느질하는 손을 멈추지 않았다.

겐조는 이런 아내의 태도가 싫었다. 동시에 그녀의 히스테리가 두려웠다. 그리고 혹시 자신의 해석이 틀리지나 않을까 하는 불안에도 사로잡혔다.

그 자리에 선 그는 잠든 아내의 얼굴을 잠시 물끄러미 쳐다보았다. 팔꿈치 위에 올린 옆얼굴은 오히려 창백했다. 그는 잠자코 서 있었다. 오스미라는 이름조차 부르지 않았다.

겐조는 문득 눈을 돌려 하얗게 드러난 팔 옆에 내팽개쳐진 서류 뭉치 한 다발을 발견했다. 보통의 편지를 포개놓은 것도 아니고 또 새로운 인쇄물을 한 묶음으로 묶어놓은 것 같지도 않았다. 전체적으로 갈색을 띠었으며 이미 상당한 시간이 지나 낡아 보이는 데다 고풍스러운 지노로 정성껏 묶여 있었다. 서류의 한쪽 끝은 대부분 아내의 머리 밑에 깔려 있을 만큼 그녀의 검은 머리가 겐조의 시선을 막고 있었다.

겐조는 일부러 그걸 꺼내서 볼 마음도 들지 않았다. 다시 창백한 아내의 이마 위로 시선을 던졌다. 그녀의 볼은 미끄러져 내리듯이 야위었다.

"어머, 왜 이렇게 살이 빠졌어요?"

오랜만에 아내를 찾아온 친척 여자가 요즘의 그녀 얼굴을 보고 깜짝 놀랐다는 듯이 이런 평을 한 적도 있다. 그때 겐조는 왠지 아내를 야위게 한 원인이 모두 자신에게 있는 것 같은 기분이 들었다.

겐조는 서재로 들어갔다.

삼십 분쯤 지났을 무렵 문 여는 소리가 들리더니 두 아이가 밖에서 돌아왔다. 앉아 있는 겐조의 귀에는 그들과 아이 보는 사람이 주고받는 말이 손에 잡힐 듯이 들려왔다. 아이들은 곧 뛰어들듯 안으로 들어왔다. 그러자 다시 아내가 시끄럽다며 야단치는 소리가 들렸다.

그러고는 좀 있다가 아내가 자신의 머리맡에 있던 서류 한 다발을 손에 들고 겐조 앞에 나타났다.

"아까 집에 안 계실 때 아주버님이 오셨어요."

겐조는 만년필을 움직이던 손을 멈추고 아내의 얼굴을 쳐다보았다.

"벌써 가신 거야?"

"네. 방금 산보하러 나갔으니까 금방 돌아올 거라며 붙잡아도 시간이 없다며 들어오시지 않았어요."

"그래?"

"친구분 장례식이 있어서 야나카로 가셔야 한대요. 그래서 서두르지 않으면 안 된다면서 들어올 수 없다고 하셨어요. 하지만 돌아갈 때 틈이 나면 다시 들를지도 모르니까 돌아오면 기다리고 있으라고 전해달라고 했어요."

"무슨 일이지?"

"역시 그 사람 일이래요."

형은 시마다 일로 찾아왔던 것이다.

31

아내는 손에 든 서류 뭉치를 겐조 앞으로 내밀었다.

"이걸 당신한테 주라고 하셨어요."

겐조는 의아한 얼굴로 받았다.

"뭐지?"

"전부 그 사람과 관계된 서류라고 하던데요. 당신한테 보여주면 참고가 될까 싶어서 서랍장에 간수해둔 것을 오늘 꺼내서 가져왔다고 하셨어요."

"그런 서류가 있었나?"

그는 아내에게서 받은 서류 한 묶음을 손에 들고 세월의 때가 묻은 종이를 멍하니 바라보았다. 그러고는 별 의미도 없이 앞뒤를 번갈아 보았다. 서류는 두께가 거의 6센티미터쯤 되었지만 바람이 통하지 않는 눅눅한 곳에 오랫동안 방치해둔 탓인지 좀먹은 흔적 한 줄이 우연히 겐조의 눈을 회고적으로 만들었다. 그는 불규칙적이고 까칠까칠한 흔적을 손가락 끝으로 어루만져보았다. 하지만 이제 와서 꼼꼼하게 묶인 지노 매듭을 풀고 하나하나 내용물을 확인해볼 생각은 일지 않았다.

"열어본다고 뭐가 나오겠어?"

그의 마음은 이 한마디로 충분히 드러났다.

"아버님이 나중을 위해 빈틈없이 한데 모아두셨대요."

"그래?"

겐조는 아버지의 분별력과 이해력을 그다지 존경하지 않았다.

"뭐든지 다 모아두고도 남을 분이지."

"하지만 그것도 다 당신에 대한 배려겠지요. '그런 놈이니까 내가 죽고 난 뒤에는 또 무슨 말을 해올지 모른다, 그럴 때는 이것이 도움이 될 거다' 하시며 일부러 한데 모아 아주버님께 건네셨대요."

"그런가? 난 모르고 있었어."

겐조의 아버지는 중풍으로 세상을 떠났다. 아버지가 병을 앓기 훨씬 전부터 그는 이미 도쿄에 없었다. 그는 아버지의 임종을 지키지 못했다.[50] 이런 서류가 자기 눈에 띄지 않고 오랫동안 형의 손에 보관되었던 것도 그리 이상한 일은 아니었다.

그는 드디어 서류를 묶은 매듭을 풀어 한곳에 쌓아둔 것을 하나하나 펼쳐 보기 시작했다. 절차 서류라고 쓴 것, 교환 문서라고 쓴 것, 1888년(메이지 21) 쥐띠 해 1월 약정금 영수증이라고 쓴 반지를 둘로 접은 장부 등이 차례로 나왔다. 장부 끝자락에는 '우(右) 금일 수취, 우 월부금은 모두 받았음' 뒤에 시마다의 필적으로 이름이 쓰여 있고 붉은 도장이 떡하니 찍혀 있었다.

"아버지는 매달 3, 4엔씩 뜯긴 거로군."

"그 사람한테요?"

아내는 장부를 거꾸로 들여다보았다.

"다 하면 얼마나 될까? 하지만 이것 말고도 일시불로 준 것도 있을 거야. 아버지니까 반드시 그 영수증도 받아두었을 거고. 어딘가에 있겠지."

---

50 소세키의 아버지 나오카쓰는 1897년 6월에 세상을 떠났다. 향년 여든세 살이었다. 소세키는 그때 제5고등학교 교원으로 구마모토에 있었기 때문에 아버지의 임종을 지키지 못했다. 7월에 아내 교코를 데리고 도쿄로 올라왔을 때도 나쓰메가(家)가 아니라 교코의 친정인 나카네(中根)가에서 묵었다.

서류는 계속해서 나왔다. 하지만 이것저것 뒤섞여 있어 쉽게 알아볼 수가 없었다. 그는 드디어 두 번 접혀 두툼한 것을 꺼내 펼쳐보았다.

"소학교 졸업장까지 들어 있군."

소학교 이름은 때에 따라 달랐다. 가장 오래된 것에는 '제1대학구 제5중학구 8번 소학교'[51]라는 붉은 도장이 찍혀 있었다.

"뭐예요, 그건?"

"뭔지 나도 잊어버렸어."

"상당히 오래된 거네요."

졸업장 안에는 상장 두세 장도 섞여 있었다. 승천하는 용과 하강하는 용으로 동그랗게 윤곽을 그리고 한가운데에 갑과(甲科)나 을과(乙科)라고 쓰여 있고 그 밑에는 모두 붓글씨로, 상을 수여하는 이유가 적혀 있었다.

"책을 받은 적도 있는데."

그는 『태서권선훈몽(泰西勸善訓蒙)』[52]이니 『여지지략(輿地誌略)』[53]이니 하는 책을 안고 기쁜 마음에 뛰어서 집으로 돌아왔던 옛날 일이 떠

51 1872년 학제에서는 전국을 8대학구(區)로 나누고 각 구에 대학교 하나, 한 대학구를 32중학구로 나누고 각 구에 중학교 하나, 한 중학구를 210소학구로 나누고 각 구에 소학교 하나를 두었다. 이 '8번 소학교'는 아사쿠사의 도다(戸田) 학교에 해당하는데, 소세키는 1874년 이곳에 입학하여 그 뒤로 여러 번 전학했다. 한편 소학교 상장에 쓰인 이름은 모두 시오바라 긴노스케(塩原金之助)였다.

52 1867년 파리에서 간행된 루이 샤를 본(Louis Charles Bonne)의 저술을 미쓰쿠리 린쇼(箕作麟祥, 1846~1897)가 1871년에 번역한 계몽적인 윤리서다. 전편 3책, 후편 8책으로, 전편은 당시 베스트셀러가 되어 소학교 수신 교과서로도 채택되었다. 1872년의 '소학 교칙'에 따르면 하등 소학의 제6급에서 가르치는 교재였다. 소세키가 이를 받은 것은 도다 학교의 하등 소학 제8급, 제7급을 졸업한 1875년 5월이다. 반년에 2급을 수료한 것은 성적이 우수하여 월반한 결과다.

53 우치다 마사오(内田正雄, 1839~1876)가 저술한 계몽적인 세계 지리서로 소학 교과서로도 채택되었다. '소학 교칙'에 따르면 상등 소학 제7급에서 가르친 교재였다. 소세키가 이를 받은 것은 이치가야(市谷) 학교의 하등 소학 제2급을 졸업한 1877년 5월이다.

올랐다. 상품을 받기 전날 밤 꿈에서 본 청룡과 백호[54]도 떠올랐다. 이런 먼 일들이 평소와 달리 지금의 겐조에게는 아주 가깝게 느껴졌다.

32

아내의 눈에는 아주 낡은 졸업장이 무척 신기했다. 남편이 일단 밑으로 내려놓은 것을 집어 들고 한 장 한 장 꼼꼼히 넘겨보았다.

"이상하네요. 하등 소학 제5급이니 6급[55]이니 하는 거요. 그런 게 있었나요?"

"있었지."

겐조는 그대로 다른 서류를 손에 들었다. 읽기 힘든 아버지의 필적이 그를 몹시 괴롭혔다.

"이것 좀 봐, 도저히 읽을 용기가 안 나는데. 그렇잖아도 알아보기 힘든데 빨간 글씨를 써 넣거나 마구 줄을 그어놓았다니까."

겐조의 아버지와 시마다의 교섭에 필요한 초안 같은 것이 아내에게 건네졌다. 아내는 여자인 만큼 그걸 면밀히 읽어 내려갔다.

"아버님이 시마다라는 사람을 보살펴준 일이 있네요."

"그 이야기는 나도 듣긴 했어."

---

54 앞에서 나온 상장에 그려진 '승천하는 용과 하강하는 용'과 마찬가지로 이 '청룡과 백호'도 상장의 디자인이었을 것으로 보인다.

55 1873년 5월의 '개정 소학 교칙'에 따르면 당시의 소학교는 상등, 하등으로 나뉘고 각각이 제1급에서 제8급까지 있었다. 매급 6개월에 수료, 하등 소학 제8급에서 상등 소학 제1급에서 졸업까지 8년이 걸리는 구성이다. 그러나 성적에 의해 월반도 가능했다. 소세키는 1875년 11월에 도다 학교의 제6급과 제5급을 동시에 수료했다. 이것도 월반의 결과다.

"여기 쓰여 있어요. ······동인(同人)이 유소(幼少)하여 공무를 보기 어려우니 이쪽에서 떠맡아 5년간 양육한 관계로."

아내가 소리 내어 읽은 문장은 마치 구(舊) 막부 시대의 상인이 관헌 같은 곳에 내는 소장(訴狀)처럼 들렸다. 어조의 영향으로 겐조는 자연스럽게 고풍스럽던 아버지가 눈앞에 생생히 떠올랐다. 아버지가 쇼군이 매사냥을 갈 때의 모습을 그에 어울리는 경어를 써가며 들려주던 예전 일도 떠올랐다. 하지만 사실 관계에만 주로 흥미를 보이고 있는 아내는 문체 같은 건 전혀 신경 쓰지 않았다.

"그런 연고로 당신은 그 사람한테 양자로 보내진 거군요. 여기에 그렇게 쓰여 있어요."

겐조는 불행한 자신을 스스로 불쌍하게 여겼다. 태연한 아내는 그 뒷부분을 읽기 시작했다.

"우(右) 겐조 3세 때 양자로 보내진바 헤이키치와 아내 오쓰네 사이에 불화가 생겨 결국 이혼하기에 이르러 당시 8세인 겐조를 생가가 거두어 오늘날까지 14년간 양육했고······ 이 뒤에는 시뻘겋고 지저분해서 읽을 수가 없어요."

아내는 자기 눈의 위치와 증서의 위치를 이리저리 조절하면서 그다음을 읽어보려고 했다. 겐조는 팔짱을 끼고 묵묵히 기다렸다. 아내는 잠시 후 키득키득 웃었다.

"뭐가 그렇게 우스워?"

"그야······."

아내는 아무 말도 하지 않고 문서를 남편 쪽으로 내밀었다. 그리고 집게손가락 끝으로 주석처럼 빨간 글씨로 조그맣게 써 넣은 곳을 짚었다.

"잠깐 여기 좀 읽어보세요."

겐조는 미간을 찌푸리며 그 한 줄을 귀찮다는 듯이 읽어 내려갔다.

"관청 근무 중 도야마 후지(遠山藤)라는 과부와 정을 통하는 일이 일어나…… 뭐야, 한심하게."

"하지만 사실이죠?"

"사실이긴 하지."

"그게 당신이 여덟 살 때네요. 그러고 나서 당신은 집으로 돌아온 거로군요."

"하지만 호적을 돌려주지 않았어."

"그 사람이요?"

아내는 다시 문서를 집어 들었다. 읽을 수 없는 곳은 그대로 두고 읽을 수 있는 부분만 훑어봐도 자신이 모르고 있던 사실이 나올 거라는 흥미가 적잖이 그녀의 호기심을 자극했다.

문서의 마지막 부분에는 시마다가 겐조의 호적을 원래대로 생가로 돌려주지 않았을 뿐 아니라 어느새 호주로 고친 그의 인감을 남용하여 여기저기서 돈을 빌린 예가 열거되어 있었다.

드디어 손을 끊을 때 양육비로 시마다에게 건넨 돈의 증서도 나왔다. 거기에는 '이렇게 된 이상 겐조와 이연(離緣)하고 복적시키는 대가로 당장 ○○엔을 건네고 잔금 ○○엔은 매달 30일에 월부로 지급하기로 합의' 운운하며 길게 쓰여 있었다.

"모두 이상한 것뿐이군."

"친척 입회인 히다 도라하치(比田寅八)라고 밑에 도장이 찍혀 있는 걸 보면 이건 아마 히다 씨가 쓴 거겠죠?"

겐조는 바로 얼마 전에 만난, 모든 걸 알고 있다는 듯한 태도를 보이던 히다와 이 증서의 문구를 비교해보았다.

33

장례식에 갔다가 돌아오는 길에 들를지도 모른다고 했던 형은 끝내 얼굴을 비치지 않았다.

"너무 늦어져서 바로 돌아가셨겠지요."

젠조에게는 그러는 게 오히려 더 나았다. 그의 일은 매번 전날 낮이나 밤까지 꼬박 매달려 연구하거나 생각하지 않으면 할 수 없는 성질의 것이었다. 따라서 필요한 시간을 남에게 빼앗기는 것은 무척 고통스러운 일이었다.

그는 형이 두고 간 서류를 다시 한데 모아 원래의 지노로 묶으려고 했다. 그가 손가락 끝에 힘을 준 순간 지노가 뚝 끊어졌다.

"너무 낡아서 약해진 거예요."

"설마."

"보세요, 서류에 좀이 슬었을 정도잖아요."

"그러고 보니 그럴지도 모르겠군. 아무튼 서랍에 넣어둔 채 지금까지 내버려두었으니까. 하지만 형도 이런 걸 잘도 보관해두었네. 곤란하면 뭐든 팔아치우면서 말이야."

아내는 젠조의 얼굴을 보며 웃었다.

"아무도 사려 들지 않았겠지요. 그렇게 좀이 슨 종이를 누가 사려고 하겠어요?"

"하지만 용케 쓰레기통에 버리지 않은 게 어디야?"

아내는 빨간색과 흰색으로 꼰 가느다란 실을 목제 화로 서랍에서 꺼내와 서류를 새로 묶어서 남편에게 건넸다.

"여기는 넣어둘 데가 없어."

겐조 주위는 책으로 가득 차 있었다. 문갑에는 읽고 난 편지와 노트가 빼곡했다. 비어 있는 곳은 이불과 방석이 들어 있는 한 칸짜리 벽장뿐이었다. 아내는 쓴웃음을 지으며 일어났다.

"아주버님은 이삼일 안에 꼭 다시 오실 거예요."

"그 일로 말이야?"

"그것도 그렇지만, 오늘 장례식에 가실 때 하카마[56]가 필요하다며 빌려달라고 해서 여기서 입고 가셨거든요. 틀림없이 돌려주러 다시 오실 거예요."

겐조는 자신의 하카마를 빌리지 않으면 장례식에도 갈 수 없는 형의 처지를 잠깐 생각해보았다. 처음 학교를 졸업했을 때 그는 형에게서 물려받은 하늘하늘한 얇은 하오리를 입고 친구들과 함께 이케노하타에서 사진을 찍었던 일을 아직도 기억하고 있다. 친구들 중 하나가 겐조에게 이 중에서 누가 제일 먼저 마차를 탈까[57], 라고 물었을 때 그는 대답하지 않고 그저 자신이 입고 있는 하오리를 쓸쓸하게 내려다봤을 뿐이다. 하오리는 가문(家紋)을 넣은 낡고 얇은 것이었는데, 나쁘게 말하면 명색이 좋아 하오리지 그저 버리지 못할 뿐인 아주 초라한 것이었다. 친한 친구의 결혼 피로연에 초대받아 호시가오카 요릿집에 갔을 때도 입을 옷이 없어서 하카마와 하오리를 모두 형에게 빌려 급한 대로 임시변통한 적도 있었다.

56 기모노 위에 덧입는 주름 폭이 넓은 하의.
57 관청용의 마차를 타는 고관이 되는 것, 즉 출세하는 것을 말한다.

젠조는 아내가 모르는 이런 기억을 뇌리에 떠올렸다. 하지만 그것은 지금의 그를 의기양양하게 하기보다는 오히려 슬프게 했다. 금석지감(今昔之感)이라는 흔해빠진 말로 가장 잘 표현할 수 있는 정서가 자연스럽게 그의 가슴에 솟아났다.

"하카마 정도는 있을 법도 한데 말이야."

"시나브로 다 없애버렸겠지요."

"거참 난처하군."

"어차피 우리 집에 있으니까 필요할 때 빌려드리면 되겠지요. 날마다 입는 것도 아니고요."

"우리가 갖고 있는 동안이야 그래도 상관없지만."

아내는 남편 몰래 자신의 기모노를 전당포에 맡긴 얼마 전 사건을 떠올렸다. 젠조는 언제든 자신이 형과 같은 처지에 빠지지 않는다는 보장이 없다는 비관적인 생각을 했다.

예전의 그는 가난하긴 했지만 세상에 홀로 서 있었다. 지금의 그는 절약하며 여유가 없는 생활을 하는 데다 주위 사람들로부터는 생활력을 가진 사람으로 생각되었다. 그는 그것이 괴로웠다. 자신과 같은 사람이 친척 중에서 가장 출세했다고 여겨지는 것은 더욱 한심했다.

34

젠조의 형은 말단 관리였다. 그는 도쿄 한복판에 있는 어느 커다란 관청[58]에서 근무했다. 웅장한 건물 안에서 오랫동안 자신의 가련한 모습을 발견하는 것이 그에게는 어울리지 않는 일처럼 보였다.

'나 같은 사람은 이제 늙어빠져서 도움이 안 돼. 아무튼 젊고 유능한 사람이 차례로 들어오니까 말이야.'

그 건물 안에는 수백 명의 사람들이 밤낮없이 열심히 일하고 있었다. 기력이 다해가는 그의 존재는 마치 형체 없는 그림자 같은 것에 지나지 않았다.

'아아, 지겹다.'

활동을 좋아하지 않는 그의 머리에는 늘 이런 생각이 잠재되어 있었다. 그는 병든 몸이었다. 나이보다 빨리 늙어갔고, 나이보다 빨리 바짝 말라갔다. 그리고 혈색이 안 좋은 얼굴로 마치 죽으러 가는 사람처럼 일터로 향했다.

'아무튼 밤에 자질 못하니까 몸이 상하거든.'

그는 자주 감기에 걸려 기침을 했다. 어떤 때는 열도 났다. 그러면 그 열이 반드시 폐병의 전조라도 된다는 듯이 그를 위협했다.

사실 그의 직업은 강건한 청년조차 힘들어하는 일임이 틀림없었다. 그는 하루 걸러 숙직을 했다. 그리고 숙직하는 날은 밤새도록 일을 해야 했다. 다음 날 아침에는 멍하니 집으로 돌아왔다. 그날 하루는 뭘 할 용기도 없었고, 그저 녹초가 되어 잠만 자는 일도 있었다.

그래도 형은 자신을 위해 또 가족을 위해 어쩔 수 없이 일을 해야 했다.

"이번에는 위험할 것 같으니까 누구한테 부탁 좀 해주지 않을래?"

개혁이라든가 정리라든가 하는 소문이 있을 때마다 겐조는 형에게

---

58 겐조의 형 조타로는 소세키의 셋째 형을 모델로 했는데(소세키가 귀국했을 때 살아 있던 형은 그 한 사람뿐이었다), 그가 우편국 직원이었다는 데서 보면 조타로가 밤낮 교대로 일하는 직장은 도쿄중앙우편국이었을 것으로 짐작해볼 수 있다.

서 자주 이런 말을 들었다. 도쿄를 떠나 있을 때는 일부러 편지를 보내 부탁해온 일도 한두 번이 아니었다. 형은 그때마다 누구라며 특별히 요로에 있는 사람을 지명했다. 하지만 겐조는 그저 이름만 알고 있을 뿐 형의 지위를 보장해줄 만큼 친밀한 사람은 한 사람도 알지 못했다. 겐조는 턱을 괴고 생각에 잠길 뿐이었다.

형은 이런 불안을 몇 번이고 되풀이하면서 옛날부터 지금에 이르기까지 같은 직무에 종사하며 이동도, 발전도 하지 않았다. 겐조보다 일곱 살 많은 그의 반생은 마치 변화를 허락하지 않는 기계 같은 것으로, 점차 소모되는 것 외에 어떤 사실도 받아들이지 않았다.

'24, 5년이나 그런 일을 했으면 뭔가 다른 일을 할 수도 있을 것 같은데.'

겐조는 이따금 형에게 이런 말을 해주고 싶었다. 화려한 것을 좋아하고 공부하기를 싫어했던 형의 과거도 눈에 선했다. 샤미센을 켜고, 일현금을 배우고, 찹쌀가루로 동그란 경단을 만들어 냄비에 넣고, 우무를 삶아 나무 상자에 식히는 등 그 무렵 형에게 시간은 모두 먹는 것과 노는 것에만 쓰였다.

"다 자업자득이라고 하면 뭐 그런 셈이지."

이것이 지금의 그가 이따금 내뱉는 술회일 만큼 그는 게으름뱅이였다.

형들이 다 죽어 자연스럽게 생가를 잇게 된 형은, 아버지가 돌아가시기를 기다렸다는 듯이 집과 토지를 팔아치웠다. 그 돈으로 전부터 지고 있던 빚을 갚고 자신은 조그마한 집으로 들어갔다. 그리고 좁은 집에 들여놓을 수 없는 가구들은 팔아치웠다.

그는 곧 세 아이의 아버지가 되었다. 그중에서 그가 가장 귀여워했던 맏딸이 혼기가 차기 조금 전에 악성 폐결핵에 걸렸다. 그는 딸을 구하기 위해 온갖 수단을 강구했다. 그러나 그가 했던 노력은 모두 잔혹한 운명에 부딪혀 허사가 되고 말았다. 딸이 2년 넘게 앓다가 숨을 거두었을 때 그의 집 옷장은 완전히 텅 비어 있었다. 장례식에 필요한 하카마는 물론이고 변변히 가문이 박힌 하오리조차 없었다. 겐조가 외국에서 오래 입어 낡아빠진 양복을 얻은 그는 매일 그 옷을 소중하게 입고 직장에 다녔다.

35

이삼일 지나 겐조의 형은 과연 아내의 예상대로 하카마를 돌려주러 찾아왔다.

"너무 늦어져서 미안합니다. 고맙습니다."

형은 고시이타[59] 위에 양쪽 끝을 되접어 작게 갠 하카마를 보자기에서 꺼내 아내 앞에 놓았다. 허영심이 많아 평범한 보통이 하나 드는 것도 싫어했던 옛날에 비하면 지금의 형은 완전히 멋이 없어졌다. 그 대신 기름기도 없다. 그는 파삭파삭한 손으로 지저분한 보자기 끝을 잡아 정성껏 접었다.

"참 좋은 하카마더군요. 최근에 장만한 겁니까?"

"아뇨, 좀체 그럴 용기는 없어요. 옛날부터 있던 거예요."

아내는 결혼할 때 하카마를 입고 점잔을 빼며 앉아 있던 남편의 모

---

59 하카마를 갤 때 등허리에 대는, 헝겊으로 싼 판자 조각.

습을 떠올렸다. 먼 데서 아주 간소하게 치른 결혼식[60]에 형은 참석하지 않았다.

"아아, 그런가요? 그러고 보니 역시 어디서 본 것 같기도 한데, 옛날 것은 역시 튼튼하다니까요. 전혀 상하지 않았어요."

"거의 입지 않았으니까요. 그래도 저 사람이 혼자 있으면서 용케 그런 걸 구입할 생각을 했다는 게 저는 지금도 신기해요."

"어쩌면 혼례식 때 입을 생각으로 일부러 마련한 것일지도 모르지요."

두 사람은 그때의 이상한 결혼식에 대해 웃으며 이야기를 나누었다.

도쿄에서 일부러 그녀를 데려온 아내의 아버지는 딸에게는 후리소데[61]를 입혔으면서 정작 자신은 필요한 예복을 갖춰 입지 않았다. 하카마를 입지 않고 평소의 약식 복장인 모직 홑옷을 걸친 모습으로 나중에는 책상다리까지 하고 앉았다. 할멈 한 사람 외에 의논할 사람이 없었던 겐조는 더욱 난감했다. 겐조는 결혼식에 대한 지식이 전혀 없었다. 원래 도쿄로 돌아가고 나서 결혼식을 올린다는 약속이 있어서 중매인도 그 자리에 없었다. 겐조는 중매인[62]이 참고하라고 써 보낸 주의사항 같은 것을 읽어보았다. 근사한 종이에 해서체로 쓴 위엄 있는 것임에는 틀림없었는데, 『아즈마카가미(東鑑)』[63] 따위를 예로 들었을 뿐 실제로는 아무 도움도 안 되었다.

---

60 1896년 6월 구마모토에서 치러진 소세키와 교코의 결혼식을 소재로 한 것이다. 결혼식에는 교코의 아버지와 도쿄에서 데려간 늙은 하녀, 소세키가 데리고 있던 할멈, 드나들던 인력거꾼만 참석했고 소세키 쪽의 친족은 참석하지 않았다. 『나쓰메 소세키 평전』에는 그 외에도 후리소데나 암수 나비, 이 빠진 술잔 같은 것도 소설과 거의 같은 모습으로 회상되어 있다.

61 미혼 여성이 예복으로 입는 옷으로, 겨드랑이 밑을 꿰매지 않는 긴소매의 일본 옷이다.

62 소세키의 결혼식에서는 교코 아버지의 친구인 내각 은급국장이 중매인을 맡았다. 실제 혼담은 소세키의 형 동료이자 교코 할아버지의 바둑 상대였던 사람에 의해 이루어졌다.

"혼례 때 술 주전자에 다는, 종이로 접은 암수 나비도 없었어요. 무엇보다도 술잔 가장자리가 이가 빠져 있더라니까요."

"그걸로 산산구도(三三九度)[64]를 한 건가요?"

"네. 그래서 부부 사이가 이렇게 삐걱거리는 거겠지요."

형은 쓴웃음을 지었다.

"겐조도 꽤 까다로워서 제수씨도 힘들겠어요."

아내는 그저 웃기만 했다. 특별히 형의 말에 상관할 기색도 보이지 않았다.

"이제 곧 돌아올 거예요."

"오늘은 기다렸다가 그 일 이야기를 하고 가야 해서……."

형은 뒷말을 이으려고 했다. 아내는 휙 일어나더니 시계를 보러 거실로 들어갔다. 다시 나왔을 때 그녀는 얼마 전의 그 서류를 손에 들고 있었다.

"이게 필요하시겠지요?"

"아뇨, 그건 그냥 참고나 하라고 가져온 거고, 아마 필요 없을 겁니다. 겐조한테는 보여주었지요?"

"네, 보여줬어요."

"뭐라던가요?"

아내는 딱히 뭐라고도 대답할 수 없었다.

"여러 가지 서류가 아주 많이 들어 있던데요, 안에."

63 가마쿠라 막부가 펴낸 역사서로, 변칙적인 한문체로 가마쿠라의 사적(事蹟)을 일기체로 쓴 것이다.

64 일본식 결혼식 때 신랑 신부가 세 쌍의 잔으로 각각의 잔을 세 번씩 모두 아홉 번 주고받는 것을 말한다.

"언제 무슨 일이 생길지 모른다면서 아버지가 꼼꼼히 챙겨두었으니까요."

아내는 남편의 부탁을 받고 그 안에서 가장 중요한 듯한 일부분을 대독한 일은 말하지 않았다. 형도 그 뒤로 서류에 대해서는 언급하지 않았다. 두 사람은 겐조가 돌아올 때까지 괜히 잡담만 하며 시간을 보냈다. 겐조는 30분쯤 후에 돌아왔다.

36

겐조가 평소와 다름없이 옷을 갈아입고 객실로 나왔을 때 빨갛고 하얀 실로 가늘게 꼰 끈으로 묶은 예의 서류는 형의 무릎 위에 올려 있었다.

"저번에는……."

형은 기름기 없는 손가락 끝으로 한 번 풀었던 실의 매듭을 원래대로 묶었다.

"지금 잠깐 봤더니 이 안에는 너한테 필요 없는 것들도 섞여 있더구나."

"그런가요?"

소중하게 보관해온 서류를 형이 오랫동안 본 적이 없었다는 것을 겐조는 알 수 있었다. 형은 또 동생이 그다지 열심히 살펴보지 않았다는 것을 알아차렸다.

"오요시[65]의 송적원(送籍願)[66]이 들어 있었어."

오요시는 형의 현재 아내 이름이다. 그가 오요시와 결혼할 당시에 필요했던 서류가 거기서 나오리라는 것은 두 사람 다 생각지 못한 일이었다.

형은 첫 아내와 이혼했다.[67] 다음 아내와는 사별했다.[68] 두 번째 아내가 병들었을 때 그는 그다지 걱정하는 기색도 없이 자주 나다녔다. 병세가 입덧이라 괜찮다고 안심한 듯 보였지만, 용태가 심각해진 후에도 그는 여전히 그런 태도를 고치지 않았기 때문에 사람들은 아내가 마음에 들지 않아서일 거라고 해석했다. 겐조도 어쩌면 그럴 거라고 생각했다.

세 번째 아내를 맞이할 때 그는 자신이 원하는 여자를 지명하여 아버지의 허락을 구했다. 하지만 동생에게는 한마디 의논도 하지 않았다. 그 때문에 고집이 센 겐조는 형에 대한 불평을 아무 죄 없는 형수에게 터뜨리곤 했다. 겐조는 교육도 받지 못하고 신분도 천한 사람을 형수라 부르는 게 싫다고 주장하며 소심한 형을 괴롭혔다.

"어쩌면 그렇게 인정머리가 없는지 원."

뒤에서 수군거리는 말은 그를 반성하게 하기보다 오히려 더욱 고집스럽게 만들었다. 습속을 중시하기 위해 학문을 한 듯한 나쁜 결과에 빠지고도 그것을 깨닫지 못했던 그에게는 아무튼 자신의 분별없는 짓을 식견이라 자랑하고 싶어 하는 나쁜 버릇이 있었다. 겐조는 부끄럽

---

65 소세키의 형 나오타다(直矩)의 세 번째 아내 미요(1876년생)가 모델이다.

66 호적을 다른 집안으로 옮기는 것을 요청하는 서류로, 결혼할 때 필요하다.

67 나오타다의 첫 아내 후지가 모델이다. 1887년 9월 23일에 입적하고 그해 12월 12일에 이혼했다.

68 나오타다의 두 번째 아내 도세(登世)가 모델이다. 소세키와 나이가 같으며 1888년에 입적했고 1891년 7월 소설에서처럼 입덧이 심해 세상을 떠났다. 소세키는 마사오카 시키에게 보낸 편지(1891년 8월 3일)에 이 형수에 대한 경애의 마음을 담았다. 소세키의 숨겨진 연인으로 의심받은 적도 있는 인물이다.

기 짝이 없는 눈으로 당시의 자신을 돌아보았다.

"송적원이 섞여 있다면 그걸 돌려드릴 테니 가져가시면 되겠네요."

"아니, 사본이니까 나도 필요 없어."

형은 홍백의 실에는 손도 대지 않았다. 겐조는 문득 그 날짜를 알고 싶었다.

"대체 언제쯤이었죠?[69] 그걸 구청에 제출한 게요."

"벌써 오래된 일이지."

형은 이렇게 말할 뿐이었다. 입술에는 미소의 그림자가 스쳤다. 첫 번째도 두 번째도 실패하고 마지막에야 마음에 드는 여자와 결혼한 옛날 일을 잊어먹을 정도로 그는 늙지 않았다. 동시에 굳이 입 밖에 낼 만큼 젊지도 않았다.

"몇 살이었죠?" 하고 아내가 물었다.

"오요시 말인가요? 오요시는 제수씨하고 한 살 차입니다."

"아직 젊네요."

형은 아무 대답도 하지 않고 조금 전부터 무릎 위에 놓은 서류 끈을 갑자기 풀기 시작했다.

"아직도 이런 게 들어 있구나. 이것도 너하고는 관계없는 것이지. 아까 보고 나도 좀 놀랐어, 이것 봐."

그는 어수선하게 뒤섞인 낡은 종이 뭉치 속에서 별로 힘들이지 않고 서류 한 장을 끄집어냈다. 기요코라는 맏딸의 출생신고서 초안이었다. "위 사람은 이달 23일 오전 11시 50분에 태어났습니다"라는 문구의 '이달 23일'에만 줄이 그어져 지워진 데다 좀이 슨 불규칙한 선

---

69 나오타다와 미요가 결혼한 것은 1892년으로, 미요가 열일곱 살 때였다.

이 비스듬히 남아 있었다.

"이것도 아버지 필적이군. 그렇지?"

그는 한 장의 휴지 같은 서류를 소중한 듯 겐조에게 보여주었다.

"봐라, 좀이 슬었어. 당연히 그렇겠지. 출생신고서만이 아니야. 벌써 사망신고서까지 냈으니까."

결핵으로 죽은 그 아이의 생년월일을 형은 입속으로 조용히 되뇌었다.

37

형은 과거 사람이었다. 화려한 앞길은 이제 형 앞에 펼쳐져 있지 않았다. 무슨 일이 있을 때마다 뒤를 돌아보는 일이 많은 그와 마주 앉아 있는 겐조는 자신이 나아가야 할 생활의 방향이 반대로 되돌려지는 듯한 기분이 들었다.

'쓸쓸하군.'

겐조는 형의 길동무가 되기에는 미래에 대한 희망이 너무 많다. 그런데 현재의 겐조 역시 상당히 쓸쓸한 사람임에 틀림없었다. 현재에서 차례로 헤아린 미래도 당연히 쓸쓸할 것임을 그는 잘 알고 있었다.

형은 얼마 전에 의논한 대로 시마다의 요구를 거절했다는 이야기를 겐조에게 전했다. 하지만 어떤 절차로 거절했는지, 또 그쪽이 어떤 반응을 보였는지 하는 자세한 사항에 대해서는 명확한 대답을 전혀 해주지 않았다.

"아무튼 매형이 그렇게 말하고 왔으니까 확실하겠지."

히다가 시마다를 만나러 가서 이야기를 했는지, 또는 편지로 의논한 결과를 알려주었는지조차 겐조는 알 수 없었다.

"아마 찾아갔을 거라고 생각하지만, 그 사람이라면 어쩌면 편지로 끝내버렸을지도 모르지. 그걸 듣고 온다는 걸 그만 깜박 잊어버렸어. 다만 그 후에 한 번 누나를 병문안 갔을 때도 매형이 집에 없어서 결국 만날 수가 없었지. 그런데 그때 누나 얘기로는 어쩌면 바빠서 아직 그대로 내버려두고 있는지도 모르겠다고 하긴 하더라. 그 사람도 상당히 무책임한 사람이니까 어쩌면 안 갔을지도 모르지."

겐조가 알고 있는 히다는 무책임한 사람임에 틀림없었다. 그 대신 부탁하면 뭐든지 들어주는 성격이었다. 다만 남이 머리를 숙이고 부탁하는 것을 기뻐해서 책임지고 떠맡으려고 하는 히다는, 부탁하는 방식이 마음에 들지 않으면 쉽사리 움직이지 않았다.

"하지만 이번 일은 시마다가 직접 매형한테 가져온 거니까 말이지."

형은 넌지시 히다가 직접 찾아가서 매듭짓지 않으면 도리가 아니라는 말을 했다. 그러면서도 형은 이런 경우 결코 자기가 담판을 지으러 가지 않는 사람이었다. 조금이라도 신경을 써야 하는 성가신 일이 생기면 반드시 얼굴을 돌렸다. 그리고 사정이 허락하는 한 가만히 참으며 혼자 괴로워했다. 겐조는 그런 모순에 화가 나지도, 우습지도 않은 대신 그냥 딱하게만 여겼다.

'나도 형제니까 남이 보면 어딘가 닮았을지도 몰라.'

이렇게 생각하면 형을 딱하게 여기는 것은, 곧 자신을 딱하게 여기는 것과 같은 일이었다.

"누나는 이제 괜찮아요?"

화제를 바꿔 그는 누나의 병세를 물었다.

"아아, 정말 천식이라는 건 신기하다니까. 그렇게 괴로워하다가도 금방 좋아지고 말이야."

"이제 이야기도 할 수 있어요?"

"할 수 있는 정도가 아니라 아주 수다스러워. 옛날처럼 말이야. ……누나 생각으로는 오누이 씨가 시마다한테 꾀를 일러주었을 거라고 하던데."

"설마요. 그보다 그 사람이라면 그런 비상식적인 말을 하고도 남을 거라고 해석하는 게 맞겠지요."

"그런가?"

형은 생각에 잠겼다. 겐조는 한심하다는 표정을 지었다.

"그렇게 하지 않으면 나이 들어 반드시 모두한테서 거추장스러운 사람 취급을 당할 거라는 거지."

겐조는 아직 입을 다물고 있었다.

"아무튼 외로울 것임에는 틀림없어. 그것도 그 작자라면 인정 때문에 외로운 게 아니라 욕심 때문에 외롭겠지."

형은 어디서 어떻게 들었는지 오누이 씨가 매달 그녀의 어머니에게 돈을 보내고 있다는 사실을 알고 있었다.

"잘은 몰라도 긴시 훈장(金鵄勲章) 연금[70]인가 뭔가를 오후지가 받고 있다는 거야. 그래서 시마다도 어디선가 받지 않으면 외로워서 견딜 수 없었을 거고. 아무튼 그 정도로 욕심이 많다니까."

겐조는 욕심 때문에 외로워하는 사람에게 그다지 동정심은 일지 않았다.

---

70 무공이 뛰어난 군인에게 수여하는 긴시 훈장에 따르는 종신 연금.

38

별일 없는 날이 다시 며칠 계속되었다. 별다른 일이 없는 날은 겐조에게 침묵의 날이나 마찬가지였다.

그사이에 겐조는 이따금 자신의 추억을 더듬지 않을 수 없었다. 형을 딱하게 생각하면서도 어느새 형과 마찬가지로 과거의 사람이 되었다.

겐조는 자신의 생명을 둘로 자르려고 했다. 그러자 깨끗이 잘라내 버려야 할 과거가 오히려 자신을 쫓아왔다. 그의 눈은 앞길을 향했다. 그러나 그의 발은 자꾸만 뒷걸음질을 쳤다.

그리고 막다른 곳에는 커다랗고 네모난 집[71]이 서 있었다. 집에는 폭이 넓은 계단으로 이어진 2층이 있었다. 겐조의 눈에는 두 층의 위 아래가 똑같아 보였다. 복도로 에워싸인 안뜰 역시 정사각형이었다.

이상하게도 넓은 집에는 아무도 살지 않았다. 그걸 쓸쓸하다고 생각하지 않을 만큼 어린 그에게는 아직 집이라는 것에 대한 경험과 이해가 부족했다.

그는 한없이 이어진 방이며 멀리까지 똑바로 보이는 복도를 마치 천장이 달린 거리나 되는 것처럼 생각했다. 그래서 사람이 다니지 않는 거리를 혼자 걷는 기분으로 근방을 이리저리 뛰어다녔다.

그는 때때로 길에 면한 2층으로 올라가 좁은 격자문 틈으로 아래를 내려다보았다. 방울을 울리거나 배두렁이를 한 말 여러 마리가 계속해서 눈앞으로 지나갔다. 바로 길 건너편에는 커다란 청동 불상[72]이

71 도쿄 신주쿠에 있던 기루(妓樓) 이즈바시(伊豆橋)가 소재인 것 같다. 이즈바시는 소세키 친모의 언니 부부가 경영했는데, 1872년 예창기(藝娼妓) 해방령에 의해 폐업한 후 한때 시오바라 쇼노스케가 관리했다.

있었다. 불상은 가부좌를 틀고 연화좌에 앉아 있었다. 굵은 지팡이를 어깨에 메고 머리에 삿갓을 쓰고 있었다.

젠조는 가끔 어둑한 토방으로 내려가 거기서 바로 건너편에 있는 돌계단을 내려가기 위해 말이 지나는 길을 가로질렀다. 그는 이렇게 하여 자주 불상에 기어올랐다. 불상의 옷 주름에 발을 걸치기도 하고 지팡이 손잡이에 매달리기도 하며 뒤에서 불상 어깨에 손이 닿거나 삿갓에 머리가 닿으면 그다음엔 어떻게 할 수도 없기 때문에 다시 내려왔다.

그는 또 네모난 집과 청동 불상 근처에 있는 붉은 대문 집[73]을 기억하고 있었다. 붉은 대문 집은 좁은 거리에서 더 좁은 골목으로 30, 40미터나 구부러져 들어가 막다른 곳에 있었다. 그 안쪽은 온통 키가 큰 대나무가 숲을 이루고 있었다.

좁은 길을 막다른 곳까지 가서 왼쪽으로 돌면 긴 내리막길이었다. 젠조의 기억 속에서 그 길은 아래에서 위까지 불규칙한 돌층계로 쌓아 올려져 있었다. 오래되어 돌의 위치가 움직인 탓인지 계단 곳곳이 울퉁불퉁했다. 돌과 돌 틈으로 푸른 풀이 바람에 너울거렸다. 그래도 그곳은 사람이 지나는 길임에 틀림없었다. 그는 조리를 신고 몇 번인가 높은 돌계단을 오르내렸다.

내리막길을 다 내려가면 다시 고개가 있고 약간 높은 앞길에 삼나무 숲이 검푸르게 보였다. 바로 내리막길과 고개 사이에 골짜기처럼

72 신주쿠의 다이소지(太宗寺)에 있는 동(銅)으로 만든 지장보살좌상이 소재다. 삿갓을 쓰고 지팡이를 어깨에 멘 모습도 같다.

73 시오바라 쇼노스케가 이즈바시를 관리하던 무렵에 살던 집을 소재로 한 듯하다. 이곳은 다이소지 뒤편에 해당한다.

움푹 팬 곳 왼쪽에는 또 따로 지붕을 인 집이 한 채 있었다. 집은 길에서 들어가 있는 데다 조금 오른쪽으로 치우쳐 있었는데, 길에 면한 일부분에는 갈대발이 쳐진 찻집처럼 조잡하게 꾸며져 있고 평소에는 의자 두세 개가 그럴듯하게 놓여 있었다.

갈대발 틈으로 들여다보니 안쪽에 돌로 둘러쳐진 연못이 있었다. 연못 위에는 등나무 덩굴이 드리워져 있었다. 물 위로 뻗어 나온 등나무 덩굴의 양 끝을 지탱하는 두 개의 기둥은 연못 안에 묻혀 있었다. 주위에는 철쭉이 많았다. 연못에는 관상용 잉어의 그림자가 이리저리 움직였다. 겐조는 탁한 물 밑을 환영처럼 붉게 물들이는 물고기를 꼭 잡고 싶었다.

어느 날 겐조는 집에 아무도 없을 때를 노려 엉성하게 만든 대나무 끝에 줄을 달고 미끼를 매달아 연못 속으로 던졌다. 곧 줄을 당기는 섬뜩한 느낌에 깜짝 놀랐다. 물속으로 끌려들어갈 것 같은 강력한 힘이 위팔까지 전해졌을 때 그는 무서워서 곧바로 장대를 내팽개쳤다. 이튿날 30센티미터 남짓한 잉어가 조용히 수면에 떠 있었다. 그는 혼자 무서워했다.

'나는 그때 누구와 함께 살고 있었을까?'

겐조는 아무런 기억도 없었다. 그의 머리는 마치 백지 같았다. 하지만 이해력의 색인에 호소하여 생각하면 아무래도 시마다 부부와 함께 살았다고 할 수밖에 없었다.

39

그러고는 별안간 무대가 바뀌었다. 쓸쓸한 시골이 갑자기 그의 기억에서 사라졌다.

그러자 겉으로 살창이 조그마한 집[74]이 어렴풋이 겐조 앞에 나타났다. 대문이 없는 그 집은 뒷골목 같은 마을 안에 있었다. 마을은 좁고 길었다. 그리고 오른쪽으로도 왼쪽으로도 구부러져 있었다.

그의 기억이 아련한 것처럼 그의 집도 늘 어둑어둑했다. 그는 햇빛과 그 집을 같이 연상할 수 없었다.

겐조는 그 집에서 천연두를 앓았다. 크고 나서 들으니 종두가 원인이 되어 천연두를 불러온 거라는 이야기였다. 그는 어둑한 살창 안에서 데굴데굴 굴렀다. 온몸의 살을 닥치는 대로 긁어대며 울부짖었다.

겐조는 또 우연히 널찍한 건물 안에서 어린 자신을 발견했다. 구획되어 있는 것 같으면서도 쭉 이어져 있는 칸막이 안에는 사람이 드문드문 있었다. 빈 곳은 다다미인지 돗자리인지 노랗게 빛나 주위를 가람당(伽藍堂)처럼 쓸쓸하게 했다. 그는 높은 데에 있었다. 그곳에서 도시락을 먹었다. 그리고 유부의 몸통을 박고지로 묶은 유부초밥 비슷하게 생긴 것을 위에서 아래로 떨어뜨렸다. 그는 난간에 매달려 몇 번이나 아래를 내려다보았다. 그러나 아무도 집어주지 않았다. 같이 간 어른들은 모두 정면에 정신이 팔려 있었다. 정면에서는 기둥이 흔들흔들 흔들리더니 커다란 집이 무너졌다.[75] 그러나 무너진 지붕 사이로

---

74 이 집은 아사쿠사에 있던 시오바라 쇼노스케의 집을 소재로 한 듯하다.
75 「지진 가토(地震加藤)」라고 통칭되는 가부키 교겐(狂言) 「증보 모모야마노가타리(增補桃山譚)」를 말하는데 가와타케 모쿠아미(河竹黙阿弥)의 작품이다.

수염을 기른 군인[76]이 으스대며 나왔다. 그 무렵 겐조에게는 아직 극이라는 개념이 없었던 것이다.

겐조의 머리에는 극과 달아나버린 매가 아무런 의미 없이 연결되어 있었다. 갑자기 매가 건너편에 보이는 푸른 대숲 쪽으로 비스듬히 날아가버렸을 때 옆에서 누군가가 "달아났다, 달아났다" 하고 소리쳤다. 그러자 누군가가 또 손뼉을 치며 그 매를 불러들이려고 했다. ……겐조의 기억은 여기서 뚝 끊어졌다. 극과 매 중에서 어느 것을 먼저 보았는지, 그에게는 그조차 불분명했다. 따라서 그가 논과 덤불밖에 보이지 않는 시골에 살았던 것과 옹색한 마을의 길에 면한 어둑어둑한 집에 살았던 것 중 어느 것이 먼저인지도 정확히 알 수 없었다. 그리고 그 시절에 대한 그의 기억에는 사람의 그림자가 거의 비치지 않았다.

하지만 시마다 부부가 그의 부모로서 분명히 의식에 떠오른 것은 그로부터 얼마 후의 일이었다.

그때 시마다 부부는 이상한 집[77]에서 살았다. 문간에서 오른쪽으로 꺾으면 남의 집 담장을 따라 돌계단을 세 단쯤 올라가야 했다. 거기서부터는 1미터쯤 되는 폭의 골목이었고, 그곳을 빠져나가면 널찍하고 북적이는 길이 나왔다. 왼쪽은 복도를 돌아 이번에는 반대로 두세 단 내려가게 되어 있었다. 그러면 거기에 직사각형의 큰 객실이 있었다. 큰 객실에 딸린 토방도 직사각형이었다. 토방에서 밖으로 나오면 커다란 강[78]이 보였다. 강물 위를 하얀 돛을 단 배가 여러 척 오갔다. 강

---

76 「지진 가토」에 나오는 가토 기요마사(加藤淸正)일 것이다.

77 1873년 3월의 일로 이 '이상한 집'은 시오바라 쇼노스케의 새로운 집일 것이다. 이 집은 스미다가와(隅田川) 옆에 있었다.

78 스미다가와일 것이다.

가에 세운 목책 안에는 장작이 잔뜩 쌓여 있었다. 목책과 목책 사이에 있는 공터는 완만한 내리막이 물가까지 이어져 있었다. 돌담 틈으로 모말게가 집게를 내밀곤 했다.

시마다의 집은 좁고 긴 저택을 셋으로 나눈 것 중 한가운데였다. 원래는 대형 상인의 소유로, 강가에 면한 직사각형의 큰 객실이 가게였던 것 같지만 소유자가 누구였는지 또 왜 그가 그곳을 떠났는지는 모두 겐조가 모르는 일이었다.

한때 그 넓은 방을 어느 서양인이 빌려 영어를 가르친 적이 있었다. 아직 서양인을 이인(異人) 취급 하던 시절이었기 때문에 시마다의 처 오쓰네[79]는 도깨비와 같이 살고 있는 것처럼 어쩐지 무서운 느낌이 든다고 했다. 하긴 서양인은 슬리퍼를 신고 시마다가 세 들어 있는 방 툇마루까지 어슬렁어슬렁 걸어오는 버릇이 있었다. 오쓰네가 속이 안 좋은 것 같다며 창백한 얼굴로 누워 있으면 그곳 툇마루에 서서 방 안을 들여다보며 위로의 말을 건네기도 했다. 그 말이 일본어였는지 영어였는지, 아니면 그저 손짓뿐이었는지 겐조는 전혀 알 수 없었다.

40

서양인은 어느덧 사라져버렸다. 어린 겐조가 문득 깨닫고 보니 그 넓은 방은 이미 무슨 동회(洞會) 같은 곳으로 바뀌어 있었다.

동회란 지금의 동사무소 같은 곳인 듯했다. 모두가 낮은 책상을 일

---

79 소세키의 양모인 야스를 소재로 했다. 야스는 『나쓰메 소세키 평전』에도 등장한다.

렬로 놓고 앉아 사무를 보았다. 테이블과 의자가 오늘날처럼 널리 이용되지 않던 시절의 일이라 다다미에 오래도록 앉아 있는 것도 그다지 불편하지 않았을 것이다. 불려온 사람이나 찾아온 사람이나 모두 자신의 게다를 토방에 벗어놓고 담당자의 책상 앞에 단정히 앉았다.

시마다는 동회의 우두머리였다. 따라서 그의 자리는 입구에서 제일 먼 안쪽에 마련되었다. 그곳에서 직각으로 구부려져 강이 보이는 살창 옆까지 몇 사람이 있었는지, 몇 개의 책상이 있었는지 겐조는 분명히 기억할 수 없었다.

시마다의 집과 동회는 물론 좁고 긴 한 집을 구획한 것이어서 출근이고 퇴근이고 무척 편했다. 그는 날씨가 좋은 날에도 귀찮게 흙을 밟을 필요가 없었다. 비가 오는 날 우산을 써야 하는 번거로움도 없었다. 그는 자택에서 툇마루를 따라 출근했다. 그리고 같은 툇마루를 걸어 집으로 돌아왔다.

이런 상황이 어린 겐조를 적잖이 대담하게 만들었다. 겐조는 때때로 공적인 장소에 얼굴을 내밀었고, 모두가 그를 상대해주었다. 그는 우쭐해서 서기의 벼룻집 안에 있는 주묵(朱墨)을 만지작거리거나 칼집에서 작은 칼을 뽑아보거나 하며 남을 귀찮게 하는 장난을 쳐댔다. 시마다는 이 작은 폭군의 태도를 가능한 한 묵인하는 전횡을 부렸다.

시마다는 인색한 사람이었다. 부인 오쓰네는 시마다보다 더했다.

"초 대신 손톱에 불을 붙일 정도로 인색하다는 말은 그걸 두고 하는 말이지."

겐조가 생가로 돌아온 후 이런 평이 간혹 그의 귀에 들렸다. 하지만 당시의 겐조는 오쓰네가 목제 화로 옆에 앉아 하녀에게 직접 된장국을 담아주는 걸 아무 생각 없이 바라보았다.

"아무리 그래도 그렇지, 그러면 하녀가 불쌍하지."

겐조의 생가 사람들은 쓴웃음을 지었다.

오쓰네는 또 밥통과 반찬이 들어 있는 찬장에 항상 자물쇠를 채웠다. 가끔 친정아버지가 찾아오면 꼭 메밀국수를 시켜드렸다. 그때는 그녀도 겐조도 같은 걸 먹었다. 그 대신 밥때가 돼도 결코 평소처럼 밥상을 내오지 않았다. 그것을 당연한 것으로 생각하던 겐조는 생가로 돌아오고 나서 하루 세끼에다 간식까지 먹는 걸 보고 깜짝 놀랐다.

하지만 부부는 겐조에게 들어가는 돈에 대해서는 오히려 이상할 정도로 관대했다. 밖에 나갈 때는 노란 바탕에 줄무늬가 들어간 비단 하오리를 입히기도 하고 오글쪼글한 견직물 옷을 사기 위해 일부러 에치고야까지 데려가기도 했다. 에치고야에 들어가 무늬를 고르며 앉아 있었는데 해 질 녘이 되자 젊은 점원들 여러 명이 우르르 몰려나가 널찍한 가게 덧문을 양쪽에서 일시에 닫기 시작했다. 그때 그는 갑자기 무서워져서 큰 소리로 운 기억이 있다.

겐조는 자기가 원하는 장난감도 물론 마음대로 살 수 있었다. 그중에는 환등기(幻燈機)도 있었다. 그는 종이를 이어 붙인 막 위에 뾰족한 에보시[80]를 쓴 산바소(三番叟)[81]가 방울을 흔들고 다리를 움직이는 그림자를 비추며 즐거워하곤 했다. 그는 새 팽이를 사달라고 해서 일부러 오래된 것처럼 보이려고 그것을 강가의 도랑에 담갔다. 그런데 도랑은 장작을 쌓아놓은 목책과 목책 사이에서 흘러나와 강으로 흘러

80 옛날에 조정에 출사하는 사람과 무사가 쓰던 두건의 일종. 나라(奈良) 시대부터는 일반 서민들도 사용했다.
81 노가쿠(能樂)의 막간에 상연하는 교겐 「오키나(翁)」에 출연하는 배우의 역할이다. 세 번째로 등장하고 뾰족한 에보시(두건)를 쓰고 방울을 울리며 춤을 춘다.

들기 때문에 팽이를 잃어버리지 않을까 걱정되어 하루에도 몇 번씩 동회의 토방을 빠져나가 팽이를 꺼내보았다. 그때마다 그는 돌담 사이로 숨어드는 게 구멍을 막대기로 쑤셨다. 그러고는 미처 도망가지 못한 게의 등딱지를 눌러 몇 마리나 산 채로 잡아 소매에 넣었다.

요컨대 그는 인색한 시마다 부부에게 다른 집에서 양자로 받아들인 외아들로서 이례적인 대우를 받았던 것이다.

41

하지만 부부의 마음속에는 늘 겐조에 대한 일종의 불안이 자리 잡고 있었다.

쌀쌀한 늦가을 밤, 목제 화로 앞에 마주 앉은 그들은 겐조에게 이런 질문을 하곤 했다.

"네 아버지는 누구지?"

겐조는 시마다를 보고 그를 손가락으로 가리켰다.

"그럼 네 어머니는?"

겐조는 다시 오쓰네의 얼굴을 보며 그녀를 손가락으로 가리켰다.

이것으로 자신들의 요구가 일단 충족되자 이번에는 똑같은 것을 다른 형태로 물었다.

"그럼 네 진짜 아버지하고 어머니는?"

겐조는 마지못해 같은 대답을 되풀이할 수밖에 없었다. 하지만 그것이 어쩐 일인지 그들을 기쁘게 했다. 그들은 얼굴을 마주 보며 웃었다.

세 사람 사이에서 이런 광경이 거의 매일같이 벌어졌다. 어떤 때는 이런 문답만으로 끝나지 않았다. 특히 오쓰네는 집요했다.

"너는 어디서 태어났니?"

이런 걸 물어올 때마다 겐조는 자신의 기억 속에 보이는 빨간 대문, 키 큰 대나무 숲으로 뒤덮인 조그맣고 빨간 대문 집을 들며 대답해야 했다. 오쓰네는 언제 이런 질문을 던져도 겐조가 별 어려움 없이 똑같은 대답을 할 수 있도록 그를 훈련시켰던 것이다. 겐조의 대답은 물론 기계적이었다. 하지만 그녀는 그런 것에는 전혀 신경 쓰지 않았다.

"겐조, 너는 진짜 누구 아이지? 숨기지 말고 말해봐."

겐조는 괴롭힘을 당하는 심정이었다. 때로는 괴롭다기보다 화가 났다. 상대가 듣고 싶어 하는 대답을 하지 않고 일부러 입을 다물어버리고 싶었다.

"넌 누가 제일 좋아? 아버지? 어머니?"

겐조는 그녀의 뜻에 맞춰주기 위해 상대가 바라는 대답을 하는 게 싫어서 견딜 수가 없었다. 그는 말없이 말뚝처럼 서 있었다. 그것을 아직 어린 탓이라고만 해석한 오쓰네의 생각은 오히려 너무 단순했다. 그는 마음속으로 그녀의 그런 태도를 혐오했다.

부부는 전력을 다해 겐조를 자신들의 전유물로 만들고자 애썼다. 사실상 겐조는 그들의 전유물이나 다름없었다. 따라서 그들에게 소중한 존재가 되는 것은 곧 그들 때문에 그의 자유를 빼앗기는 것이나 마찬가지였다. 그는 이미 몸의 속박을 느꼈다. 하지만 그보다 더욱 무서운 마음의 속박이 아무것도 모르는 그의 가슴에 어렴풋한 불만의 그림자를 드리웠다.

부부는 무슨 일이 있을 때마다 자신들의 은혜를 겐조에게 인식시키려고 했다.[82] 그래서 어떤 때는 '아버지'라는 말을 크게 했다. 어떤 때는 또 '어머니가'라는 말에 힘을 주었다. 겐조가 아버지나 어머니라는 말을 하지 않고 과자를 먹거나 옷을 입는 일은 자연스럽게 금지되었다.

자신들의 친절을 억지로라도 외부에서 아이의 가슴에 각인시키려는 그들의 노력은 아이에게 오히려 반대 결과를 초래했다. 겐조는 귀찮았다.

'왜 그렇게 보살피는 것일까?'

'아버지가'라든가 '어머니가'라는 말이 나올 때마다 겐조는 자기 혼자만의 자유를 갖고 싶었다. 장난감을 받고 기뻐하거나 색도 인쇄한 풍속 목판화를 질리지도 않고 바라보면서도 그는 오히려 그것들을 사준 사람을 기쁘게 해주고 싶지 않았다. 적어도 그 둘을 깨끗이 분리해서 순수한 즐거움에 빠지고 싶었다.

부부는 겐조를 귀여워했다. 하지만 그 애정에는 이상한 보상심리가 숨어 있었다. 돈의 힘으로 아름다운 여자를 첩으로 둔 사람이 그 여자가 좋아하는 것이면 뭐든지 사주는 것과 마찬가지로 그들은 자신들의 애정 자체의 발현을 목적으로 행동하지 않고 오직 겐조의 환심을 사기 위해 친절을 보이려고 했다. 그리고 그들은 그 불순함 때문에 벌을 받았다. 그런데도 그것을 몰랐다.

82 겐조에게 시마다 부부가 베푸는 은혜는 늘 이해타산에서 나온 것으로 여겨지고 만다. 하지만 훗날 『한눈팔기』를 읽은 시오바라 쇼노스케는 격렬히 반발하며 제멋대로인 소세키를 애지중지 키웠다고 말했다.

42

동시에 겐조의 성격도 나빠졌다. 유순하고 착하던 그의 천성은 점차 사라졌다. 그리고 그 결함을 보충한 것은 바로 '고집'이라는 두 글자였다.

겐조의 제멋대로 된 행동은 나날이 심해졌다. 자기가 좋아하는 것을 손에 넣지 못하면 거리든 길가든 상관하지 않고 바로 그 자리에 주저앉아 꼼짝하지 않았다. 어떤 때는 점원의 등 뒤에서 그의 머리카락을 힘껏 쥐어뜯었다. 어떤 때는 신사에서 놓아기르는 비둘기를 기어코 집으로 가져가겠다고 우겼다. 양부모의 총애를 마음껏 독차지할 수 있는 좁은 세계 안의 생활밖에 모르는 그에게는 모든 사람들이 오로지 자신의 명령을 듣기 위해 존재하는 것처럼 보였다. 말만 하면 다 들어줄 거라고 생각하게 되었다.

얼마 후 그의 뻔뻔스러움은 더욱 심해졌다.

어느 날 아침 겐조는 부모가 깨우자 졸린 눈을 비비며 툇마루로 나갔다. 그는 매일 아침 일어나 그곳에서 소변을 보는 버릇이 있었다. 그런데 그날은 평소보다 졸려서 소변을 보는 도중에 잠들어버렸다. 그리고 그다음은 어떻게 되었는지 몰랐다.

눈을 뜨고 보니 겐조는 오줌 위로 굴러떨어져 있었다. 불행히도 그가 떨어진 툇마루는 높았다. 한길에서 강가 쪽으로 미끄러져 들어간 지면 중간쯤에 해당하는 곳이라 보통의 툇마루보다 배는 높았다. 그는 그 일 때문에 결국 허리 관절을 삐었다.[83]

---

83 소세키 자신의 경험인 듯하다. 이와 관련된 이야기는 바로 뒤에도 나온다.

깜짝 놀란 양부모는 곧바로 그를 센주에 있는 유명한 접골원인 나구라(名倉)로 데려가 가능한 모든 치료를 받게 했다. 하지만 크게 다친 허리는 쉽사리 낫지 않았다. 그는 식초 냄새가 나는 노란색의 걸쭉한 것을 매일 국부에 바르고 방에 누워 있었다. 며칠이나 계속되었는지 몰랐다.

"아직 못 일어나겠어? 어디 한번 일어나보렴."

오쓰네는 매일같이 재촉했다. 하지만 겐조는 움직일 수 없었다. 움직일 수 있게 되었어도 일부러 움직이지 않았다. 그는 누워서 오쓰네가 안절부절못하는 얼굴을 보고 은근히 즐거워했다.

겐조는 마침내 일어났다. 그리고 평소와 별 다를 바 없이 근방을 이리저리 돌아다녔다. 그러자 오쓰네가 놀라며 기뻐하는 모습이 너무나도 연극 같아서 그는 차라리 일어나지 말고 좀 더 누워 있을걸, 하고 생각했다.

겐조의 약점이 오쓰네의 약점과 정면으로 부딪치는 일도 적지 않았다.

오쓰네는 거짓말을 굉장히 잘했다. 그리고 어떤 경우라도 자신에게 이익이 있을 것 같기만 하면 곧장 눈물을 흘릴 수 있는 편리한 여자였다. 겐조를 아주 어린애라고 생각해 방심했던 그녀는 그에게 자신의 이면을 다 보여주고도 그 사실을 깨닫지 못했다.

어느 날 한 손님과 마주 앉은 오쓰네는 그 자리에서 화제에 오른 갑(甲)이라는 여자에 대해 옆에서 듣고 있기 힘들 정도로 험담을 해댔다. 그런데 그 손님이 돌아간 후 우연히 갑이 그녀를 찾아왔다. 그러자 오쓰네는 갑에게 속이 뻔히 들여다보이는 겉치레 말을 늘어놓기 시작했다. 결국에는 방금 어떤 사람과 당신을 무척 칭찬하던 참이었다고 안 해도 좋을 거짓말까지 했다. 겐조는 화가 났다.

"왜 그런 거짓말을 하고 그래."

겐조는 융통성 없는 어린애의 정직함을 그대로 갑 앞에서 피력했다. 갑이 돌아간 후 오쓰네는 몹시 화를 냈다.

"너하고 같이 있으면 얼굴에서 불이 날 것 같다니까."

겐조는 오쓰네의 얼굴에서 빨리 불이 나면 좋을 것 같았다.

그의 가슴속 어딘가에는 자기도 모르게 그녀를 혐오하는 마음이 늘 꿈틀대고 있었다. 오쓰네가 아무리 귀여워해준다고 해도 겐조에게 거기에 보답하고 싶은 마음이 우러나지 않을 만큼, 그녀는 자신의 인격에 추한 것을 숨기고 있었다. 그리고 그 추한 것을 가장 잘 알고 있는 사람은 그녀의 품에서 응석받이로 자란 겐조일 수밖에 없었다.

43

그러던 중 시마다와 오쓰네 사이에 이상한 일이 벌어졌다.

어느 날 밤 겐조가 문득 잠에서 깨어 보니 자기 옆에서 부부가 서로 심하게 욕설을 퍼붓고 있었다. 그에게는 너무나도 갑작스러운 일이었다. 그는 울음을 터뜨렸다.

다음 날 밤에도 겐조는 욕을 해대며 싸우는 소리에 잠에서 깼다. 그는 또 울음을 터뜨렸다.

그런 소란스러운 밤이 며칠이나 계속되었고 두 사람이 욕설을 퍼붓는 소리도 점차 커져갔다. 결국에는 둘 다 서로에게 손찌검을 하기 시작했다. 때리는 소리, 밟는 소리, 외치는 소리가 어린 그의 마음을 무섭게 했다. 처음에는 그가 울음을 터뜨리면 그쳤던 두 사람의 싸움은 이제 그가 자든 말든 상관없이 계속되었다.

어린 겐조의 머리로는 무엇 때문에 여태껏 한 번도 보지 못한 이런 광경이 매일 심야에 일어나는지 전혀 이해할 수 없었다. 그는 그저 그 것이 싫었다. 도덕이나 옳고 그름에 대한 개념이 없는 그는 자연스럽 게 그것이 싫었을 뿐이다.

얼마 후 오쓰네는 겐조에게 사실을 얘기해주었다. 그 이야기에 따르면 그녀는 세상에서 가장 착한 사람이었다. 그에 반해 시마다는 몹시 나쁜 사람이었다. 하지만 가장 나쁜 사람은 오후지 씨였다. '그년' 이라거나 '그 여자'라는 말을 사용할 때 오쓰네는 분해서 견딜 수 없다는 표정이었다. 눈물까지 흘렸다. 그러나 그렇게 극렬한 표정은 오히려 겐조의 기분을 나쁘게 할 뿐 아무 효과가 없었다.

"그년은 원수야. 엄마한테도 너한테도 원수야. 뼈가 부서지는 한이 있더라도 원수를 갚아야 해."

오쓰네는 이를 바득바득 갈았다. 겐조는 하루빨리 그녀 곁에서 떠나고 싶었다.

그는 내내 자기 옆에 있으면서 아침부터 밤까지 그를 자기편으로 삼고 싶어 하는 오쓰네보다 오히려 시마다를 더 좋아했다. 시마다는 전과 달리 대개는 집에 없었다. 시마다가 돌아오는 시각은 늘 밤이 이슥해졌을 때인 것 같았다. 따라서 낮에는 좀처럼 얼굴을 마주할 기회가 없었다.

하지만 겐조는 매일 밤 희미한 등불 아래서 그를 보았다. 험악한 눈과 분노에 떠는 입술을 보았다. 목구멍에서 소용돌이치는 연기처럼 새어 나오는 분노의 목소리를 들었다.

그래도 시마다는 전처럼 이따금 겐조를 데리고 외출했다. 시마다는 술을 한 방울도 입에 대지 않는 대신 단것을 무척 즐겼다. 어느 날 밤 겐조와 오후지 씨의 딸 오누이 씨를 데리고 번화가를 산보하고 돌아오는 길에 단팥죽 집에 들렀다. 겐조가 오누이 씨를 만난 것은 이때가 처음이었다. 그래서 그들은 얼굴조차 제대로 마주 보지 못했다. 말도 전혀 하지 못했다.

집으로 돌아왔을 때 오쓰네는 겐조에게 먼저 시마다가 어디로 데려갔는지를 물었다. 그러고는 오후지 씨의 집에 들르지 않았느냐고 확인했다. 마지막으로 단팥죽 집에는 누구와 갔느냐고 물었다. 겐조는 시마다가 주의를 주었는데도 사실대로 말해주었다. 그래도 오쓰네의 의심은 좀처럼 풀리지 않았다. 그녀는 여러 가지로 속마음을 떠보며 그 이상의 사실을 알아내려고 했다.

"그년도 같이 갔지? 사실대로 말해봐. 그러면 엄마가 좋은 걸 사줄 테니까 말해봐. 그 여자도 갔지? 그렇지?"

그녀는 무슨 일이 있어도 같이 갔다는 말을 기어이 듣고 싶어 했다. 동시에 겐조는 무슨 일이 있어도 결코 말하지 않겠다고 결심했다. 그녀는 겐조를 의심했다. 겐조는 그녀를 경멸했다.

"그럼 그 애한테 아버지가 뭐라고 하던? 그 애한테 말을 더 많이 하던, 너한테 더 많이 하던?"

아무 대답도 하지 않던 겐조는 그저 불쾌한 기분만 심해질 뿐이었다. 그러나 오쓰네는 거기서 그칠 여자가 아니었다.

"단팥죽 집에서 너를 어디에 앉히던? 오른쪽이야 왼쪽이야?"

질투에서 나오는 물음은 아무리 시간이 지나도 끝나지 않았다. 그 물음을 통해 자신의 인격을 아랑곳하지 않고 드러내고서도 자신을 돌아보지 않는 그녀는 열 살도 안 된 아들이 자신에게 정나미가 떨어졌다는 사실은 전혀 깨닫지 못했다.

44

얼마 후 시마다는 겐조의 눈앞에서 홀연히 사라졌다. 강가 쪽으로 난 뒷골목과 번화한 큰길 사이에 끼어 있던 당시의 집도 갑자기 어딘가로 사라져버렸다. 오쓰네와 단둘이 남은 겐조는 낯설고 이상한 집에 있는 자신을 발견했다.

그 집 앞에는 문간에 새끼줄로 포렴을 친 쌀집인가 된장집인가가 있었다. 그의 기억 속에서는 이 큰 가게와 삶은 콩이 함께 연상되었다. 매일 그걸 먹었던 일이 지금도 잊히지 않는다. 그러나 새로 이사 간 집에 대해서는 아무런 이미지도 떠오르지 않았다. '시간'은 그를 위해 이 쓸쓸한 기념물을 깨끗이 지워주었다.

오쓰네는 만나는 사람마다 시마다 이야기를 했다. 분해 죽겠다며 울었다.

"죽어서도 저주할 거야."

그녀의 서슬 퍼런 태도는 겐조의 마음을 더욱 그녀로부터 멀어지게 하는 계기가 될 뿐이었다.

남편과 헤어진 그녀는 겐조를 자기 한 사람의 전유물로 삼고자 했다. 또한 전유물이라고 믿고 있었다.

"앞으로 의지할 사람은 너뿐이야. 알았어? 정신 바짝 차려야 해."

이런 당부를 들을 때마다 겐조는 머뭇거렸다. 그는 도저히 고분고

분한 아이처럼 그녀에게 듣기 좋은 말을 해줄 수가 없었다.

겐조를 제 것으로 만들려는 오쓰네의 마음에는 항상 애정에 사로잡힌 충동보다는 오히려 욕심에 떠밀린 악의가 꿈틀대고 있었다. 그것이 아직 어려서 철이 없는 겐조의 가슴에 이유 없이 불쾌한 그림자를 드리웠다. 그러나 그 밖의 다른 점에서 그는 자기 자신을 잊을 만큼 뭔가에 정신이 팔려 있었다.

두 사람의 생활은 그리 오래 지속되지 않았다. 물질적인 결핍이 원인이었는지 아니면 오쓰네의 재혼[84]이 어쩔 수 없이 상황을 변화시켰는지 아직 어린 그로서는 전혀 알 수 없었다. 아무튼 그녀는 다시 갑작스럽게 겐조의 시야에서 모습을 감추었다. 그리고 겐조는 어느새 생가로 돌아와 있었다.

"생각하면 마치 남 얘기 같다니까. 도저히 내 일 같지가 않아."

겐조의 기억에 떠오른 모습은 지금의 그와 너무나도 동떨어져 있었다. 그래도 그는 타인의 삶 같은 자신의 옛날 일을 떠올려야 했다. 게다가 불쾌한 의미에서 떠올려야만 했다.

"오쓰네 씨라는 사람은 그때 하타노라는 사람한테 다시 시집간 건가요?"

아내는 몇 년 전인가 오쓰네가 남편에게 보낸 장문의 편지[85] 겉봉에 쓰인 이름을 기억하고 있었다.

"그랬을 거야. 잘은 모르지만."

---

84 오쓰네의 소재가 된 소세키의 양모 야스는 1875년 시오바라 쇼노스케와 이혼했다. 그 뒤 술집을 하는 사람의 후처가 되었다.

85 소세키의 아내 교코에 따르면 이 '편지'의 소재가 된 시오바라 야스의 편지는 옛날에 소세키를 키울 때 얼마나 애를 먹었는지를 장황하게 늘어놓은 것이었는데, 거기에 허리를 뻔 이야기도 있었다고 한다.

"하타노라는 사람은 아직 살아 있겠죠?"

겐조는 하타노의 얼굴조차 본 적이 없었다. 생사 따위는 물론 생각해보지 않았다.

"경부라고 했잖아요?"

"뭐였는지는 몰라."

"어머, 당신이 직접 그렇게 말해놓고."

"언제?"

"그 편지를 보여줄 때요."

"그랬나?"

겐조는 장문의 편지가 무슨 내용이었는지 조금 생각났다. 편지에는 그녀가 어린 겐조를 보살폈을 때 겪은 쓰라린 고생담만 잔뜩 적혀 있었다. 젖이 없어서 처음부터 암죽만 먹여 키웠다는 둥, 대소변을 잘 가리지 못해 자다가 오줌을 싸는 통에 뒤처리가 힘들었다는 둥 그런 일의 자초지종을 질릴 정도로 장황하게 늘어놓은 다음 고후(甲府)인가에서 재판관을 하는 친척이 매달 돈을 보내주어 지금은 무척 행복하다고 쓰여 있었다. 그러나 정작 그녀의 남편이 경부였는지 하는 기억은 전혀 없었다.

"어쩌면 벌써 죽었을지도 모르지."

"살아 있을지도 몰라요."

두 사람 사이에는 하타노를 말하는 건지 오쓰네를 말하는 건지도 모르는 이런 문답이 오갔다.

"그 사람이 불쑥 찾아온 것처럼 그 여자도 언제 갑자기 찾아올지 모르겠네요."

아내는 겐조의 얼굴을 쳐다보았다. 겐조는 팔짱을 낀 채 입을 다물고 있었다.

45

겐조도 아내도 오쓰네의 편지가 어떤 의도를 담고 있는지 잘 기억하고 있었다. 그녀와는 별 인연도 없는 사람조차 친절하게 매달 얼마라도 돈을 보내주는데 어렸을 때 그렇게까지 신세를 졌으면서 이제 와서 모른 척하는 건 도리가 아니라는 식의 의도가 페이지마다 빤히 들여다보였다.

그때 그는 그 편지를 도쿄에 있는 형에게 보냈다. 그러면서 직장에 이런 편지를 자꾸 보내면 곤란하니까 좀 조심해달라고 그쪽에 주의를 주도록 부탁했다. 형에게서 금방 답장이 왔다. 원래 양가(養家)와 인연을 끊고 다른 집으로 시집간 이상 타인이다, 게다가 겐조는 그 양가에서도 이미 나왔으니 이제 와서 직접 본인에게 편지를 보내서는 곤란하다는 이유를 들며 그쪽에 알아듣게 잘 얘기했으니 안심하라는 내용이었다.

오쓰네의 편지는 그 후 뚝 끊겼다. 겐조는 안심했다. 그러나 어딘가 꺼림칙함이 남았다. 그는 오쓰네의 신세를 졌던 옛날 일을 잊을 수 없었다. 동시에 그녀를 혐오하는 마음도 변하지 않고 옛날 그대로였다. 요컨대 오쓰네에 대한 그의 태도는 시마다에 대한 그의 태도와 같았다. 혐오감은 시마다에 대해서보다 더욱 심했다.

'시마다 한 사람만으로도 질렸는데 또 그런 여자가 찾아오면 곤란하지.'

젠조는 마음속으로 이렇게 생각했다. 남편의 과거를 잘 알지 못하는 아내의 속마음은 더더욱 그랬다. 아내의 동정은 지금 오직 생가 쪽으로만 쏠렸다. 원래 상당한 지위에 있었던 그녀의 아버지[86]는 실직 상태가 오래 이어져 경제적으로 점점 어려운 처지에 빠져들고 있었다.

젠조는 가끔 집으로 이야기하러 찾아오는 청년들과 마주 앉으면 명랑한 그들의 모습과 자신의 내면생활을 비교했다. 그의 눈에 비친 청년들은 다들 앞만 바라보며 유쾌하게 걸어가는 것처럼 보였다.

어느 날 그는 그 청년 중 한 사람에게 이렇게 말했다.

"자네들은 행복하네. 졸업하면 뭐가 되겠다든가 뭘 하겠다든가 하는 것만 생각하고 있으니까."

청년은 쓴웃음을 지었다. 그리고 대답했다.

"그건 선생님 세대 일이지요. 요즘 청년들은 그렇게 한가하지 않습니다. 물론 뭐가 되겠다든가 뭘 하겠다든가 하는 걸 생각하지 않는 건 아닙니다만, 세상이 그렇게 자신의 생각대로 되지 않는다는 것도 잘 알고 있으니까요."

과연 그가 졸업했던 시대에 비하면 지금 세상은 열 배나 살아가기 힘들었다. 그러나 그것은 의식주에 관한 물질적인 문제에 지나지 않았다. 따라서 청년의 답에는 그의 의도와 다소 어긋난 점이 있었다.

"아니, 자네들은 나처럼 과거 때문에 번민하지 않아도 되니까 행복하다는 거네."

청년은 이해하기 힘들다는 표정을 지었다.

"선생님도 과거 때문에 번민하는 것처럼은 보이지 않습니다. 역시

86 소세키의 장인 나카네 시게카즈(中根重一)는 소세키와 교코가 결혼할 당시 귀족원 서기장관이었다.

내 세상은 이제부터라고 생각하는 것 같은데요."

이번에는 겐조가 쓴웃음을 지을 차례였다. 그는 청년에게 프랑스의 어느 철학자[87]가 주창한 기억에 관한 새로운 학설을 이야기했다.

사람이 물에 빠지거나 절벽에서 떨어지려는 순간 자신의 과거 전체를 한순간의 기억으로 머리에 떠올리는 일이 있다는 사실에 이 철학자가 일종의 해석을 내린 것이다.

"인간은 평소 미래만 바라보며 살아가다가도 그 미래가 눈 깜짝할 사이에 일어난 어떤 위험 때문에 돌연 막혀버려 이제 끝장이라는 사실이 확실해지면 갑자기 눈을 돌려 과거를 돌아보게 된다는 거지. 그래서 모든 과거의 경험이 한꺼번에 의식에 떠오른다는 거야. 그 주장에 따르면 말이지."[88]

청년은 겐조의 설명을 재미있다는 듯이 들었다. 하지만 전후 사정을 전혀 모르는 청년은 그것을 겐조의 처지에 적용해볼 수가 없었다. 겐조도 지금의 자신이 찰나에 과거 전체를 떠올릴 만큼 위험한 처지에 있다고 생각할 만큼 바보는 아니었다.

46

겐조의 마음을 불쾌한 과거로 끌어넣은 실마리가 된 시마다는 그로부터 오륙일쯤 지나 결국 다시 그의 집에 나타났다.

87 앙리 베르그송(Henri Louis Bergson, 1859~1941)을 말한다.
88 베르그송의 저서 『물질과 기억(Matière et mémoire)』의 제3장 '이미지들의 존속에 대하여'에 포함되어 있는 내용이다.

그때 겐조의 눈에 비친 노인은 바로 과거의 유령이었다. 또한 현재의 인간이기도 했다. 그리고 어두한 미래의 그림자임에도 틀림없었다.

'이 그림자가 언제까지 내 몸에 붙어 다닐까?'

겐조의 마음은 호기심에 자극을 받기보다는 오히려 불안의 잔물결에 흔들렸다.

"얼마 전에 히다 씨 집에 잠깐 들렀습니다."

시마다의 말투는 며칠 전과 마찬가지로 정중했다. 그러나 그가 왜 히다의 집에 갔는지에 대해서는 완전히 시치미를 떼고 있었다. 그의 말투는 마치 그쪽에 볼일이 있어 찾아간 김에 격조했으니 겸사겸사 인사나 하려고 들른 사람 같았다.

"그 부근도 옛날과 달리 상당히 변했더군요."

겐조는 자기 앞에 앉아 있는 사람의 진정성을 의심했다. 과연 이 사람이 히다에게 자신의 복적을 부탁했을까, 또는 히다가 자신들과 의논한 결과대로 단호히 거절했을까, 겐조는 그런 명백한 사실조차 의심하지 않을 수 없었다.

"원래는 거기에 폭포가 있어서 여름이 되면 자주 갔었지요."

시마다는 상대의 반응에 개의치 않고 마냥 잡담을 이어갔다. 물론 겐조는 자진해서 불쾌한 문제를 건드릴 필요가 없었기에 그저 노인이 이끄는 대로 뒤를 따라갈 뿐이었다. 그러자 어느덧 시마다의 정중한 말투가 무너졌다. 나중에는 겐조의 누나를 경칭도 없이 부르기 시작했다.

"오나쓰도 나이가 들었더군. 하긴 뭐 꽤 오랫동안 만나지 못한 건 틀림없지만 말일세. 옛날에는 그래도 꽤 억척스러운 여자라 나한테 자주 대들기도 했는데 말이지. 그 대신 원래 형제나 마찬가지 사이이니까 아무리 싸워도 화해하는 것이 참 빨랐는데. 아무튼 어려우면 도와 달라고 자주 울며 매달려서 그때마다 나도 불쌍해서 얼마씩 마련해주었지."

시마다는 누나가 뒤에서 듣고 있었다면 필시 화를 낼 거라고 생각될 만큼 거만했다. 그리고 제멋대로 된 입장에서만 본 왜곡된 사실을 남에게 강요하려는 악의로 가득 차 있었다.

겐조는 점차 말이 적어졌다. 나중에는 입을 다물고 가만히 시마다의 얼굴을 응시했다.

시마다는 묘하게 인중이 길었다. 게다가 길거리에서 물건을 볼 때는 반드시 입을 벌렸다. 그래서 약간 바보 같았다. 하지만 누구의 눈에도 결코 선량한 바보로는 비치지 않았다. 움푹 들어간 눈은 그 속에서 항상 반대의 뭔가를 말했다. 눈썹은 오히려 험상궂었다. 좁고 튀어나온 이마 위에 있는 머리는 젊은 시절부터 좌우로 가르마를 탄 적이 없었다. 최고 승위의 승려들처럼 항상 길게 길러 뒤로 넘겼다.

시마다는 문득 겐조의 눈을 보았다. 그리고 상대의 속마음을 읽었다. 건방진 옛날로 돌아갔던 그의 말투가 어느새 다시 현재의 정중함으로 되돌아왔다. 겐조를 상대로 과거의 자신으로 돌아가려는 시도를 끝내 단념하고 만 것이다.

시마다는 방 안을 두리번거렸다. 살풍경하기 그지없는 방 안에는 계제 사납게도 액자도 족자도 걸려 있지 않았다.

"이홍장[89]의 글씨는 좋아합니까?"

시마다는 뜬금없이 이런 질문을 했다. 겐조는 좋아한다고도 싫어한다고도 말하기 어려웠다.

"좋아하면 드려도 되는데요. 그래 봬도 지금 가격이 꽤 나갈 겁니다."

옛날에 시마다는 후지타 도코[90]의 가짜 글씨를 오래된 것으로 보이게 한다면서 '백발창안만사여(白髮蒼顏万死余)'[91]로 시작하는 시를 쓴 반절 당지를 부엌 부뚜막 위에 매달아놓은 적이 있었다. 그가 겐조에게 주겠다는 이홍장의 글씨도 어디의 누가 쓴 것인지 심히 수상쩍었다. 시마다에게서 뭔가를 받을 생각이 전혀 없었던 겐조는 상대해주지 않았다. 시마다는 마침내 돌아갔다.

47

"왜 왔을까요, 그 사람?"

아내는 목적도 없이 그냥 왔을 리 없다고 생각했다. 겐조도 같은 생각이었다.

"도무지, 모르겠어. 대체로 물고기하고 짐승만큼이나 다르니까."

"뭐가요?"

"그 사람하고 나 말이야."

아내는 갑자기 자기 가족과 남편의 관계를 떠올렸다. 양자 사이에는 자연스레 생겨난 도랑이 있어 서로를 떼어놓고 있었다. 옹고집인 남편은 결코 도랑을 뛰어넘지 않았다. 도랑을 만든 쪽에서 그걸 메우

89 이홍장(李鴻章, 1823~1901). 중국 청나라 말기의 정치가. 청일전쟁 후의 시모노세키 조약, 의화단운동 후 베이징 의정서 체결 등 주로 외교에 공헌했다. 『한눈팔기』에서 이 일이 1903~1904년으로 설정되어 있다고 한다면 시모노세키 조약(1895)의 교섭 상대(이홍장과 이토 히로부미)로서 강한 인상이 남아 있었을 것이다.

90 후지타 도코(藤田東湖, 1806~1855). 에도 시대 말기의 유학자, 양이론자로 알려져 있다. 본문에 인용된 문구는 양이를 노래한 그의 시 「술회(述懷)」의 일부다.

91 '수만 번이나 생사의 역경을 헤쳐 나와 백발의 창백한 노인이 되었으나'라는 뜻이다.

는 것이 당연하지 않느냐는 생각으로 끝까지 밀어붙이고 있었다. 친정에서는 또 반대로 남편이 자기 멋대로 도랑을 파기 시작한 것이니 그가 평평하게 해야 할 거라는 생각을 갖고 있었다. 아내는 물론 친정 편이었다. 그녀는 남편을 세상과 조화를 이룰 수 없는 편벽한 학자라고 생각했다. 동시에 남편이 친정과 조화를 이룰 수 없게 된 원인 중에 자신이 주된 요소로 포함되어 있다는 것도 잘 알고 있었다.

아내는 잠자코 이야기를 끝내려고 했다. 그러나 온통 시마다에게 정신이 팔려 있는 겐조는 그걸 알아채지 못했다.

"당신은 그렇게 생각하지 않아?"

"그야 그 사람하고 당신이라면 물고기하고 짐승 정도로 다르지요."

"물론 다른 사람하고 나를 비교하는 건 아니야."

이야기는 다시 시마다로 돌아갔다. 아내는 웃으면서 물었다.

"이홍장의 족자가 어떻고 하지 않았나요?"

"나한테 주겠다는 거야."

"그만두세요. 그런 걸 받았다가 나중에 돈이라도 달라고 하면 어쩌려고요. 그냥 준다는 건 그저 말뿐일 거예요. 사실은 사달라는 거겠지요, 분명히."

부부에게는 이홍장의 글씨 족자보다는 그 밖에 사고 싶은 게 더 많았다. 점점 커가는 딸들[92]에게 맞는 옷을 입혀 밖에 내보낼 수 없는 것도 아내에게는 남편이 모르는 걱정거리임에 틀림없었다. 얼마 전에 월부로 장만한 2엔 50전짜리 비옷 값을 매달 양복점에 지불하고 있는 남편도 그다지 편한 마음일 리 없었다.

---

92 소세키의 맏딸 후데코(筆子)는 1899년 5월 31일 구마모토에서 태어났으므로 그가 영국에서 귀국한 1903년에는 다섯 살이었다.

"복적에 대해서는 아무 말도 안 꺼낸 것 같던데요."

"응, 아무 말도 안 했어. 꼭 여우한테 홀린 기분이라니까."

처음부터 이쪽의 관심을 끌어보려고 일부러 그런 엉뚱한 요구를 해온 것인지, 아니면 히다에게 진지하게 담판을 지으려고 했다가 단번에 거절당하니까 비로소 안 되겠다고 깨달은 것인지 겐조는 도통 짐작할 수가 없었다.

"어느 쪽일까요?"

"도무지 모르겠어, 그 사람 생각이 뭔지."

시마다는 실제로 어느 쪽이든 할 수 있는 사람이었다.

사흘쯤 지나 그가 다시 겐조의 집 현관 앞에 나타났다. 그때 겐조는 서재에 등불을 켜고 책상 앞에 앉아 있었다. 마침 그의 머리에 사상상의 어떤 문제가 그럴싸하게 한 줄기 실마리를 보이기 시작한 참이었다. 그는 외곬으로 그 문제를 아주 가까이 끌어당기려고 애썼다. 그의 사색은 갑자기 끊어졌다. 그는 씁쓸한 얼굴로 방 입구에 무릎을 꿇고 손을 짚은 하녀 쪽을 돌아보았다.

'뭐 그렇게까지 자주 찾아와서 남을 방해하지 않아도 될 텐데.'

그는 속으로 이렇게 중얼거렸다. 딱 잘라 면회를 거절할 용기도 없는 그는 하녀를 보면서 잠시 묵묵히 있었다.

"안내할까요?"

"그래."

그는 하는 수 없이 이렇게 대답했다. 그러고는 "애들 엄마는?" 하고 물었다.

"속이 좀 안 좋다며 조금 전부터 누워 계세요."

아무래도 아내가 누울 때는 히스테리 발작이 일어날 때뿐이라고 생각되었다. 겐조는 마침내 일어났다.

48

전기가 아직 집집마다 들어오지 않은 무렵[93]이라 객실에는 평소대로 희미한 남포등이 켜져 있었다.

남포등은 가늘고 긴 대나무 판 위에 기름 종지를 끼워 넣듯이 만든 것으로 장구통처럼 바닥이 평평해서 다다미 바닥에 붙어 잘 움직이지 않도록 되어 있었다.

겐조가 객실로 나갔을 때 시마다는 남포등을 자기 가까이 끌어당겨 심지를 올렸다 내렸다 하면서 불빛의 상태를 확인하고 있었다. 그는 격식을 차린 인사도 하지 않고 "그을음이 좀 끼어 있는 것 같군요" 하고 말했다.

아니나 다를까 등피가 거무스름하게 그을려 있었다. 둥근 심지를 평평하게 자르지 않은 걸 켜서 심지를 마구 올리면 이런 현상이 생기는 것이 남포등의 특징이었다.

"바꿔 오라고 하지요."

집에는 같은 모양의 남포등이 세 개쯤 있었다. 겐조는 하녀를 불러 거실에 있는 것과 바꿔 오게 했다. 그러나 시마다는 건성으로 대답할 뿐 그을음으로 흐릿해진 등피에서 쉽사리 눈을 떼지 않았다.

"왜 이렇지?"

93 도쿄전등회사가 설립된 것은 1882년이지만 일반 가정에 전기가 보급된 것은 훨씬 뒤인 1907년 무렵이라고 한다. 소세키의 집에서 전등을 사용한 것은 1910년이다.

그는 혼잣말을 하며 화초 무늬만을 불투명하게 만든, 둥근 덮개 틈으로 안을 들여다보았다.

겐조의 기억에서 그는 이런 일에 아주 신경을 쓰는 점에서 굉장히 꼼꼼한 사람이었다. 오히려 결벽증에 가까운 성격이었다. 윤리적으로, 금전적으로 결벽하지 못하게 타고난 성격을 보상이라도 하려는 듯이 객실과 툇마루에 깔린 먼지에 신경 썼다. 그는 엉덩이를 쳐들고 걸레질을 했다. 맨발로 뜰에 나가 괜한 데까지 쓸기도 하고 물을 뿌리기도 했다.

물건이 망가지면 그는 반드시 스스로 고쳤다. 또는 고치려고 했다. 고치는 데 시간이 얼마나 걸리든, 또는 노력이 얼마나 필요하든 결코 마다하지 않았다. 그런 일이 그의 성미에 맞았을 뿐 아니라 그에게는 손에 쥔 1전짜리 동전이 시간이나 노력보다 훨씬 소중했던 것이다.

"그깟 일쯤 집에서도 할 수 있어. 돈 주고 부탁할 건 없지. 손해야."

손해를 본다는 것이 그에게는 무엇보다 무서웠다. 그리고 눈에 보이지 않는 손해는 아무리 커도 이해하지 못했다.

"우리 집 양반은 너무 정직해서……."

옛날 오후지 씨는 겐조에게 자기 남편을 평할 때 이런 표현을 썼다. 아직 세상 물정을 모르는 겐조도 그것이 진실이 아니라는 것쯤은 잘 알고 있었다. 다만 자기 앞에서 거짓말인 것을 알면서도 남편의 품성을 감싸주려는 선의라고 해석한 겐조는 아무 말도 하지 않았다. 그러나 지금 생각하면 그녀의 평에는 좀 더 확실한 근거가 있는 것 같았다.

'아마 큰 손해를 눈치채지 못하는 점에서 정직한 거겠지.'

겐조는 그저 금전적인 욕심을 채우려고 최대한 그 욕심에 어울리지 않을 정도의 유치한 두뇌를 쓰고 있는 노인을 오히려 딱하게 여겼다.

그리고 움푹 들어간 눈을 간유리 등피 갓 옆으로 가져가 연구라도 하
는 듯이 어두운 등불을 응시하는 그를 불쌍한 사람이라 여기며 바라
보았다.

'이리하여 그는 늙었다.'

시마다의 일생을 한마디로 요약한 문구를 눈앞에서 음미한 겐조는,
자신은 과연 어떻게 늙을까 하고 생각했다. 그는 신(神)이라는 말이 싫
었다. 그러나 그때 그의 마음에는 확실히 신이라는 말이 떠올랐다. 그
리고 만약 신의 눈으로 자신의 일생을 보면 욕심 많은 노인의 일생과
그다지 다르지 않을지도 모른다는 생각이 강하게 들었다. 그때 시마다
가 남포등의 꼭지를 갑자기 돌린 모양인지 가늘고 긴 등피 안이 붉은
불로 가득 찼다. 그것에 놀란 그가 이번에는 꼭지를 반대로 너무 많이
돌린 모양인지 그렇지 않아도 어두침침한 등불이 더욱 어두워졌다.

"아무래도 어딘가 고장이 난 것 같군요."

겐조는 손뼉을 쳐서 하녀에게 새 남포등을 가져오게 했다.

49

그날 밤 시마다의 태도는 얼마 전에 왔을 때와 달라진 점이 전혀 없
었다. 응대할 때도 어디까지나 겐조를 독립된 사람으로 인정하는 말
투만 썼다. 그러나 시마다는 요전에 이야기한 족자에 대해서는 깨끗
이 잊은 모양이었다. 이홍장의 '이'자도 꺼내지 않았다. 복적 건도 그
랬다. 아무런 내색도 하지 않았다.

시마다는 가능한 한 일상적인 이야기를 하려고 했다. 하지만 두 사

람에게 공통 관심사는 아무리 찾으려 해도 있을 리 없었다. 겐조에게
는 그가 하는 말이 대체로 완전한 무의미에서 그리 멀리 떨어져 있지
않은 것으로 보였다.

겐조는 따분했다. 그러나 따분함 속에 일종의 경계를 포함하고 있
었다. 겐조는 이 노인이 어느 날 어떤 것을 들고 지금보다 확실한 모
습으로 자기 앞에 나타날 것이라는 예감에 사로잡혔다. 또한 그 어떤
것이 반드시 자신에게 불쾌하고 불리한 형태를 갖추고 있을 게 틀림
없을 거라는 추측에도 사로잡혔다.

그는 따분함 속에서 미세하지만 상당히 날카로운 긴장감을 느꼈다.
그런 탓인지 시마다가 자신을 보는 눈이 조금 전 간유리 등피 갓을 통
해 그을음이 앉은 남포등 등불을 바라보고 있던 때와는 전혀 달라 보
였다.

'틈만 보이면 치고 들어가야지.'

움푹 들어간 그의 눈은 탁한데도 분명히 이런 의미의 말을 하고 있
었다. 자연히 겐조는 그것에 맞서 경계를 해야 했다. 그러나 간혹 경
계심을 선뜻 내려놓고 굶주린 듯한 상대의 눈에 안정을 주고 싶은 때
도 있었다.

그때 돌연 안쪽에서 아내가 신음하는 듯한 소리가 들렸다. 겐조의
신경은 그 소리에 보통 사람 이상으로 예민하게 반응했다. 그는 곧 귀
를 쫑긋 세웠다.

"누가 아픕니까?" 시마다가 물었다.

"예, 아내가 좀."

"그렇습니까? 그거 참 안됐군요. 어디가 안 좋습니까?"

시마다는 아직 아내의 얼굴을 본 적이 없었다. 언제 어디서 시집온

여자인지조차 모르는 모양이었다. 따라서 그의 말에는 그저 인사의 의미만 담겨 있을 뿐이었다. 겐조도 이 사람에게 자신의 아내에 대한 동정을 구할 생각은 없었다.

"요즘은 날씨가 안 좋으니까 조심하지 않으면 큰일 나지요."

아이들은 일찌거니 잠이 든 뒤라 안쪽은 쥐 죽은 듯 조용했다. 하녀는 가장 멀리 떨어진 부엌 옆의 다다미 석 장짜리 방에 있는 모양이었다. 이런 때에 아내를 혼자 두는 것이 겐조는 무엇보다 괴로웠다. 그는 손뼉을 쳐서 하녀를 불렀다.

"안으로 가서 애들 엄마 옆에 좀 앉아 있어라."

"네에?"

하녀는 무슨 영문인지 모르겠다는 듯한 표정으로 장지문을 닫았다. 겐조는 다시 시마다를 보고 앉았다. 하지만 그의 관심은 이미 노인을 떠나 있었다. 마음속으로 얼른 돌아가주면 좋겠다고 생각했기 때문에 그런 속마음이 말에도 태도에도 또렷하게 드러났다.

그런데도 시마다는 쉽게 일어나지 않았다. 이야기를 이을 계제가 없어 따분해지자 그제야 어쩔 수 없이 방석에서 일어났다.

"정말 폐가 많았습니다, 바쁘신데. 그럼 일간에 또……."

아내의 병에 대해 아무 말도 하지 않은 그는 신발 신는 곳으로 내려서서 다시 겐조를 향해 돌아섰다.

"밤중에는 대개 한가하십니까?"

겐조는 건성으로 대답하고 서 있었다.

"실은 좀 말씀드릴 일이 있어서요."

겐조는 무슨 일이냐고 되묻지 않았다. 노인은 겐조의 손에 들린 희미한 등불에 탁한 눈을 빛내며 다시 그를 올려다보았다. 그의 눈에서

는 역시 어딘가 틈만 보이면 겐조의 마음속으로 파고들려는 고약한
기색이 엿보였다.

"그럼 실례하겠습니다."

마지막으로 격자문을 열고 밖으로 나간 시마다는 이렇게 말하고 마
침내 어둠 속으로 사라졌다. 겐조의 집 대문에는 헌등조차 켜져 있지
않았다.

50

겐조는 곧장 안으로 들어가 아내의 머리맡에 섰다.

"무슨 일 있었어?"

아내는 눈을 뜨고 천장을 쳐다보았다. 겐조는 이불 옆에서 다시 그
눈을 내려다보았다.

장지문 옆에 놓인 남포등 불빛은 객실 것보다 어두웠다. 아내의 눈
동자가 어디를 향하고 있는지조차 알 수 없을 만큼 어두웠다.

"무슨 일 있었어?"

겐조는 같은 질문을 되풀이해야 했다. 그래도 아내는 대답하지 않
았다.

그는 결혼한 이래 이런 일을 몇 번이나 겪었다. 그러나 그의 신경은
그것에 익숙해지기에는 지나치게 예민했다. 이런 일을 겪을 때마다
매번 불안을 느끼곤 했다. 그는 바로 머리맡에 앉았다.

"이제 네 방으로 가도 돼. 여기는 내가 있을 테니까."

멍하니 이불 아래쪽에 앉아서 따분한 듯이 겐조의 모습을 바라보던

하녀는 말없이 일어났다. 그리고 "안녕히 주무세요" 하며 문지방 옆에 손을 짚고 인사하고는 장지문을 꼭 닫고 나갔다. 뒤에는 빨간 줄을 그으며 빛나는 것이 다다미 위에 남았다. 그는 눈살을 찌푸리며 하녀가 떨어뜨리고 간 바늘을 집었다. 평소 같으면 하녀를 불러 잔소리를 하고 건넸을 텐데 오늘은 잠자코 손에 쥔 채 잠시 생각에 잠겼다. 그는 결국 바늘을 장지문에 푹 꽂아두었다. 그리고 다시 아내 쪽을 향해 앉았다.

아내의 눈빛은 이미 천장에서 벗어나 있었다. 그러나 확실히 어딘가를 보고 있는 것 같지도 않았다. 검고 큰 눈동자에는 생생한 빛이 있었다. 하지만 생생한 움직임은 없었다. 그녀는 혼과 직접 연결되어 있지 않은 것 같은 눈을 한껏 치켜뜨고 눈동자가 향한 방향을 멍하니 바라보고 있었다.

"이봐."

겐조는 아내의 어깨를 흔들었다. 아내는 대답을 하지 않고 그저 머리만 슬쩍 움직여 겐조 쪽으로 얼굴을 약간 돌렸다. 하지만 거기에 남편의 존재를 인지한 반짝임은 없었다.

"이봐, 나야. 알겠어?"

이런 경우 그가 늘 이용하는 진부하고 간략하며 난폭하기까지 한 이 말 속에는 남들은 모르지만 자신만은 알고 있는 연민과 고통과 비애가 담겨 있었다. 그리고 무릎을 꿇고 하늘에 기도할 때의 진심과 소원도 있었다.

'어서 말 좀 해봐. 제발 내 얼굴 좀 봐.'

그는 마음속으로 이렇게 말하며 아내에게 부탁했다. 그러나 그 통절한 바람을 결코 입 밖에 내려고 하지는 않았다. 그는 감상적인 기분에 사로잡히기 쉬우면서도 결코 그것을 겉으로 드러낼 수 없는 사람이었다.

아내의 눈은 돌연 평소의 모습으로 돌아왔다. 그리고 꿈에서 깨어난 사람처럼 겐조를 쳐다보았다.

"당신?"

그녀의 목소리는 가늘고 길었다. 그녀는 미소를 지었다. 그러나 아직 긴장하고 있는 겐조의 얼굴을 보자 그녀는 웃음을 거두었다.

"그 사람은 갔어요?"

"응."

두 사람은 잠시 묵묵히 있었다. 아내는 또 고개를 돌려 옆에서 자고 있는 아이들을 보았다.

"잘 자고 있네요."

아이들은 한 이불 속에 조그마한 베개를 나란히 하고 새근새근 자고 있었다.

겐조는 아내의 이마 위에 오른손을 올렸다.

"찬물로 머리라도 식혀줄까?"

"아뇨, 이제 괜찮아요."

"괜찮아?"

"네."

"정말 괜찮아?"

"네, 당신도 이제 주무세요."

"난 아직 잘 수 없어."

겐조는 다시 한번 서재로 들어가 조용히 혼자 밤을 지새워야 했다.

51

겐조는 눈이 말똥말똥한 것에 비해 머리는 맑지 않았다. 사색의 줄이 끊긴 사람처럼 고찰의 진로를 방해하는 안개 속에서 괴로워했다.

겐조는 내일 아침 많은 사람들보다 한 단 높은 데[94] 서야 하는 가련한 자신의 모습을 그려보았다. 가련한 자신의 얼굴을 열심히 쳐다보고 또 자신의 서툰 말을 진지하게 필기할 청년들에게 미안한 마음이 들었다. 자신의 허영심과 자존심에 상처를 입히는 것 역시 그것을 초월할 수 없는 그에게는 큰 고통이었다.

'내일 강의도 잘 안 되려나.'

이렇게 생각하자 그는 자신의 노력이 갑자기 지겨워졌다. 유쾌하게 생각이 조리 있게 정리되었을 때면 간혹 무언가에 선동되어 일어나는 '내 머리도 나쁘지 않아' 하는 자신감도 자만심도 순식간에 사라져버렸다. 동시에 두뇌의 회전을 교란시키는 자기 주변에 대한 불평도 평소보다 심해졌다.

겐조는 끝내 펜을 던지듯이 내팽개쳤다.

'에잇 그만두자. 어떻게 되든 상관없어.'

벌써 밤 1시가 지났다. 남포등을 끄고 어둠 속에서 툇마루를 따라 복도로 나가자 막다른 안방 장지문 두 짝에만 불빛이 밝게 비쳤다. 겐조는 한 짝을 열고 안으로 들어갔다.

아이들은 강아지처럼 엉겨 붙어 자고 있었다. 아내도 천장을 향해 조용히 눈을 감고 자고 있었다.

---

94 학교의 교단을 가리킨다. 겐조가 자격이 없다고 느끼고 교단에 서는 것에 심리적 저항감을 갖고 있음을 알 수 있다.

소리 나지 않도록 조심조심 그 옆에 앉은 겐조는 약간 목을 빼서 아내의 얼굴을 위에서 들여다보았다. 그러고는 그녀의 잠든 얼굴 위로 살짝 손을 가져갔다. 아내의 입술은 다물려 있었다. 손바닥에 아내의 콧구멍에서 새어 나오는 뜨뜻미지근한 숨결이 희미하게 느껴졌다. 숨결은 규칙적이고 평온했다.

겐조는 내민 손을 서서히 거두었다. 그러자 한 번 더 아내의 이름을 불러보지 않으면 안심할 수 없겠다는 생각이 엄습했다. 하지만 곧 그 충동을 이겨냈다. 다음으로 다시 아내의 어깨에 손을 얹어 흔들어 깨우려고 하다가 그것도 그만두었다.

'괜찮겠지.'

겐조는 겨우 보통 사람의 결론에 이를 수 있었다. 그러나 아내의 병에 대해 신경이 예민해진 그는 그것이 이런 경우에 취해야 하는 보통의 절차라고 생각했다.

아내의 병에는 숙면이 가장 좋은 약이었다. 한참 동안 그녀 옆에 앉아 걱정스럽게 얼굴을 지켜보던 겐조에게 무엇보다도 고마운 잠이 조용히 그녀의 눈꺼풀 위에 내려앉으면 그는 하늘에서 내려주는 감로(甘露)[95]를 직접 보는 듯한 기분이 들곤 했다. 그러나 잠이 또 너무 오래 지속되면 이번에는 자신의 시선에서 벗어난 그녀의 눈이 오히려 걱정거리가 되었다. 그래서 속눈썹이 가리고 있는 안을 들여다보기 위해 그는 정신없이 자고 있는 아내를 일부러 흔들어 깨우는 일이 종종 있었다. 아내가 좀 더 자게 내버려두면 좋았을 텐데, 하는 호소를

---

95 중국의 전설에서는 왕이 인정(仁政)을 펼치거나 태평성대가 이어지면 하늘이 그 길조로서 '감로'라는 달콤한 맛의 영액(靈液)을 내려준다고 한다. 불교에서는 고뇌를 치유하고 수명을 연장해주며 죽은 자를 부활시킨다고 하여 부처의 가르침에 비유된다.

지친 얼굴에 드러내며 무거운 눈꺼풀을 들어 올리면 그제야 후회했다. 그러나 그의 신경은 이런 딱한 짓을 해서라도 그녀의 실재를 확인하지 않고는 배길 수가 없었다.

이윽고 겐조는 잠옷으로 갈아입고 잠자리에 들었다. 그리고 혼탁하게 움직이는 그의 머리를 조용한 밤의 지배에 맡겼다. 밤은 혼탁함을 정화해주기에는 너무 어두웠다. 그러나 소란스러운 움직임을 멈추기에는 충분히 조용했다.

이튿날 아침 겐조는 자신을 부르는 아내의 목소리에 잠을 깼다.

"여보, 일어나실 시간이에요."

아직 잠자리를 벗어나지 않은 아내는 손을 뻗어 그의 머리맡에서 회중시계를 집어 들여다보았다. 하녀가 도마 위에 뭔가를 놓고 써는 소리가 부엌 쪽에서 들려왔다.

"저 애는 벌써 일어난 거야?"

"네. 아까 가서 깨웠거든요."

아내는 하녀를 깨워놓고 다시 잠자리로 파고든 것이다. 겐조는 곧 일어났다. 아내도 같이 일어났다.

어젯밤 일은 두 사람 다 까맣게 잊은 듯 아무 말도 하지 않았다.

52

두 사람은 자신들의 태도에 대해 아무런 주의도 성찰도 하지 않았다. 두 사람은 서로가 특별한 운명으로 맺어져 있다는 사실을 부지불식간에 자각하고 있었다. 그리고 운명으로 맺어진 관계가 다른 모든 사람들에게는 전혀 통하지 않는다는 사실도 잘 이해하고 있었다. 그러므로 사정을 모르는 제삼자의 눈에는 어쩌면 자신들이 이상하게 비칠지도 모른다는 의심조차 하지 않았다.

겐조는 말없이 밖으로 나가 평소대로 일했다. 그러나 한창 일을 하다가도 그는 문득 아내의 병을 상상하곤 했다. 꿈을 꾸는 듯한 아내의 검은 눈이 별안간 눈앞에 떠올랐다. 그러면 그는 곧 자신이 서 있는 높은 단에서 내려가 집으로 돌아가야 할 것 같은 기분에 사로잡혔다. 어쩌면 당장이라도 집에서 자신을 부르러 올 것 같은 기분이 들었다. 그는 넓은 강의실 한쪽 구석에 서서 멀리 맞은편 끝에 있는 출입구를 바라보았다. 고개를 들어 투구를 엎어놓은 것 같은 높고 둥근 천장을 바라보았다. 니스를 칠한 각재를 여러 단으로 짜 올려, 높은 것을 더욱 높게 보이도록 만든 천장은 위축된 그의 마음을 안아주기에는 부족했다. 마지막으로 그의 눈은 자기 밑에서 검은 머리를 나란히 하고 얌전히 그가 하는 말을 듣고 있는 수많은 청년들 위로 떨어졌다. 그리고 그들로 인해 어쩔 수 없이 현실로 돌아와야 했다.

이토록 아내의 병에 시달리고 있던 겐조는 비교적 시마다로 인한 두려움은 갖고 있지 않았다. 그는 시마다를 완고하고 탐욕스러운 사람이라고 생각했다. 그러나 한편으로는 그러한 성벽을 충분히 발휘할 능력이 없는 사람이라며 오히려 얕보기도 했다. 다만 겐조는 다른 어떤 사람들보다 필요 없는 만남에 아까운 시간을 허비하는 것을 번거로운 일로 여겼다.

"다음에는 무슨 말을 하고 나올까?"

느닷없이 찾아올 것을 예상하고 암암리에 그것을 걱정하는 겐조의 말투가 아내에게 대답을 재촉했다.

"어차피 알고 있잖아요? 그런 걸 걱정하는 것보다 얼른 절교하는 편이 훨씬 나을 거예요."

젠조는 마음속으로 아내가 하는 말을 긍정했다. 그러나 입으로는 오히려 반대되는 대답을 했다.

"그렇게까지 걱정하지는 않아, 그런 사람은. 원래 무서워할 것 없는 일이니까."

"아무도 무서워한다고 말하지 않았어요. 하지만 귀찮은 건 사실이잖아요, 아무리 당신이라고 해도요."

"세상에는 귀찮다는 정도의 단순한 이유만으로 그만둘 수 없는 일이 얼마든지 있어."

아내와 다소 고집스러운 부분을 포함한 이런 대화를 나눈 젠조는 다음에 시마다가 찾아왔을 때, 평소보다 복잡한 머리를 싸매고 있었는데도 결국 만남을 거절할 수 없었다.

시마다가 잠깐 이야기하고 싶은 게 있다고 한 것은 아내의 짐작대로 역시 돈 문제였다. 얼마 전부터 틈만 보이면 비집고 들어오려고 호시탐탐 노리던 시마다는 아무리 기다려도 한이 없겠다는 판단이라도 섰는지 기회를 보고 자시고 할 것도 없이 젠조를 육박해오기 시작했다.

"정말 좀 힘들어서요. 달리 어디 가서 부탁할 데도 없고, 딱 이번 한 번만 어떻게 좀."

노인의 말 어딘가에는 의무라고 생각하고 들어주지 않으면 곤란하다는 식의 뻔뻔함이 숨어 있었다. 그러나 그것은 젠조의 자존심을 상하게 할 만큼 강하게 드러나지는 않았다.

젠조는 일어나 서재의 책상에서 지갑을 가져왔다. 가정의 살림살이를 떠맡고 있지 않기 때문에 그의 지갑은 물론 얇았다. 텅 빈 채 며칠이고 벼룻집 옆에 놓여 있는 일도 드물지 않았다. 그는 안에서 손에 잡히는 대로 지폐를 꺼내 시마다 앞에 놓았다. 시마다는 이상한 표정을 지었다.

"어차피 당신이 요구한 대로 드릴 수는 없습니다. 그래도 있는 건 다 드리는 겁니다."

겐조는 지갑을 벌려 시마다에게 안을 보여주었다. 그리고 시마다가 돌아간 뒤 빈 지갑을 객실에 내팽개치고 서재로 들어갔다. 아내에게는 돈을 주었다는 말을 한마디도 하지 않았다.

53

이튿날 평소와 같은 시각에 돌아와 책상 앞에 앉은 겐조는 평소의 자리에 소중한 듯이 놓여 있는 어제의 그 지갑에 눈길을 주었다. 반으로 접는 대형 가죽 지갑은 그의 소지품으로서는 오히려 너무 근사할 정도로 고급품이었다. 그가 런던의 가장 번화한 거리에서 산 것이다.

외국에서 가져온 기념품이 아무런 흥미도 끌지 못하게 된 지금의 그에게는 이 지갑 역시 무용지물로 보일 수밖에 없었다. 아내가 왜 지갑을 원래 자리에 얌전히 놓아두었을까 하는 것마저 의심한 그는 텅 빈 지갑에 빈정거리는 일별을 던졌을 뿐 손도 대지 않고 며칠을 보냈다.

그럭저럭하는 사이에 어떤 일로 돈이 필요한 날이 찾아왔다. 겐조는 책상 위의 지갑을 집어 들고 아내의 코앞에 내밀었다.

"이봐, 돈 좀 넣어줘."

아내는 오른손에 자를 든 채 남편의 얼굴을 아래에서 올려다보았다.

"들어 있을 텐데요."

그녀는 요전에 시마다가 돌아간 뒤 남편에게 아무 말도 들으려고 하지 않았다. 그래서 노인에게 돈을 빼앗긴 것도 부부 사이에 전혀 화제가 되지 않았다. 겐조는 아내가 사정을 모르고 이렇게 말하는 게 아닐까 하고 생각했다.

"그건 이미 다 써버렸어. 지갑은 진작에 텅 비었어."

아내는 여전히 자신의 오해를 알아채지 못한 모양이었다. 자를 다다미 위에 내던지고 손을 남편 쪽으로 내밀었다.

"어디, 잠깐 봐요."

겐조는 어이없다는 듯 지갑을 건넸다. 아내는 안을 확인했다. 안에서 지폐 네다섯 장이 나왔다.

"봐요, 역시 들어 있잖아요?"

그녀는 손때 묻은 꼬깃꼬깃한 지폐를 손가락 사이에 끼고 살짝 가슴께까지 들어 보여주었다. 그녀는 자신의 승리를 자랑하는 듯 희미한 미소마저 띠고 있었다.

"언제 넣어둔 거야?"

"그 사람이 돌아간 뒤에요."

겐조는 아내의 배려를 기쁘게 생각하기보다는 오히려 신기하다는 듯이 바라보았다. 그가 알고 있는 아내는 좀처럼 이렇게 재치 있는 일을 할 사람이 아니었다.

'내가 몰래 시마다한테 돈을 빼앗긴 걸 딱하게 여긴 걸까?'

겐조는 이렇게 생각했다. 하지만 아내에게 입 밖에 내서 그 이유를 캐묻지는 않았다. 남편과 같은 태도로 일관했던 그녀도 자진해서 자기가 한 일을 굳이 설명하는 귀찮은 짓을 하지 않았다. 그녀가 다시 채워준 돈은 이렇게 말없이 건네지고 또 말없이 소비되었다.

그러는 사이에 아내의 배가 점점 불러왔다. 움직일 때마다 숨이 막히는 듯 괴로운 숨소리를 내기 시작했다. 기분도 자주 변했다.

"전 이번에 어쩌면 죽을지도 모르겠어요."

그녀는 뭘 느꼈는지 간혹 이렇게 말하며 눈물을 흘렸다. 대개는 상대해주지 않던 겐조도 때로는 상대해주지 않을 수 없었다.

"그건 왜지?"

"어쩐지 그런 생각이 들어 견딜 수가 없어요."

질문도 설명도 더 이상 나올 수 없는 말 속에는 늘 어렴풋한 뭔가가 숨어 있었다. 그 뭔가는 단순한 말로 전해졌다가 말이 닿지 않은 먼 곳으로 사라졌다. 방울 소리가 고막이 미치지 않는 희미한 세계로 숨어들듯이.

그녀는 입덧으로 죽은 겐조의 형수를 떠올렸다. 그리고 자신이 맏딸을 낳을 때 같은 증세로 고생했던 예전 일과 비교해보았다. 앞으로 이삼일만 음식을 먹지 않으면 자양관장(滋養灌腸)[96]을 해야 하는 아슬아슬한 상황에서 용케 빠져나왔구나 하고 생각하면 살아 있다는 것이 오히려 우연처럼만 느껴졌다.

"여자는 하찮은 존재네요."

"그게 여자의 의무니까 어쩔 수 없지."

겐조의 대답은 아주 평범했다. 하지만 그 자신의 머리로 비판하면 완전한 엉터리에 지나지 않았다. 그는 속으로 쓴웃음을 지었다.

---

96 입으로 음식물을 먹을 수 없을 때 몸에 필요한 영양분이 많이 들어 있는 액체를 항문으로 넣어 대장 벽으로 흡수되도록 하는 일.

54

젠조의 기분도 좋을 때와 나쁠 때가 있었다. 입에서 나오는 대로 말하더라도 아내의 마음을 편하게 하는 말만은 하지 않았다. 때로는 몸이 좋지 않은 듯 누워 있는 그녀의 꼬락서니에 부아가 나 참을 수가 없었다. 머리맡에 우뚝 선 채 일부러 무자비하게 필요도 없는 일을 시켜보기도 했다.

아내 역시 꿈쩍하지 않았다. 커다란 배를 다다미 바닥에 붙인 채 때리든 차든 마음대로 하라는 듯한 태도였다. 평소에도 별로 말이 없던 그녀는 점점 더 말이 없어졌고, 그것이 남편의 기분을 초조하게 한다는 걸 직접 보면서도 모른 척했다.

'요컨대 고집이 센 거야.'

젠조의 마음에는 이런 말이 아내의 모든 특색이라도 되는 양 깊이 새겨졌다. 그는 다른 일을 완전히 잊어버려야 했다. 고집이 세다는 관념만이 모든 주의의 초점이 되었다. 그는 다른 곳을 캄캄하게 해놓고 가능한 한 강렬한 증오의 빛을 '고집이 세다'는 글자 위에 비추었다. 아내 또한 물고기나 뱀처럼 잠자코 그 증오를 받아들였다. 따라서 남의 눈에는 아내가 언제나 품격 있는 여자로 비치는 대신 남편은 아무래도 미치광이 같은 불뚱이로만 평가될 수밖에 없었다.

'당신이 그렇게 매정하고 무자비하게 굴면 또 히스테리를 일으키겠어요.'

아내의 눈에서는 때로 이런 빛이 흘러나왔다. 어찌 된 일인지 젠조는 그 빛을 몹시 두려워했다. 동시에 심하게 미워했다.

완고한 그는 내심 무사하기를 빌면서 겉으로는 억지로 멋대로 하라는 듯이 가장했다. 그런 강경한 태도 어딘가에 늘 가장(假裝)에 가까운 약점이 있다는 것을 아내는 잘 알고 있었다.

"어차피 아이를 낳다가 죽을 거니까 상관없어요."

그녀는 겐조에게 들으라는 듯이 일부러 이렇게 중얼거렸다. 겐조는 죽어버려, 라고 말하고 싶었다.

어느 날 밤 그가 문득 눈을 떴을 때, 커다란 눈을 뜨고 천장을 응시하고 있는 아내가 보였다. 그녀는 그가 서양에서 가져온 면도칼을 손에 쥐고 있었다. 흑단 칼집 안에 접혀 있는 면도날을 빼지 않고 그냥 검은 손잡이만 쥐고 있어서 차가운 빛이 그의 시각을 덮치지는 않았다. 그래도 그는 섬뜩했다. 잠자리에서 상반신을 일으켜 재빨리 아내의 손에서 면도칼을 빼앗았다.

"바보 같은 짓 하지 마!"

이렇게 말함과 동시에 그는 면도칼을 던졌다. 장지문에 끼워진 유리에 맞은 면도칼은 그 일부분을 깨뜨리고 맞은편 툇마루에 떨어졌다. 아내는 꿈이라도 꾸는 사람처럼 멍하게 있을 뿐 한마디도 하지 않았다.

그녀는 정말 감정에 부대껴 날붙이를 꺼내 위험한 짓을 벌일 생각이었을까, 아니면 병의 발작에 어쩔 수 없이 자기의 의지를 바친 결과 자기도 모르는 상태에서 칼을 손에 든 것일까? 그것도 아니면 단지 남편을 이기려는 여자의 책략으로 남을 놀라게 한 것일까? 놀라게 한다고 해도 그 진의는 과연 어디에 있을까? 자신의 남편을 평화롭고 친절한 사람으로 되돌릴 심산이었을까? 아니면 그저 천박한 정복욕에 사로잡힌 것일까? 겐조는 이부자리 속에서 하나의 사건을 대여섯 가지로 해석했다. 그리고 이따금 잠이 오지 않는 눈을 살짝 아내 쪽으로 돌려 동정을 살폈다. 자고 있는지 깨어 있는지도 알 수 없는 아내는 전혀 움직이지 않았다. 마치 죽음을 과시하는 사람 같았다. 겐조는 베개 위에서 다시 자신의 문제 해결로 돌아왔다.

그 해결은 그의 실생활을 지배한다는 측면에서 학교 강의보다 훨씬 중요했다. 아내를 대하는 그의 태도는 전적으로 그 해결 여하에 달려 있었다. 지금보다 훨씬 단순했던 옛날에 그는 한결같이 아내의 불가사의한 행동을 병 때문이라고만 믿었다. 그 시절에는 발작이 일어날 때마다 신 앞에서 자신을 참회하는 사람의 정성으로 아내 앞에 무릎을 꿇었다. 그는 그것을 남편으로서 가장 친절하고 고상한 행동이라고 믿었다.

'지금이라도 그 원인을 확실히 알 수만 있다면.'

그에게는 이런 자애로운 마음이 가득 차 있었다. 하지만 불행히도 그 원인은 옛날처럼 단순해 보이지 않았다. 그는 끊임없이 생각해야 했다. 도저히 해결되지 않는 문제에 지쳐 깜빡 잠이 들었다. 일어나자마자 바로 강의를 하러 나가야 했다. 그는 간밤의 일에 대해 끝내 아내에게 한마디도 할 기회가 없었다. 아내도 해가 뜨자마자 그 일을 잊어버린 듯한 얼굴이었다.

55

이런 불쾌한 장면 뒤에는 대개 중재자인 자연이 두 사람 사이에 끼어들었다. 두 사람은 언제 그랬냐는 듯이 보통의 부부처럼 말을 주고받기 시작했다.

하지만 어떤 때 자연은 완전한 방관자에 지나지 않았다. 부부는 어디까지나 서로 등을 돌린 채 살았다. 두 사람의 관계가 극단적인 긴장 관계에 이르면 겐조는 늘 아내에게 친정으로 돌아가라고 했다. 아내는 돌아가든 안 가든 자기 마음이라는 태도였다. 그런 태도가 밉살스러워서 겐조는 같은 말을 몇 번이고 되풀이하는 걸 마다하지 않았다.

"그럼 당분간 아이들을 데리고 친정에 가 있겠어요."

아내는 이렇게 말하고 일단 친정으로 돌아간 일도 있었다.[97] 겐조는 매달 그들의 식비를 보내준다는 조건으로 다시 옛날과 같은 학생 생활로 돌아간 것을 기뻐했다. 비교적 널찍한 집에 하녀와 단둘이 생활하게 된 갑작스러운 변화에도 그는 조금도 쓸쓸하다고 생각하지 않았다.

'아아, 후련해서 기분이 좋군.'

겐조는 다다미 여덟 장짜리 방 한가운데에 조그만 앉은뱅이 밥상을 놓고 아침부터 저녁까지 노트를 써 내려갔다. 마침 혹서의 여름이어서 몸이 허약한 그는 자주 천장을 보고 다다미 바닥에 벌렁 드러누웠다. 언제 갈았는지도 모르게 세월의 때가 묻은 다다미는 안쪽 깊숙이까지 누렇게 낡았고, 마치 그의 등짝을 푹푹 쪄대는 듯했다.

겐조 역시 숨이 막힐 만큼 자잘한 글씨를 노트에 써 내려갔다. 파리 대가리 말고는 달리 형용할 길이 없는 초고를 가능한 한 많이 써놓는 것이 그때의 그에게는 무엇보다 유쾌한 일이었다. 그리고 고통이었고 의무였다.

스가모에서 수목원을 하는 집 딸이라는 하녀가 겐조를 위해 분재 두세 개를 가져왔다. 그걸 거실 툇마루에 놓고 그가 밥을 먹을 때 식

---

97 소세키 부부도 1903년 7월부터 약 두 달간 별거를 한 적이 있다. 그때 교코는 후데코, 쓰네코를 데리고 친정으로 돌아갔다.

사 시중을 들면서 이런저런 이야기를 했다. 그는 그녀가 친절하게 대해주는 게 기뻤다. 하지만 그녀가 가져온 분재는 경멸했다. 잿날이면 서는 노점에 가서 2, 3전만 주면 화분째 살 수 있는 싸구려 분재였던 것이다.

겐조는 아내 생각을 전혀 하지 않고 노트만 작성했다. 그녀의 친정에 얼굴을 비치고 싶은 생각은 전혀 일지 않았다. 그녀의 병에 대한 걱정도 완전히 사라지고 말았다.

'병이 나도 부모가 붙어 있지 않은가. 혹시 나빠지면 무슨 연락이라도 해오겠지.'

겐조의 마음은 두 사람이 함께 있을 때보다 훨씬 평온했다.

아내의 친정 식구들을 만나지 않을 뿐만 아니라 형이나 누나도 만나러 가지 않았다. 그 대신 그쪽에서도 오지 않았다. 그는 낮에 공부하고 시원해진 밤에는 산보를 하며 혼자 시간을 보냈다. 그리고 천을 대서 기운 파란 모기장 안에 들어가 잤다.

한 달 남짓 지났을 때 아내가 불쑥 찾아왔다. 그때 겐조는 해가 기운 저녁 하늘 아래서 넓지 않은 툇마루 쪽 뜰을 오락가락하고 있었다. 그의 발걸음이 서재 툇마루 앞으로 왔을 때 아내는 반쯤 썩기 시작한 사립문 뒤에서 별안간 모습을 드러냈다.

"여보, 예전으로 돌아가지 않겠어요?"

아내가 신고 있는 게다 겉면에 이상하게 거스러미가 일고 뒤쪽도 보기 흉하게 닳은 것이 눈에 띄었다. 그는 측은한 마음이 들었다. 지갑에서 1엔짜리 지폐 석 장을 꺼내 아내의 손에 쥐여주었다.

"보기 흉하니까 이걸로 게다라도 사."

아내가 돌아가고 며칠 지나서 장모가 처음으로 겐조를 찾아왔다.

용건은 아내가 겐조에게 부탁한 것과 대동소이했다. 다시 한번 그들을 거두어달라는 이야기를 다다미 위에서 상세히 말한 것에 지나지 않았다. 이미 본인에게 돌아오고 싶은 의지가 있는데 그걸 거절하는 것은 겐조가 보기에도 무정한 행동 같았다. 그는 두말없이 승낙했다. 아내는 다시 아이들을 데리고 고마고메로 돌아왔다. 그러나 그녀의 태도는 친정으로 가기 전과 손톱만큼도 달라지지 않았다. 겐조는 마음속으로 장모에게 속은 것 같은 기분이 들었다.

여름에 일어난 이런 사건을 혼자 되풀이해서 생각해볼 때마다 그는 불쾌해졌다. 이것이 언제까지 계속될까 하는 생각도 들었다.

56

시마다는 여전히 겐조의 집에 가끔씩 얼굴을 비치는 걸 잊지 않았다. 이익의 방면에서 한번 줄을 잡은 이상 놓아버리면 그걸로 끝이라는 걱정이 그를 더욱 극성스럽게 만들었다. 그때마다 겐조는 서재로 들어가 예의 지갑을 노인 앞으로 가져와야만 했다.

"이야, 지갑이 참 근사하네요. 역시 물 건너온 건 다르군요."

시마다는 반으로 접는 큰 지갑을 들고 자못 감탄한 듯이 앞뒤를 뒤집어보기도 했다.

"실례지만 이건 얼마 정도 합니까? 그쪽에서는요."

"아마 10실링이었을 겁니다. 일본 돈으로 하면 5엔쯤 되겠지요."

"5엔요? ……5엔이라면 꽤 비싸군요. 아사쿠사의 구로후네초(黑船町)에 오래전부터 제가 알고 있는 가게가 있는데, 거기라면 훨씬 싸게 만들어줄 겁니다. 다음에 필요하면 제가 부탁해드리지요."

겐조의 지갑은 언제나 두둑하지 않았다. 텅 비어 있을 때도 있었다. 그런 경우에는 별수 없이 아무리 시간이 지나도 지갑을 가지러 일어 나지 않았다. 시마다도 무슨 핑계를 대서든 오래 앉아 있었다.

'용돈을 주기 전에는 꿈쩍하지를 않는다니까. 지겨운 놈 같으니라 고.'

겐조는 속으로 분개했다. 하지만 아무리 난처해도 아내에게 별도로 돈을 받아 노인에게 건네지는 않았다. 아내도 그 정도 일이라면, 하는 식으로 특별히 불평하지 않았다.

이럭저럭하는 사이 시마다는 점점 적극적인 자세로 나왔다. 태연하 게 20, 30엔의 목돈을 요구하기 시작했다.

"제발 이번 한 번만. 이 나이가 돼서 기댈 자식도 없고, 의지할 사람 은 당신 한 사람뿐이니까."

그는 자신의 말투가 얼마나 뻔뻔스러운지조차 깨닫지 못했다. 그래 도 겐조가 불끈 화를 내며 입을 다물고 있으면 움푹 팬 탁한 눈을 교 활하게 움직이며 힐끔힐끔 그의 눈치를 살피는 일을 잊지 않았다.

"이 정도의 생활을 하면서 10, 20엔의 돈을 마련 못할 리 없지."

시마다는 이런 말까지 했다.

그가 돌아가자 겐조는 불쾌한 얼굴로 아내를 향했다.

"저건 서서히 나를 망가뜨릴 작정인 거야. 처음에는 단번에 공략하 려다가 거절당하니까 이번에는 멀리서 포위하고 한 발 한 발 다가오 는 거라고. 정말 지겨운 놈이야."

겐조는 화가 나기만 하면 '정말'이나 '가장', '대단히' 같은 최상급 부사를 써서 울분의 일단을 표현하려고 했다. 이런 점에서 보면 아내는 고집스러운 대신 상당히 침착했다.

"당신이 걸려든 게 안 좋은 거예요. 그래서 처음부터 얼씬거리지 못하게 조심했으면 좋았을 텐데."

겐조는 그런 정도의 일이라면 처음부터 알고 있었다는 것을 부루퉁한 볼과 입술로 보여주었다.

"인연을 끊으려고만 하면 언제든지 끊을 수 있어."

"하지만 지금까지 상대해준 것만큼 손해 본 거잖아요."

"그야 아무 관계도 없는 당신이 보면 그렇겠지. 하지만 나는 당신하고 달라."

겐조의 말은 아내에게 제대로 전해지지 않았다.

"어차피 당신 눈에는 저 같은 사람은 바보로 보이겠지요."

겐조는 아내의 오해를 풀어주는 것조차 귀찮았다.

두 사람 사이에 감정이 어긋날 때는 이런 대화조차 오가지 않았다. 겐조는 돌아가는 시마다의 뒷모습을 바라보다 곧장 말없이 서재로 들어갔다. 그는 서재에서 책도 읽지 않고 펜도 쥐지 않은 채 그냥 가만히 앉아 있었다. 아내도 가정과 분리된 것 같은 이 고독한 사람에게 언제까지고 상관할 기색을 보이지 않았다. 남편이 자기 멋대로 감옥 같은 방에 들어가 있으니 어쩔 수 없다는 정도로 생각하고 전혀 상관하려 들지 않았다.

57

겐조의 마음은 휴지를 뭉쳐놓은 것처럼 엉망진창이었다. 때에 따라서는 기회를 봐서 짜증[98]의 전류를 밖으로 흘려보내지 않으면 괴로워서 견딜 수 없었다. 그는 아이가 어머니를 졸라 산 화초 화분 같은 것을 아무 이유 없이 툇마루에서 밑으로 걷어차기도 했다. 불그스름한 갈색으로 퇴색한 도자기 화분이 그의 생각대로 와장창 깨지는 것조차 그에게 다소 만족을 주었다. 하지만 끔찍하게 꺾인 꽃과 줄기의 가련한 모습을 보자마자 곧 일종의 허무에 휩싸였다. 아무것도 모르는 아이들이 기뻐하는 아름다운 위안거리를 무자비하게 파괴한 사람이 바로 그들의 아버지라는 자각은 그를 더욱 슬프게 했다. 그는 자신의 행위를 후회했다. 그러나 아이들 앞에서 자신의 잘못을 고백하는 일은 감히 할 수 없었다.

'내 책임이 아니야. 이런 미치광이 같은 짓을 하게 하는 자가 누구냐? 그놈이 나쁜 거다.'

그의 마음속 깊은 곳에는 언제나 이런 변명이 숨어 있었다.

기분을 진정시키기 위해서는 평온한 대화가 필요했다. 그러나 사람을 피하는 그에게 그런 대화를 해올 상대가 있을 리 없었다. 그는 홀로 있으면서 자기 자신의 열에 그을고 있는 듯한 기분이 들었다. 평소에도 달갑지 않은 보험회사 직원의 명함을 들고 오자 큰 소리로 죄도 없는 하녀를 나무랐다. 그 목소리는 현관에 서 있는 보험회사 직원의 귀에도 들렸다. 그는 나중에 자신의 태도를 부끄러워했다. 적어도 호의를 갖고 사람들을 대할 수 없는 자신에게 화가 났다. 동시에 아이의 화초 화분을 걷어찬 경우와 똑같은 변명을 당당하게 마음속으로 되뇌었다.

---

98 소세키의 둘째 아들 나쓰메 신로쿠(夏目伸六)의 『아버지 나쓰메 소세키(父·夏目漱石)』에는 아이 입장에서 본 소세키의 짜증에 대한 두려움이 묘사되어 있다.

'내가 나쁜 게 아니야. 설령 저 사람이 내가 나쁘지 않다는 걸 모른다고 해도 나는 잘 알고 있어.'

신앙심이 없는 겐조는 아무래도 '신은 다 알고 있다'는 말을 할 수 없었다. 만약 그렇게 말할 수 있다면 얼마나 행복할까 하는 마음조차 일지 않았다. 그의 도덕은 언제나 자신에게서 시작했다. 그리고 자신에게서 끝날 뿐이었다.

겐조는 때때로 돈에 대해 생각했다. 왜 물질적인 부를 목표로 하여 오늘까지 일해오지 않았을까 하고 의심하는 날도 있었다.

'나도 전문적으로 그런 쪽 일만 한다면야.'

그의 마음에는 이런 자만심도 있었다.

그는 보잘것없는 자신의 살림살이를 한심하다고 생각했다. 자신보다 가난한 일가 사람들이 자신보다 쪼들린 생활에 시달리는 것을 딱하게 여겼다. 아주 저급한 욕망으로 아침부터 밤까지 악착같이 구는 시마다까지 측은해 보였다.

'다들 돈이 탐나는 거다. 그리고 돈 말고는 아무것도 탐나지 않는 거다.'

이렇게 생각하니 자신이 지금까지 뭘 해왔는지 알 수가 없었다.

겐조는 원래 돈을 버는 일에 서툰 사람이었다. 돈을 벌어도 그런 쪽에 쓰는 시간을 아까워하는 사람이었다. 갓 졸업했을 때 다른 자리를 다 거절하고 단 한 학교에서 40엔을 받는 것으로 만족했다.[99] 40엔의

---

99 대학을 졸업하고 대학원에 진학한 소세키가 가르치게 된 곳은 도쿄고등사범학교(현 쓰쿠바 대학)이고 이때 연봉은 450엔이었다. 학적을 완전히 떠나고 나서 처음으로 가르친 곳은 마쓰야마(松山) 중학이었다. 『도련님』의 소재가 된 중학인데 이때의 월급은 80엔이었다. 또한 대학 재학 중에 도쿄전문학교(현 와세다 대학)에서도 가르쳤다.

절반을 아버지가 가져갔다. 나머지 20엔으로 오래된 절의 방 한 칸을 빌려 고구마와 유부만 먹고 살았다. 그러나 그는 그사이에 끝내 어떤 일도 저지르지 않았다.

그 시절의 그와 지금의 그는 여러 가지 점에서 상당히 달랐다. 하지만 경제적으로 여유가 없다는 것과 결국 어떤 일도 저지르지 않는 것은 아무리 세월이 흘러도 변하지 않을 것처럼 보였다.

그는 부자가 될지, 출세를 할지, 둘 중 어느 한 쪽으로 어중간한 자신을 밀어붙이고 싶었다. 그러나 이제부터 부자가 되는 것은 세상 물정에 어두운 그에게는 이미 늦었다. 출세하려고 하면 또 여러 가지 고민이 방해를 했다. 그 고민거리를 자세히 살펴보니 역시 돈이 없는 게 가장 큰 원인이었다. 어떻게 해야 좋을지 모르는 그는 자꾸만 초조해졌다. 돈의 힘으로 지배할 수 없는 진정으로 위대한 것이 그의 눈에 들어오기까지는 아직 상당한 시간이 필요했다.

58

겐조는 외국에서 돌아왔을 때부터 이미 돈이 필요하다는 것을 느꼈다. 오랜만에 자기가 태어난 고향인 도쿄에 새로운 살림을 차리게 된 그의 수중에는 은화 한 닢[100]도 없었다.

겐조는 일본을 떠날 때[101] 처자식을 장인에게 맡겼다. 장인은 자신의 저택 안에 있는 조그마한 집[102]을 비우고 그들이 거처로 삼게 했다.

---

100 메이지 시대 은화의 최고액은 1엔이었다. 오랫동안 사용된 것은 50전짜리 은화였다.
101 소세키 자신의 유학 체험이 소재가 되었다.

아내의 조부모가 돌아가실 때까지 지냈던 그 집은 좁기는 해도 그리 볼썽사납지는 않았다. 서화를 섞어 붙인 장지문에는 난코[103]의 그림이며 보사이[104]의 글씨며 모두 돌아가신 조부의 취미를 떠올리게 하는 유품으로 보일 만한 것까지 원래대로 붙어 있었다.

장인은 관리였다. 그리 호화로운 생활을 할 수 있는 신분은 아니었지만 겐조가 집을 비운 동안 떠맡게 된 딸과 손녀들을 고생시킬 만큼 궁핍하지는 않았다. 게다가 겐조의 아내에게는 국가에서 매달 얼마간의 수당이 나왔다. 겐조는 안심하고 가족을 남겨두고 떠났다.

겐조가 외국에 나가 있는 동안 내각이 바뀌었다. 그때 장인은 비교적 안전한 한직에서 다시 불려 나와 활발하게 활동해야 하는 자리에 취임했다.[105] 불행히도 새로운 내각은 금세 무너졌다. 장인은 그 소용돌이에 휩쓸릴 수밖에 없었다.

멀리서 그런 변화의 소식을 들은 겐조는 동정 어린 눈으로 고향 하늘을 바라보았다. 하지만 장인의 경제 상황에 대해서는 딱히 걱정할 필요가 없다고 여겨 거의 고민하지 않았다.

세상 물정에 어두운 겐조는 돌아오고 나서도 그것을 별로 신경 쓰지 않았다. 또한 알아차리지도 못했다. 그는 아내가 매달 받는 휴직

102 교코의 친정 별채가 소재가 되었다. 『나쓰메 소세키 평전』에는 "물론 아이들을 데리고 혼자 살기에는 충분"했다고 쓰여 있다.
103 하루키 난코(春木南湖, 1759~1839). 에도 시대 중기부터 후기까지 활약한 문인화가로 산수화와 화조화에 뛰어났다.
104 가메다 보사이(亀田鵬斎, 1752~1826). 에도 시대의 서예가, 유학자로 서화에 재능을 발휘했는데, 특히 초서에 뛰어났다.
105 교코의 아버지 나카네 시게카즈는 귀족원 서기관장을 사직한 후 종신관인 행정재판소 평정관(評定官)이 되었다. '안전한 한직'이란 이것을 소재로 한 것이다. 그러나 소세키가 런던으로 떠난 1900년 10월 제4차 이토 히로부미 내각이 들어서자 내무성 지방국장에 취임했다. 이것이 '불려 나와' 취임한 새로운 자리다. 이듬해 5월 나카네는 이토 내각 총사직 때 자리에서 물러났다.

월급 20엔[106]만으로도 두 아이와 하녀를 데리고 충분히 살아갈 수 있을 거라고 생각했다.

'무엇보다 집세가 나가지 않으니까.'

이렇게 한가한 상상만 하던 그는 실제 생활하는 걸 보고 깜짝 놀라 눈이 휘둥그레졌다. 아내는 남편이 집에 없는 동안 평상복을 완전히 해질 때까지 입었다. 나중에는 어쩔 수 없이 겐조가 두고 간 수수한 남자 옷을 다시 꿰매서 몸에 걸쳤다. 동시에 이불에서는 솜이 비어져 나왔다. 침구는 찢어졌다. 그래도 옆에서 보고 있는 장인은 어떻게 해줄 수가 없었다. 그는 일자리를 잃은 후 미두에 손을 댔다가 그동안 모아둔 얼마 안 되는 돈마저 몽땅 날려버렸다.[107]

목이 안 돌아갈 만큼 옷깃을 높이 세우고 외국에서 돌아온 겐조는 그렇게 참담한 처지에 놓인 처자를 묵묵히 바라볼 수밖에 없었다. 하이칼라[108]한 그는 이런 아이러니에 호되게 한 방 얻어맞았다. 그는 입술에 쓴웃음을 지을 용기조차 없었다.

그러는 사이에 그의 짐이 도착했다. 아내에게 줄 반지 하나 사오지

---

106 유학생 가족에게 지급된 휴직 월급의 액수. 『나쓰메 소세키 평전』에서 교코는 "그 무렵의 내 생활비는 휴직 월급으로 나오는 25엔이 전부였는데, 그중에서 제함비(製艦費) 2엔 50전을 제하고 받으니까 아무리 물가가 싼 당시라고 해도 마음이 불안했다"라고 말한다.

107 나카네 시게카즈가 서기관장을 사직한 후 주식에 투자했다가 실패한 일이 소재가 되었다. 손해를 만회하려고 투자를 계속하다 "아주 적은 돈도 빌릴 수 없을 정도로 딱한 상태"(『나쓰메 소세키 평전』)가 되었다고 한다.

108 문명개화의 시대인 메이지 시대에 유행한 말이다. 서양에서 귀국한 사람 또는 서양풍의 문화를 좋아하는 사람이 주로 옷깃(high collar)을 높이 세운 셔츠를 입은 데서 유래한 말이다. 서양 물이 들었다는 의미의 속어로 탄생했다가 나중에는 일반적으로 널리 사용되는 말이 되었다. 서양 물이 들거나 유행을 좇으며 새로운 것을 좋아하는 것 또는 그런 사람이나 모습, 요컨대 서양식의 머리 모양이나 복장, 사고방식을 의미했다가 나중에는 새롭고 세련된 것이라는 일반적인 의미로도 쓰였다.

않았던 그의 짐은 서적뿐이었다. 옹색한 별채에서 그는 책 상자의 뚜껑조차 열 수 없다는 사실에 어이가 없었다. 그는 새로운 집을 찾기 시작했다. 동시에 돈도 마련해야 했다.

겐조는 유일한 수단으로서 지금까지 일해온 직장을 그만두었다. 그는 그 일에 따르는 필연적인 결과로서 일시에 하사금을 받을 수 있었다. 1년을 근무하면 그만두었을 때 월급의 절반을 준다는 규정에 따라 그의 손에 들어온 금액은 물론 많지 않았다. 하지만 그는 그 돈으로 간신히 일상생활에 필요한 살림살이를 마련했다.

겐조는 얼마 안 되는 돈을 품에 넣고 옛 친구와 함께 고물상 같은 데를 기웃거렸다. 친구는 어떤 물건이든 닥치는 대로 값을 깎는 버릇이 있어서 그는 그저 걷는 데만도 적지 않은 시간을 허비해야 했다. 쟁반, 담배합, 화로, 사발 등 눈에 들어오는 것은 얼마든지 있었지만 살 수 있는 건 좀처럼 찾을 수 없었다. 친구는 이만큼만 깎아달라고 명령조로 말하고, 만약 주인이 그대로 해주지 않으면 겐조를 가게 앞에 놔둔 채 지체 없이 앞으로 걸어갔다. 겐조도 어쩔 수 없이 뒤를 따라가지 않을 수 없었다. 간혹 꾸물거리고 있으면 친구는 멀리서 큰 소리로 겐조를 불렀다. 친구는 친절한 사람이었다. 동시에 자신의 물건을 사는 건지 남의 물건을 사는 건지 분간을 못하는 것으로 보일 만큼 맹렬한 사람이었다.

59

겐조는 일상적으로 사용하는 가구 외에도 책장과 책상을 새로 장만

해야 했다. 그는 서양풍 가구를 파는 가게 앞에 서서 열심히 주판알을 튕기는 주인과 흥정을 했다.

그가 맞춘 책장에는 유리문도 뒤판도 붙어 있지 않았다. 주머니 사정이 안 좋은 그는 먼지가 쌓이는 것쯤은 신경 쓸 계제가 아니었다. 그런데 나무가 잘 마르지 않아서인지 무거운 양서를 올리자 선반이 불안할 만큼 휘었다.

이렇게 조잡한 살림살이를 장만하는 데도 그는 적지 않은 시간을 허비했다. 일부러 사직하고 받은 돈은 어느새 다 없어졌다. 세상 물정을 모르는 그는 이상하다는 듯한 눈으로 마음에 끌리는 것도 없고 별 감흥도 없는 그의 새 집을 둘러보았다. 그리고 외국에 있을 때 옷을 지을 필요가 있어 같은 하숙에 살던 사람에게 빌린 돈을 어떻게 갚아야 좋을지 알 수 없게 된 사정을 떠올렸다.

그러던 차에 그 사람으로부터 만약 사정이 괜찮다면 갚아줄 수 없겠느냐는 독촉장이 날아왔다. 겐조는 새로 장만한 높은 책상 앞에 앉아 잠시 그의 편지를 바라보았다.

얼마 안 되는 시간이었지만 먼 나라에서 함께 생활한 그 사람에 대한 기억은 겐조에게 아련한 신선함을 띠고 있었다. 그 사람은 그와 같은 학교 출신이었다. 졸업한 해도 그리 차이가 나지 않았다. 하지만 어엿한 관리로서 어떤 중요한 일을 조사하기 위해서라는 명분으로 관의 명령을 받고 온 사람의 재력과 겐조가 받는 돈 사이에는 비교도 안 될 만큼의 차이가 있었다.

그 사람은 침실 외에 응접실도 임대해 사용했다. 밤이면 자수가 들어간 예쁜 공단 나이트가운을 입고 따뜻해 보이는 난로 앞에서 책을 읽었다. 북향의 옹색한 방에 처박힌 듯이 가만히 웅크리고 있던 겐조는 은근히 그가 부러웠다.

겐조는 점심 비용을 절약해야 했던 가련한 경험[109]도 했다. 어느 날 그는 밖에 나갔다가 돌아오는 길에 산 샌드위치를 먹으면서 널찍한 공원을 하릴없이 걸었다. 비스듬히 내리치는 빗줄기를 한 손에 든 우산으로 막으면서 다른 한 손으로 얇게 썬 고기와 빵을 몇 번이고 입에 넣는 것이 굉장히 힘들었다. 그는 몇 번인가 그곳에 있는 벤치에 앉으려다가는 망설이곤 했다. 벤치는 비로 흠뻑 젖어 있었다.

어떤 때는 점심때가 되면 거리에서 사온 비스킷 통을 열었다. 그리고 뜨거운 물도 찬물도 마시지 않고 딱딱하고 잘 부서지는 비스킷을 어적어적 씹어서는 마른 침의 힘으로 억지로 삼켰다.

어떤 때는 마부나 노동자와 함께 미덥지 못한 간이식당에서 명색뿐인 식사를 했다. 그곳 의자는 뒤가 높은 병풍처럼 우뚝 서 있어 보통의 식당처럼 널찍한 실내를 한눈에 볼 수는 없었지만 자신과 나란히 같은 줄에 앉아 있는 사람들의 얼굴만은 자유롭게 볼 수 있었다. 그들은 모두 언제 목욕탕에 들어갔는지 알 수 없는 얼굴들이었다.

이런 생활을 하고 있는 겐조가 그 사람 눈에 자못 딱해 보였는지 자주 겐조를 점심 식사에 불러냈다. 목욕탕에도 데려갔다. 차를 마시는 시간에는 그가 직접 부르러 왔다. 겐조가 그 사람에게 돈을 빌린 것은 이렇게 그와 상당히 친해졌을 때의 일이다.

그때 그는 휴지라도 버리듯이 대수롭지 않다는 태도로 5파운드짜리 은행권 두 장을 겐조에게 건넸다.[110] 물론 언제 돌려달라는 말도 하지 않았다. 겐조도 일본에 돌아가면 어떻게든 되겠지 하는 정도로 생

---

109 1900년 11월 20일 일기에 "Biscuit을 사서 점심을 대신하려고 했다. 한 통에 80전이었다"라고 쓰여 있다.

각했다.

일본에 돌아온 겐조는 그 은행권에 대해서는 잘 기억하고 있었다. 하지만 독촉장을 받기 전까지는 그렇게 급히 갚을 필요가 있을 거라고 생각하지 않았다. 궁지에 몰린 겐조는 어쩔 수 없이 옛 친구를 찾아갔다. 친구가 대단한 부자가 아니라는 것은 잘 알고 있었다. 그래도 자신보다는 어떻게든 돈을 마련할 수 있는 지위에 있다는 것은 알고 있었다. 친구는 과연 그의 부탁을 받아들여 필요한 만큼의 돈을 마련해주었다. 겐조는 곧바로 그 돈을 들고 외국에서 은혜를 입은 사람의 집으로 갔다. 새로 돈을 빌린 친구에게는 매달 10엔씩 갚기로 했다.

60

이런 식으로 겨우 도쿄에 자리를 잡은 겐조는 자신이 물질적으로 얼마나 빈약한 처지인지를 깨달았다. 돈을 떠난 다른 방면에서는 자신이 우수한 사람이라는 자각이 끊임없이 그의 마음속을 오갈 때는 그래도 행복했다. 그 자각이 결국 돈 문제로 이리저리 어지럽게 되었을 때 그는 비로소 반성했다. 평소 별 생각 없이 몸에 걸치고 밖으로 나가는, 가문을 넣은 검은색 무명옷조차 무능력의 증거처럼 생각되기 시작했다.

110 이 빚 이야기는 나가오 한페이(長尾半平)의 「런던 시절의 나쓰메 씨」라는 글에도 "어느 날 나쓰메 씨가 돈을 빌려달라고 해서 얼마나 빌려주면 되느냐고 물었더니 '20파운드쯤'이라고 했다. (중략) 결국 그때 20파운드쯤 나쓰메 씨에게 빌려주었다"라고 나온다. 나가오는 그때 타이완 총독 고토 신페이(後藤新平)의 명을 받아 런던에 체류하고 있었다.

'이런 나한테 돈을 뜯으러 오는 놈이 있으니 지독한 거지.'

겐조는 가장 질이 나쁜 그런 사람의 대표자로서 시마다를 떠올렸다.

지금 자신이 어느 면에서 보나 시마다보다는 나은 사회적 지위를 차지하고 있다는 사실은 명백했다. 그것이 그의 허영심에 조금의 반향도 주지 못한다는 사실 역시 명백했다. 예전에 자기 이름을 막 부르던 사람에게 지금은 정중한 인사를 받게 된 것은 그에게 아무런 만족감도 주지 못했다. 자신을 가난한 사람이라고 간주하는 겐조의 입장에서 볼 때 마치 자신을 용돈이 나오는 지갑쯤으로 생각하는 데는 화가 치밀 따름이었다.

그는 혹시나 해서 누나의 의견을 물어보았다.

"대체 얼마나 사정이 어려운 걸까요, 그 사람?"

"글쎄, 그렇게 자주 돈을 달라고 염치없이 찾아오는 걸 보면 상당히 어려운 걸지도 모르지. 하지만 너도 그렇게 남한테 돈만 대다가는 끝이 없어. 아무리 돈을 많이 벌어도 말이야."

"내가 그렇게 돈을 많이 버는 것으로 보여요?"

"그래도 우리 집하고 비교하면 넌 얼마든지 벌 수 있는 쪽 아니야?"

누나는 자기 집 살림을 기준으로 삼았다. 여전히 말이 많은 누나는 히다가 매달 받는 돈을 제대로 가져온 예가 없다는 것, 봉급이 적은 것에 비해 교제비가 많이 들어간다는 것, 숙직이 많아 도시락 값만 해도 상당한 액수가 든다는 것, 매월 부족한 것은 추석과 연말 상여금으로 간신히 메운다는 것 등을 겐조에게 상세히 이야기했다.

"그 상여금도 그대로 내 손에 쥐여주지 않는다니까. 하지만 요즘은 우리 둘 다 노인 같은 처지라 매달 식비를 히코가 마련해주고 있으니까 조금은 편해져야 하는데."

누나 부부는 양자와 한집에 살면서 살림은 따로따로 했다. 그래서 떡이나 설탕 같은 특별한 먹을거리를 만들거나 살 때도 따로따로였다. 각자 집에 찾아온 손님에게 내는 음식도 반드시 각자의 호주머니에서 나가는 것 같았다. 겐조는 거의 생각조차 할 수 없다는 눈빛으로, 극단에 가까운 일종의 개인주의를 바탕으로 생활하는 이 일가의 경제 상황을 바라보았다. 그러나 주의도 이론도 갖지 않은 누나에게는 또 이만큼 자연스러운 현상도 없었다.

"너는 이런 짓을 하지 않아도 되니까 좋겠다. 게다가 실력이 있으니까 돈을 벌려고만 하면 또 얼마든지 벌 수 있고 말이야."

누나가 하는 말을 잠자코 듣고 있으면 시마다 같은 사람의 문제는 어디로 가버렸는지 알 수 없게 되기 일쑤였다. 그래도 누나는 마지막에 이렇게 덧붙였다.

"그래도 괜찮아. 귀찮으면 조만간 사정이 좋아질 때 주겠다고 하고 돌려보내. 그래도 성가시게 굴면 집에 없다고 하고. 신경 쓸 것 없으니까."

이런 주의는 겐조에게 과연 누나다운 말로 들렸다.

누나에게서 좋은 해결책을 얻지 못한 겐조는 히다를 붙잡고 같은 질문을 던졌다. 히다는 그저 괜찮을 거라고만 했다.

"아무튼 원래대로 그 땅과 집을 갖고 있으니까 그렇게 곤란하지 않은 건 분명할 거네. 게다가 오후지 씨한테는 오누이 씨가 꼬박꼬박 송금해주고 있고 말이지. 잘은 몰라도 엉터리 같은 얘기를 해올 게 틀림없겠지만 그냥 내버려두게."

히다의 말도 역시 무책임의 범주에서 벗어나지 않는 경솔한 것임이 틀림없었다.

61

마지막으로 겐조는 아내에게 물었다.

"대체 어떤 상황일까, 지금 시마다의 실제 처지 말이야. 누님한테 물어도, 매형한테 물어도 사실이 어떤지 알 수 없단 말이지."

아내는 심드렁하게 남편의 얼굴을 쳐다보았다. 그녀는 출산이 임박한 커다란 배를 괴로운 듯이 안고, 바닥을 뱃바닥 모양으로 굽게 만들어 붉게 칠한 여성용 베개에 흐트러진 머리를 얹고 있었다.

"그렇게 걱정되면 당신이 직접 가서 살펴보면 되잖아요? 그러면 금방 알 수 있을 텐데요. 형님도 지금 그 사람하고 왕래를 안 할 테니까 확실한 건 모를 거고요."

"내가 그럴 틈이 어디 있어?"

"그럼 내버려두면 그만 아니에요?"

아내의 대답은 겐조를 남자답지 않다는 의미로 비난하는 투였다. 속으로 생각하는 것이라도 함부로 입에 담지 않는 성격인 그녀는 자신의 친정과 사이가 좋지 않은 남편에 대해서조차 그다지 이러니저러니 시끄럽게 굴지 않았다. 자신과 관계없는 시마다에 관한 일은 전혀 모른 척하며 시치미를 떼는 날도 적지 않았다. 그녀의 마음의 거울에 비치는 신경질적인 남편은 늘 배짱 없는 편벽한 사람이었다.

"내버려두라고?"

겐조가 반문했다. 아내는 대답하지 않았다.

"지금까지도 내버려두었잖아?"

아내는 여전히 대답하지 않았다. 겐조는 휙 자리를 박차고 일어나 서재로 들어갔다.

시마다 일만이 아니라 두 사람 사이에는 이런 광경이 자주 되풀이되었다. 그 대신 전후 사정으로 반대의 경우도 가끔 일어났다.

"오누이 씨가 척수병(脊髓病)[111]이래."

"척수병이라면 어렵지 않아요?"

"도저히 나을 가망이 없다나 봐. 그래서 시마다가 걱정하고 있더군. 그 사람이 죽으면 시바노와 오후지 씨의 인연이 끊어지니까 지금까지 매달 보내준 돈이 끊길지도 모른다면서 말이지."

"불쌍하네요. 지금 척수병에 걸리다니. 아직 젊죠?"

"나보다 한 살 위라고 했잖아."

"아이는 있어요?"

"잘은 모르지만 많은 것 같던데. 몇 명인지는 자세히 물어보지 않았지만."

아내는 아직 어린 아이들을 남기고 죽어가는, 아직 마흔도 안 된 부인의 심정을 헤아려보았다. 임박한 자신의 출산이 어떻게 될지도 새삼 걱정되었다. 무거운 배를 눈앞에 보면서도 그다지 걱정해주지 않는 남자의 감정이 정떨어지기도 하고 부럽기도 했다. 남편은 전혀 알아차리지 못했다.

"시마다가 그런 걱정을 하는 것도 결국 평소에 사이가 안 좋아서겠지. 잘은 몰라도 미움을 받고 있다나 봐. 시마다 말로는 시바노라는 사람이 술꾼인 데다 걸핏하면 싸움박질을 하는 통에 아무리 시간이 지나도 출세할 가망도 없다고 하지만, 아무래도 그게 다가 아닌 것 같더라고. 역시 시바노가 시마다한테 정나미가 떨어진 게 틀림없어."

---

111 척수에 생기는 병을 통틀어 이르는 말로 척수 매독, 척수염 따위가 있다.

"정나미가 떨어지지 않아도 아이들이 그렇게 많으면 별 도리가 없겠지요."

"그렇겠지. 군인이니까 아마 나처럼 가난할 거고."

"대체 그 사람은 어떻게 오후지 씨라는 사람하고……."

아내는 살짝 주저했다. 겐조는 그 의미를 이해할 수 없었다. 아내는 고쳐 말했다.

"오후지 씨라는 사람하고는 어떻게 친해졌을까요?"

오후지 씨가 아직 젊은 과부였을 때 무슨 볼일 때문에 동회에 갈 일이 생겼는데 시마다가 그런 곳에 친숙하지 않은 여자를 딱하게 여겨 여러 가지로 친절하게 보살펴준 것이 두 사람 사이의 인연이 시작된 계기라고, 겐조는 어렸을 때 누군가한테 들어 알고 있었다. 하지만 시마다에게 연애라는 의미를 어떻게 적용해야 좋을지 지금의 그로서는 알 수가 없었다.

"틀림없이 욕심도 작용했겠지."

아내는 아무 말도 하지 않았다.

62

오누이가 불치병에 시달리고 있다는 소식이 겐조의 마음을 누그러뜨렸다. 몇 년이나 얼굴을 마주한 적이 없는 겐조와 오누이는 가끔 만나야 했던 옛날에도 거의 친하게 말을 나눠본 적이 없었다. 자리에 앉을 때도 일어설 때도 대개는 서로 묵례만 했다. 만약 교제라는 말을 이런 사이에도 사용할 수 있다면 두 사람의 교제는 지극히 담담하고 가벼운 것이었다. 강렬하고 좋은 인상이 없는 대신 조금도 불쾌한 기억으로 탁해지지 않은 그 사람의 모습은 지금의 겐조에게 시마다와 오쓰네의 모습보다 훨씬 고귀했다. 단단해지기 시작한 겐조로부터 인류에 대한 자애로운 마음을 자아낼 수 있다는 점에서. 또한 막연하고 산만한 인류를 비교적 확실한 한 사람의 대표자로 축소해준다는 점에서. 겐조는 죽어가는 그 사람의 모습을 멀리서 동정 어린 눈으로 바라보았다.

그와 동시에 겐조의 가슴에는 일종의 이해를 따지는 마음도 작동했다. 언제 일어날지 모르는 오누이의 죽음은 교활한 시마다에게 다시 겐조에게 돈을 조르는 구실로 작용할 것임에 틀림없었다. 확실히 그런 일을 예상하고 있던 겐조는 가능한 한 그것을 피하고자 했다. 그러나 그럴 경우 어떻게 피할까 하는 책략을 강구하는 사람이 아니었다.

'충돌하여 파열될 때까지 가보는 수밖에 없겠지.'

겐조는 이렇게 각오했다. 그는 팔짱을 끼고 시마다가 오기를 기다렸다. 시마다가 오기 전에 그의 적인 오쓰네[112]가 불쑥 찾아오리라고는 꿈에도 생각하지 못했다.

아내는 평소와 다름없이 서재에 앉아 있는 겐조 앞으로 와서 "드디어 하타노라는 할머니가 찾아왔어요"라고 말했다. 그는 놀라기보다는 오히려 성가시다는 표정을 지었다. 아내에게는 그런 태도가 우물쭈물하는 겁쟁이처럼 보였다.

"만나보시겠어요?"

---

112 소세키의 양모 야스가 방문한 것이 소재가 되었다. 『나쓰메 소세키 평전』에는 "나쓰메가 슈젠지에서 큰 병에 걸렸을 무렵"이라고 되어 있다. 즉 소세키가 귀국한 직후가 아니라 1910년이라고 되어 있는 것이다.

만나겠다면 만난다, 그만두겠다면 그만둔다, 어느 쪽이든 빨리 결정하는 게 좋지 않겠느냐는 식의 말투였다.

"만날 테니까 안내해."

겐조는 시마다가 왔을 때와 마찬가지로 인사했다. 아내는 무거워 힘들어 보이는 몸을 일으켜 안으로 들어갔다.

객실로 나왔을 때 겐조는 허술한 옷을 걸치고 옹그리고 있는 한 노파를 보았다. 속으로 상상하고 있던 오쓰네와는 완전히 달라진 소박한 풍채에 그는 시마다를 만났을 때보다 훨씬 더 놀랐다.

그녀의 태도 역시 시마다에 비하면 오히려 정반대에 가까웠다. 그녀는 마치 신분에 현격한 차이라도 있는 사람 앞에 앉은 듯한 모습으로 정중하게 고개를 숙였다. 말투도 지극히 겸손하고 정중했다.

겐조는 어렸을 때 자주 들었던 그녀의 친정 이야기를 떠올렸다. 그녀 말로는 시골에 있던 집도 정원도 지극히 아름답고 훌륭한 것이었다. 마루 밑으로 물이 종횡으로 흐른다는 것이 그녀가 늘 되풀이하는 중요한 특색이었다. 남천나무 기둥[113], 이 말도 아직 겐조의 귓가에 남아 있었다. 그러나 어린 겐조는 광대한 저택이 있는 시골이 어디인지 전혀 알지 못했다. 그리고 자신을 한 번도 그곳에 데려간 기억도 없었다. 그녀 자신도 겐조가 아는 한 한 번도 자신이 태어난 그 커다란 집으로 돌아간 적이 없었다. 비평안이 조금씩 생기면서 그녀의 성격을 어렴풋하게나마 알아차리게 되자 그는 그것도 그녀의 공상에서 나온 허풍이 아닐까 하고 생각했다.

---

113 남천나무가 집의 기둥으로 쓸 만큼 크게 자라는 경우는 극히 드물다. 오쓰네의 이야기가 사실이라면 그 집은 굉장히 '근사한 것'인 셈이다. 한편 긴카쿠지(金閣寺)의 다실에는 오키나와에서 가져온 남천나무가 쓰였다고 한다.

겐조는 자신을 가능한 한 부유하게, 고상하게, 그리고 선량하게 보이고 싶어 했던 그 여자와 지금 자기 앞에 송구해하며 앉아 있는 백발의 노파를 비교하며 시간이 불러온 대조를 신기해하는 눈으로 바라보았다.

오쓰네는 옛날부터 살집이 좋은 여자였다. 지금도 여전히 통통했다. 옛날보다 오히려 지금이 더 통통하지 않을까 싶을 정도였다. 그런데도 그녀는 완전히 변해 있었다. 어느 면에서 보나 그저 시골 노파일 뿐이었다. 다소 과장되게 말하자면, 영락없이 바구니에 보리 미숫가루를 넣어 등에 짊어지고 시골에서 올라온 노파였다.

63

'아아, 변했구나.'

얼굴을 마주한 순간 두 사람은 한꺼번에 같은 걸 느꼈다. 하지만 일부러 찾아온 오쓰네 쪽에서는 이런 변화에 대한 예상과 준비를 충분히 하고 있었을 것이다. 그런데 겐조는 그런 준비를 거의 하고 있지 않았다. 따라서 기습을 당한 사람은 손님보다는 오히려 주인이었다. 그래도 겐조는 그다지 놀라는 모습을 보이지 않았다. 그의 성격이 그렇게 하라고 명령하는 것 외에도 그는 기교에서 나오는 오쓰네의 연극적인 동작을 두려워했다. 이제 와서 새삼 그녀가 하는 연극을 보는 것은 그에게 견디기 힘든 고통이었다. 가능하다면 상대의 결점을 미연에 막고 싶었다. 그녀를 위해서이기도 하고 자신을 위해서이기도 했다.

겐조는 그녀로부터 지금까지 지내온 내력을 대충 들었다. 그동안 인간 세상과 떼어놓을 수 없는 다소의 불행이 적당히 들러붙은 것처럼 보였다.

시마다와 헤어지고 나서 두 번째로 시집간 그녀와 하타노 사이에서도 아이는 태어나지 않았다. 그래서 두 사람은 어느 집에서 양녀를 얻어 키우기로 했다. 하타노가 죽고 몇 년 되었을 때인지, 아니면 아직 살아 있을 때였는지는 오쓰네도 말하지 않았지만, 데릴사위를 들였다.

데릴사위는 술집을 했다.[114] 가게는 도쿄에서도 상당히 번화한 곳에 있었다. 살림살이가 어느 정도였는지는 잘 모르지만 어려웠다거나 궁핍했다는 약한 소리는 오쓰네의 입에서 나오지 않았다.

그러다가 데릴사위가 전쟁[115]에 나가 죽는 바람에 여자들만으로는 가게를 해나가기가 힘들어졌다. 모녀는 하는 수 없이 가게를 접고 교외 가까이에 사는 어느 친척을 의지하여 아주 외진 곳으로 이사했다.

그곳에서 양녀에게 두 번째 남편이 생길 때까지는 죽은 데릴사위의 유족에게 매년 나오는 연금만으로 생계를 꾸려나갔다.

오쓰네의 이야기는 겐조의 예상과 달리 오히려 평온했다. 과장된 몸짓이며 허풍을 떠는 듯한 말투며 뭔가를 기대하는 대사도 그리 많지 않았다. 그런데도 겐조는 자신과 이 노파 사이에 마음이 조금도 통하지 않는다는 사실을 깨달았다.

"아아, 그런가요? 그거 참."

겐조의 대답은 간단했다. 보통의 응수로도 너무 짧은 대답이었지만

---

114 『나쓰메 소세키 평전』에는 야스가 술집을 하는 사람에게 시집갔다고 되어 있다. 이것이 사실이라면 오쓰네와 야스의 체험에는 다소 차이가 있는 셈이다.

115 『한눈팔기』의 시대적 배경이 1902년, 1903년이라고 한다면 청일전쟁(1894~1896)을 의미할 것이다.

그는 별로 부족하다고 느끼지 않았다.

'옛날의 업보가 지금도 여전히 재앙을 내리고 있는 거지.'

이렇게 생각한 겐조는 역시 좋은 기분이 들지 않았다. 좀처럼 울지 않는 성격으로 태어났으면서 왜 자기 앞에 때로는 정말 울게 하는 사람이나 일이 나타나지 않을까 하고 생각하는 것이 그의 천성이었다.

'내 눈은 언제든지 눈물이 나오게 되어 있는데.'

겐조는 방석 위에 옹그리고 앉아 있는 노파의 모습을 눈여겨보았다. 그리고 자신의 눈에 눈물이 고이는 걸 허락하지 않는 그녀의 성격을 슬퍼했다.

그는 지갑에서 5엔짜리 지폐를 꺼내 그녀 앞에 놓았다.

"실례지만 인력거라도 타고 가시지요."

그녀는 그런 뜻으로 찾아온 것이 아니라며 일단 사양한 다음 겐조가 주는 선물을 받았다. 딱하게도 그 선물에는 서먹서먹한 동정심만 들어 있을 뿐 분명한 진심은 담겨 있지 않았다. 그녀도 그걸 잘 알고 있는 것처럼 보였다. 그리고 어느 사이엔가 따로 떨어진 사람의 마음과 마음은 이제 와서 돌이킬 수 없는 것이라 체념할 수밖에 없다는 식으로 행동했다. 그는 현관에 서서 오쓰네가 돌아가는 뒷모습을 지켜보았다.

'만약 불쌍한 저 노파가 착한 사람이었다면 나는 울 수도 있었으리라. 울지는 않더라도 상대의 마음을 좀 더 만족시킬 수는 있었으리라. 영락한 예전의 양어머니를 거두어 돌아가실 때까지 돌봐줄 수도 있었으리라.'

묵묵히 이렇게 생각하는 겐조의 속마음을 아는 사람은 아무도 없었다.

64

"결국 찾아왔네요, 할머니까지. 지금까지는 할아버지뿐이었는데 이제 할아버지하고 할머니 두 사람이 되었어요. 앞으로 두 사람한테 시달림 좀 받겠네요, 당신."

아내의 말은 묘하게 들떠 있었다. 농담이라고도 놀림이라고도 할 수 없는 그런 태도가 감상에 빠진 겐조의 기분을 불쾌하게 자극했다. 그는 아무 대답도 하지 않았다.

"또 그 일을 말했겠지요?"

아내는 같은 말투로 겐조에게 물었다.

"그 일이라니 무슨 말이야?"

"당신이 어렸을 때 밤에 오줌을 싸서 그 할머니를 고생시킨 일 말이에요."

겐조는 쓴웃음조차 짓지 않았다.

하지만 그의 마음속에는 오쓰네가 왜 그걸 말하지 않았을까, 하는 의문이 이미 자리를 잡고 있었다. 그녀의 이름을 들은 순간 바로 그 말재주가 떠올랐을 만큼 오쓰네는 아주 말주변이 좋은 여자였다. 특히 자신을 지키는 일에 교묘한 기술을 갖고 있었다. 남의 감언이설에 속기 쉽고 또 뻔히 들여다보이는 입발림에도 곧잘 기뻐하는 겐조의 친아버지는 늘 잊지 않고 그녀를 칭찬했다.

"기특한 여자야. 무엇보다 살림을 잘하거든."

시마다의 가정에 풍파가 일었을 때 오쓰네는 아버지 앞에 온갖 이야기를 늘어놓았다. 또 그 이야기에 슬픈 눈물과 분한 눈물을 흠뻑 뿌렸다. 아버지는 완전히 감동했다. 곧바로 그녀 편이 되고 말았다.

겐조의 아버지는 입발림에 능숙하다는 점에서 그의 누나도 무척 예뻐했다. 돈을 달라고 찾아올 때마다 "이렇게 자주 찾아오면 나도 곤란하지"라고 하면서도 어느새 필요한 만큼의 돈을 문갑에서 꺼냈다.

"히다는 원래 그런 놈이지만 오나쓰가 불쌍하니까."

누나가 돌아간 후 아버지는 옆 사람에게 들리도록 늘 변명 같은 말을 했다.

그러나 이만큼 아버지를 마음대로 주무르던 누나의 입에 발린 말도 오쓰네에게는 상대가 안 될 만큼 서툴렀다. 천연덕스럽다는 점에서는 도저히 따라가지 못했다. 실제로 열예닐곱 살이 되었을 때 겐조는, 그녀와 접촉한 사람 중에서 자기 말고 과연 그녀의 성격을 꿰뚫어본 사람이 몇이나 될까 하고 의심한 적도 있었다. 그만큼 그녀는 말주변이 좋았다.

그녀를 만날 때 겐조가 마음속으로 괴로움을 느낀 것은 대부분 그 말 때문이었다.

"너를 키운 사람은 바로 나야."

두 시간이고 세 시간이고 이 한마디를 늘어놓으며 어렸을 때 은혜를 입었던 기억을 또 새로이 복습시키려고 작정하고 나서기라도 하면 그는 아주 난감했다.

"시마다는 네 원수야."

그녀는 자신의 뇌리에 남아 있는 낡은 주관을 활동사진처럼 과장하여 다시 겐조 앞에 속속들이 드러내기 일쑤였다. 그는 거기에도 질리지 않을 수 없었다.

어느 이야기에나 반드시 눈물이 섞였다. 겐조는 장식적으로 사용되는 눈물을 보는 것이 견딜 수 없는 심정이었다. 그녀는 이야기를 할 때 누나처럼 큰 소리를 내지 않았다. 하지만 자신이 필요하다고 생각할 때는 그 말에 불쾌한 느낌이 들 만큼 강한 힘을 주었다. 인정세태를 다룬 엔초의 만담[116]에 나오는 여자가 긴 부젓가락으로 화로의 재를 쿡쿡 찌르면서 남에게 속은 원망을 늘어놓으며 상대를 괴롭히는 것과 거의 같은 태도와 어투였다.

젠조는 예상이 빗나갔을 때 그것을 다행이라 여기기보다는 오히려 이상하게 생각했다. 그만큼 오쓰네의 성격은 무너질 수 없이 확실한 일종의 확고부동한 틀이 되어 그의 머릿속 어딘가에 자리 잡고 있었던 것이다.

아내는 그를 위해 설명했다.

"30년 가까이나 된 옛날 일이잖아요? 그쪽도 지금은 좀 조심하겠지요. 게다가 사람들은 대부분 이미 잊어버렸을 테니까요. 그리고 사람의 성격도 오랜 시간이 지나면 조금씩 변해가니까요."

조심, 망각, 성격의 변화, 이런 것들을 앞에 늘어놓고 생각해봐도 젠조는 조금도 납득이 가지 않았다.

'그렇게 간단한 여자가 아니야.'

그는 마음속으로 이렇게 말하지 않고서는 도저히 넘어갈 수 없었다.

65

오쓰네를 모르는 아내는 오히려 남편의 집요함을 비웃었다.

116 산유테이 엔초(三遊亭圓朝, 1839~1900)는 당대 명인으로 일컬어진 라쿠고가(落語家, 만담가)다.

"그게 당신 버릇이니 어쩔 수 없죠 뭐."

평소 그녀의 눈에 비친 겐조의 일부분은 확실히 이런 것이었다. 특히 친정과의 관계에서 겐조의 그런 나쁜 버릇이 두드러지게 드러난다고 그녀는 생각했다.

"내가 집요한 게 아니야. 그 여자가 집요한 거지. 당신은 그 여자를 상대해본 적이 없어서 내 판단이 얼마나 옳은지 모르는 거고, 그러니까 그렇게 반대로 이야기하는 거야."

"하지만 당신이 생각하던 여자하고는 전혀 다른 사람이 되어 실제로 당신 앞에 나타난 이상, 당신이 옛날 생각을 지우는 게 당연하지 않나요?"

"정말 다른 사람이 되었다면 언제든지 지우겠지만 그런 게 아니야. 다른 것은 겉모습뿐이고 속마음은 예전 그대로라고."

"그걸 어떻게 알아요? 새로운 재료가 아무것도 없는데."

"당신은 몰라도 나는 분명히 알아."

"당신은 정말 독단적이네요."

"독단적이어도 평이 맞기만 하다면 전혀 지장이 없는 법이야."

"하지만 만약 맞지 않는다면 난처한 사람이 꽤 나오겠네요. 그 할머니는 저와 관계없는 사람이니까 아무래도 상관없지만요."

겐조는 아내의 말이 무슨 의미인지 충분히 알았다. 그러나 아내는 더 이상 아무 말도 하지 않았다. 마음속으로 자신의 부모형제를 변호하고 있는 그녀는 공공연히 남편과 말씨름을 할 생각은 없었다. 그녀는 아주 이지적인 성격은 아니었다.

"아, 귀찮아."

이야기가 좀 복잡한 논의를 거칠 수밖에 없게 되면 그녀는 꼭 이렇게 말하며 눈앞의 문제를 내팽개쳤다. 그리고 해결될 때까지 일어나는 귀찮은 일은 언제까지고 참았다. 그러나 그 인내는 자기 자신에게 결코 기분 좋은 것이 아니었다. 겐조가 보기에는 더더욱 기분이 안 좋은 것이었다.

'집요하군.'

'집요해요.'

두 사람 다 똑같은 비난의 말을 서로에게 퍼부었다. 그리고 서로 마음속에 맺혀 있는 응어리를 서로의 태도에서 충분히 읽어냈다. 게다가 그 비난에 이유가 있다는 것도 서로가 인정해야 했다.

고집스러운 겐조는 결국 처가에 가지 않게 되었다. 왜 가지 않느냐고도 묻지 않고 또 가끔 다녀오라고 부탁하지도 않은 채 묵묵히 있던 아내는 여전히 '귀찮아'를 마음속으로 되풀이할 뿐 조금도 그 태도를 바꾸려고 하지 않았다.

'이걸로 충분해요.'

'나도 이걸로 충분해.'

또 같은 말이 두 사람의 마음속에서 여러 차례 되풀이되었다.

그래도 고무줄처럼 탄력성이 있는 두 사람 사이에는 때에 따라, 날에 따라 다소 신축성이 있었다. 팽팽히 긴장되어 언제 끊어질지 모를 만큼 막다른 곳에 이르렀나 싶으면 또 자연의 힘으로 서서히 원래의 자리로 돌아왔다. 그렇게 맑은 정신 상태가 계속되면 아내의 입에서 따뜻한 말이 나왔다.

"이건 누구 아이게요?"

겐조의 손을 잡아 자신의 배 위에 올린 아내는 그에게 이런 질문을 하기도 했다.

그 무렵 아내의 배는 지금처럼 많이 부르지 않았다. 그러나 그때 이미 자신의 태내에 꿈틀거리고 있는 생명의 맥박을 느끼기 시작했기 때문에 그 미동을 동정 어린 남편의 손가락 끝에 전하려고 했던 것이다.

"싸우는 건 결국 둘 다 나쁘기 때문 아니겠어요?"

그녀는 이런 말도 했다. 그다지 자신이 나쁘다고 생각하지 않는 완고한 겐조도 웃을 수밖에 없었다.

"떨어져 있으면 아무리 친해도 그것으로 끝나는 대신 함께 있기만 하면 설사 원수지간이라도 그럭저럭 살아가는 법이지. 결국 그게 사람일 거야."

겐조는 심오한 이론이라도 생각해낸 듯이 고개를 갸우뚱했다.

66

오쓰네와 시마다 일 외에 형과 누나의 소식도 이따금 겐조의 귀에 들려왔다.

해마다 날이 추워질 때면 반드시 몸이 안 좋아지는 형은 초가을부터 또 감기가 들어 일주일쯤 직장을 쉬고 나서 몸이 안 좋은 것을 무릅쓰고 출근했는데 며칠이 지나도 열이 내리지 않아 고생하고 있었다.

"그만 무리를 하게 되니까."

무리를 해서 월급쟁이의 수명을 늘릴지, 건강에 신경 써서 퇴직 시기를 앞당길지, 형으로서는 어느 한 쪽을 선택할 수밖에 없는 것으로 보였다.

"아무래도 가슴막염[117] 같다는데 말이야."

형은 불안한 표정을 지었다. 그는 죽음을 두려워했다. 육체의 소멸에 대해 누구보다도 강한 공포심을 갖고 있었다. 그리고 누구보다도 강한 속도로 야위어갔다.

젠조는 아내에게 말했다.

"좀 더 편안하게 쉴 수는 없는 걸까? 적어도 열이 내릴 때까지라도 말이야."

"그러고 싶은 마음이야 굴뚝같겠지만 아무래도 그렇게 할 수 없는 거겠지요."

젠조는 때로 형이 죽은 후의 가족을 그저 생계라는 측면에서만 바라보는 일이 있었다. 잔혹하기는 해도 자연스러운 방식이라고 생각했다. 동시에 그런 관찰로부터 벗어날 수 없는 자신에게 일종의 불쾌감을 느꼈다. 그는 씁쓸한 소금을 핥았다.

"죽지는 않겠지?"

"설마요."

아내는 상대해주지 않았다. 그녀는 그저 자신의 부푼 배를 안고 힘겨워할 뿐이었다. 친정과 연고가 있는 산파가 간혹 먼 데서 인력거를 타고 와주었다. 젠조는 산파가 뭘 하러 오고 또 뭘 하고 돌아가는지 전혀 알지 못했다.

"배라도 주무르는 거야?"

"그렇지요, 뭐."

아내는 시원한 대답조차 하지 않았다.

그러는 사이에 형의 열이 뚝 떨어졌다.

---

117 당시에는 일반적으로 결핵의 전조 증상으로 간주되었기 때문에 대단히 무서운 병이었다.

"기도를 올렸대요."

미신을 잘 믿는 아내[118]는 가지(加持)[119], 기도, 점, 신앙심 등 대개의 것들을 다 좋아했다.

"당신이 권한 거지?"

"아뇨, 저 같은 사람은 모르는 아주 묘한 기도였어요. 잘은 모르지만 면도칼을 머리 위에 올리고 한다던데요."

겐조는 안 내리던 열이 면도칼 덕에 내릴 거라고는 생각하지 않았다.

"기분 탓에 열이 나니까 기분 탓에 또 금방 내리는 거겠지. 면도칼이 아니라 국자나 냄비뚜껑이라도 마찬가지였을 거야."

"하지만 아무리 의사가 처방해준 약을 먹어도 낫지 않으니까 시험삼아 해보면 어떻겠느냐고 해서 결국 해볼 생각을 하게 되었대요. 어차피 비싼 기도 값을 낸 것은 아니겠지요."

겐조는 마음속으로 형을 바보라고 생각했다. 또한 열이 내릴 때까지 약을 먹을 수 없는 그의 사정을 딱하게 여겼다. 면도칼 덕이든 뭐 때문이든 열이 내렸다니 다행이라고도 생각했다.

형이 낫자마자 누나가 다시 천식으로 고생하기 시작했다.

"또야?"

겐조는 자기도 모르게 이렇게 말하고 문득 자기 아내의 지병을 걱정하지 않는 히다의 모습을 떠올렸다.

"그런데 이번에는 다른 때보다 심하대요. 어쩌면 어려울지도 모르니까 당신한테 문병을 가보라는 말을 전해달라고 했어요."

---

118 소세키의 아내 교코도 미신을 잘 믿었다. 소세키의 뜻을 거스르면서까지 점이나 주술에 의지하려는 이야기가 『나쓰메 소세키 평전』('나의 미신'이라는 장이 있다)에도 나와 있다.

119 부처의 힘을 빌려 병, 재난, 부정 따위를 면하려고 기도를 올리는 일.

형의 말을 겐조에게 전한 아내는 힘겨운 듯이 엉덩이를 다다미 위에 내려놓았다.

"조금만 서 있으면 배가 이상해서 어쩔 수가 없어요. 선반에 있는 것도 도저히 손을 뻗어 내릴 수가 없고요."

출산이 임박할수록 임산부는 운동을 해야 한다는 것 정도로만 생각하고 있던 겐조는 의외라는 표정을 지었다. 하복부며 허리 주위의 느낌이 얼마나 나른하고 힘겨운지는 완전히 그의 상상 밖의 일이었다. 그는 활동을 강요할 용기도 자신도 없었다.

"전 문병은 도저히 못 가겠어요."

"물론이지, 당신은 안 가도 돼. 내가 갈 테니까."

67

그 무렵 겐조는 집에 돌아오면 심한 권태를 느꼈다. 단지 일을 한 결과라고만 볼 수 없는 피로로 인해 그는 더욱 외출이 귀찮아졌다. 그는 틈만 나면 낮잠을 잤다. 책상에 기대어 책을 눈앞에 펼쳐놓고 있을 때조차 수마에 사로잡히는 일이 종종 있었다. 깜짝 놀라 선잠의 꿈에서 깨어났을 때 잃어버린 시간을 되돌려야 한다는 느낌이 한층 강하게 그를 자극했다. 그는 결국 책상 앞을 떠날 수 없게 되었다. 동여매진 사람처럼 서재에서 꼼짝 않고 있었다. 그의 양심은 아무리 공부가 안 되어도, 아무리 꾸물거리고 있더라도 그렇게 가만히 앉아 있으라고 그에게 명령했다.

이렇게 사오일을 헛되이 보냈다. 겐조가 드디어 쓰노카미자카로 갔

을 때 이제 어려울지도 모르겠다던 누나는 이미 회복기에 접어들어
있었다.

"정말 다행이네요."

겐조는 평범한 인사를 했다. 하지만 속으로는 여우에게 홀린 기분
이었다.

"그래, 덕분에. 누나는 말이야, 살아 있어봤자 어차피 남한테 폐만
끼치고 아무 도움도 안 되니까 적당한 때 죽는 게 딱 좋은데, 역시 타
고난 수명인지 이것만은 어쩔 도리가 없구나."

누나는 겐조에게 자신의 말과 반대되는 말을 듣고 싶은 눈치였다.
하지만 겐조는 묵묵히 담배만 피워댔다. 이런 사소한 점에서도 남매
의 기질 차이가 드러났다.

"하지만 남편이 살아 있는 동안에는 아무리 병들고 쓸모없는 몸이
라도 내가 살아 있지 않으면 곤란하니까."

친척들은 누나를 열부(烈婦)라고 평했다. 아내로서 정성을 다하는
것에 대해 너무나도 무신경한 히다를 한편에 두고 누나의 그런 태도
를 보면 오히려 딱할 정도로 친절해 보였기 때문이다.

"나야 손해 보게 태어난 거지. 남편하고는 정반대니까."

누나가 남편을 생각하는 마음은 정말 타고난 것임에 틀림없었다.
하지만 히다가 때로 말도 안 되는 소리를 제멋대로 해대는 것처럼 그
녀는 영문을 알 수 없는 친절한 마음을 내세워 오히려 남편을 질리게
하는 일도 있었다. 게다가 그녀는 바느질 솜씨가 없었다.[120] 바느질을

---

120 소재가 된 소세키의 누나 후사에 대해 『나쓰메 소세키 평전』에는 "이 누나(후사)는 바보가
아니지만 뭘 시켜도 제대로 한 적이 없다. 바느질은 집에 할멈이 있어 가르쳐도 유카타 한 벌 짓
지 못했다"라고 쓰여 있다.

배우게 해도, 취미가 될 만한 것을 가르쳐도 무엇 하나 제대로 배우지 못했던 그녀는 시집을 간 이후 오늘에 이르기까지 단 한 번도 남편의 옷을 지어본 적이 없었다. 그런데도 그녀는 남보다 배는 억척스러웠다. 어렸을 때 고집을 부린 벌로 창고에 갇혔을 때 소변을 보고 싶으니까 빨리 꺼내달라, 만약 안 꺼내주면 창고 안에서 싸버릴 거다, 그래도 되겠느냐, 하며 망을 친 창문을 사이에 두고 어머니와 담판을 벌였다는 이야기는 지금도 겐조의 귓가에 남아 있다.

이렇게 생각하자 자신과는 무척 차이가 나는 것 같지만 실은 어딘가 비슷한 구석이 있는 배다른 누이 앞에서 겐조는 반성을 하지 않을 수 없었다.

'누님은 그저 노골적일 뿐이다. 교육이라는 껍데기를 벗기면 나도 크게 다르지 않다.'

겐조는 평소 교육의 힘을 지나치게 믿었다. 지금의 그는 교육의 힘으로 어떻게 해볼 수 없는 본능적인 자신의 존재를 분명히 인식했다. 이런 사실 앞에서 갑자기 인간을 평등하게 본 그는 평소에 경멸했던 누나에게 다소 멋쩍은 기분이 들지 않을 수 없었다. 하지만 누나는 아무것도 알아차리지 못했다.

"올케는 어떠니? 이제 곧 해산이지?"

"예, 금방이라도 나올 것 같은 배를 안고 힘들어하고 있어요."

"해산은 힘든 거니까 말이야. 나도 해산한 적이 있거든."

오랫동안 불임이라고 생각하던 누나는 시집을 가고 몇 년이 지나서야 사내아이 하나를 낳았다. 나이가 꽤 들고 나서의 초산이어서 당사자도 주변 사람들도 상당히 걱정했는데, 그런 것에 비해서는 별 위험도 없이 순산했다. 하지만 그 아이는 곧 죽고 말았다.

"경솔한 짓을 하지 않도록 조심해. 우리 집에도 그 아이가 살아 있었다면 조금은 의지가 될 텐데."

68

누나의 말에는 옛날에 잃은 아이에 대한 추억 외에 지금의 양자가 못마땅하다는 의미도 포함되어 있었다.

"히코가 좀 더 정신을 차려주면 좋겠는데 말이야."

그녀는 때로 주변 사람들에게 이런 말을 했다. 히코는 그녀가 기대하는 만큼 한 집안의 든든한 기둥은 못 되었지만 지극히 온화하고 됨됨이가 좋은 사람이었다. 이른 아침부터 술을 마시지 않으면 안 되는 사람이라는 소문을 들은 적은 있지만, 가까이 지내지 않아서 달리 어디가 어떻게 부족한지 잘 알지 못했다.

"돈을 조금만 더 벌어오면 좋을 텐데 말이지."

물론 히코는 양부모를 편히 모실 만큼 수입이 좋지 못했다. 하지만 히다나 누나나 그를 키울 때의 일을 생각하면 이제 와서 그런 분에 넘치는 것을 바랄 처지도 아니었다. 그들은 히코를 학교에도 보내지 않았다. 얼마 안 되는 돈이지만 그가 월급을 받게 된 것은 양부모에게 오히려 요행이라고 해야 했다. 겐조는 누나의 불평에 대해 눈에 띨 만큼의 주의를 줄 수 없었다. 옛날에 죽은 갓난아기에 대해서는 동정심조차 일지 않았다. 그는 그 아이의 얼굴도 본 적이 없었다. 죽은 얼굴도 보지 못했다. 이름조차 잊어버렸다.

"이름이 뭐였죠, 그 아이?"

"사쿠타로야. 저기 위패가 있어."

누나는 겐조에게 거실 벽을 잘라내고 마련한 조그만 불단을 가리켰다. 어두침침할 뿐 아니라 꾀죄죄한 그 안에는 선조 대대로의 위패 대여섯 개가 나란히 놓여 있었다.

"저기 조그만 것인가요?"

"응, 갓난아기니까 일부러 작게 만들었어."

일어나서 계명(戒名)을 읽어볼 마음도 일지 않은 겐조는 여전히 앉은 자리에서 검은 칠을 한 표찰에 금박 글씨로 쓴 조그만 위패를 멀리서 바라보았다.

겐조의 얼굴에는 아무 표정도 없었다. 자신의 둘째 딸이 이질에 걸려 하마터면 목숨을 잃을 뻔했을 때의 걱정과 고통조차 떠올릴 수 없었다.

"이래서는 나도 언제 저렇게 될지 몰라."

그녀는 불단에서 눈을 떼 겐조를 보았다. 겐조는 일부러 시선을 피했다.

어쩐지 불안한 말을 하면서도 마음속으로는 결코 죽을 거라고 생각하지 않는 그녀의 말투에는 평범한 늙은이와는 약간 다른 분위기가 있었다. 그녀는 만성적인 병이 언제까지고 계속되듯이 만성의 수명 또한 언제까지고 계속될 거라고 생각했다.

그녀의 병적인 결벽증도 그런 생각을 거들었다. 그녀는 아무리 숨이 막히고 괴로워도, 아무리 남들이 충고해도 방 안에서 볼일을 보려고 하지 않았다. 기어서라도 변소까지 갔다. 그리고 어렸을 때의 습관으로 아침에는 반드시 옷을 벗어 상반신을 드러낸 채 세수를 했다. 찬바람이 불든 찬비가 내리든 그건 그만두지 않았다.

"그렇게 불안한 말만 하지 말고 가능한 한 건강을 챙기는 게 좋아요."

"건강은 챙기고 있어. 너한테 받은 용돈으로 우유는 꼭 사 마시고 있으니까."

촌놈이 쌀밥을 먹는 것처럼 그녀는 우유를 마시는 것이 섭생의 모든 것이라도 되는 것처럼 말했다. 나날이 안 좋아지는 자신의 건강 상태를 의식하면서 누나에게 건강관리를 잘하라고 권하는 겐조의 마음속에도 '남의 일이 아니야'라는 어처구니없는 생각이 어렴풋이 꿈틀대고 있었다.

"저도 요즘은 몸 상태가 안 좋아요. 어쩌면 누님보다 제가 먼저 위패가 될지도 몰라요."

누나의 귀에 겐조의 말은 물론 근거 없는 농담으로 들렸다. 겐조도 그것을 알고 일부러 웃었다. 하지만 스스로 건강이 안 좋아지고 있다는 걸 확실히 알고 있으면서도 도저히 어떻게 해볼 수 없는 처지인 그는 누나보다 오히려 자신을 가엾게 여겼다.

'나는 묵묵히 조금씩 자살하는 거다. 딱하다고 말해주는 사람 하나 없다.'

그는 이렇게 생각하고 누나의 움푹 팬 눈과 홀쭉한 뺨, 앙상한 손을 웃으며 바라보았다.

69

누나는 사소한 것에 신경 쓰는 사람이었다. 따라서 사소한 일에까지 호기심이 발동했다. 어떤 면에서 지나치게 고지식한 누나는 또 어떤 면에서 이상하게 의심이 많은 성격이었다.

겐조가 외국에서 돌아왔을 때 그녀는 자기 집 살림 형편에 대해 남의 동정을 살 만큼 아주 처량해 보이는 사실들을 늘어놓았다. 나중에는 형의 입을 빌려 얼마라도 좋으니까 매달 용돈을 보내줄 수 없겠느냐는 부탁을 해왔다. 겐조는 적당한 액수를 정하고 다시 형을 거쳐 누나에게 그 뜻을 전하기로 했다. 그러자 누나에게서 편지가 왔다. 조타로 얘기로는 네가 매달 얼마를 나한테 준다고 했다는데 실제로 네가 준다는 액수가 어느 정도인지 조타로에게는 비밀로 하고 살짝 알려달라고 쓰여 있었다. 누나는 앞으로 매달 중개자 역할을 하게 될지도 모르는 형을 의심했던 것이다.

겐조는 어처구니가 없었다. 화도 났다. 무엇보다 한심했다. '잠자코 있어'라고 호통을 치고 싶었다. 겐조가 누나에게 보낸 답장은 엽서 한 장에 지나지 않았지만 이런 그의 기분이 잘 드러나 있었다. 누나는 그 후로 아무 말도 해오지 않았다. 문맹인 그녀는 첫 편지도 남에게 부탁해서 써 보낸 것이었다.

이 일로 누나는 겐조를 대할 때 전보다 훨씬 더 조심스러워했다. 뭐든지 물어보고 싶어 하는 그녀도 겐조의 가정사에 대해서는 어련무던한 일 말고는 많은 말을 하지 않았다. 겐조도 그녀 앞에서 자기 부부 사이의 일을 화제로 삼을 생각은 하지 않았다.

"요즘 올케는 어떻게 지내?"

"늘 그렇지 뭐."

대화는 이 정도에서 그치는 일이 많았다.

간접적으로 아내의 병을 알고 있는 누나의 질문에는 호기심 이외에 친절한 마음에서 나온 걱정도 꽤 섞여 있었다. 하지만 그 걱정은 겐조에게 아무 도움도 되지 않았다. 따라서 누나의 눈에 비친 겐조는 언제나 친해지기 힘들고 무뚝뚝한 괴짜에 지나지 않았다.

쓸쓸한 마음으로 누나의 집을 나선 겐조는 발길 닿는 대로 북쪽으로만 걸었다. 그리고 여태껏 본 적이 없는 신개지 같은 지저분한 동네로 들어갔다. 도쿄에서 태어난 겐조는 방향으로 보아 지금 자신이 밟고 있는 곳이 어디쯤인지 잘 알고 있었다. 하지만 그곳에는 그의 추억을 끄집어내주는 어떤 것도 남아 있지 않았다. 과거의 기념물이 모조리 그의 눈에서 사라져버린 대지 위를 그는 신기한 듯이 걸었다.

겐조는 옛날에 있었던 푸른 논과 그 사이로 똑바로 뻗어 있는 좁은 길을 떠올렸다. 논이 끝나는 곳에 초가집 서너 채가 보였다. 삿갓을 벗고 걸상에 앉아 우무를 먹고 있는 남자의 모습이 떠올랐다. 전에는 들판처럼 널찍한 종이 제조 공장이 있었다. 그곳을 돌아 마을로 이어지는 길로 들어서면 좁은 강에 다리가 걸쳐져 있었다. 강 좌우에는 높은 돌담이 쌓여 있어 위에서 내려다보는 물결은 의외로 멀어 보였다. 다리 옆에 있는 고풍스러운 공중목욕탕의 포렴이며 그 옆 채소 가게 앞에 늘어선 호박 등이 어렸을 때의 겐조에게는 늘 히로시게[121]의 풍경화를 연상시켰다.

그러나 지금은 모든 것이 꿈처럼 사라져버렸다. 남아 있는 것은 단지 대지뿐이었다.

'언제 이렇게 변했을까?'

인간이 변해가는 것에만 정신이 팔려 있던 겐조는 그보다 한층 격

---

121 우타가와 히로시게(歌川広重, 1797~1858). 에도 시대 말기의 우키요에 화가로 풍경화에 뛰어났다.

렬한 자연의 변화에 깜짝 놀랐다.

겐조는 어렸을 때 히다와 장기를 두던 일을 문득 떠올렸다. 히다는 장기판 앞에만 앉으면 이래 봬도 도코로자와노 도키치(所沢の藤吉)[122]의 제자라니까, 하고 말하는 것이 입버릇이었다. 지금도 히다는 장기판을 앞에 두면 반드시 같은 말을 할 것 같은 사람이었다.

'나는 결국 어떻게 될까?'

쇠약해질 뿐 의외로 변하지 않는 인간의 모습과 변하지만 나날이 번영해가는 교외의 모습이 뜻밖에도 대조적으로 비쳤을 때 겐조는 이런 생각을 하지 않을 수 없었다.

70

힘없는 얼굴로 집에 돌아온 겐조의 모습이 곧 아내의 주의를 끌었다.

"형님은 어떻던가요?"

모든 사람이 언젠가 한 번은 이르러야 하는 최후의 운명을 그녀는 겐조의 입에서 확실히 들으려는 듯이 보였다. 겐조는 대답하기 전에 먼저 일종의 모순을 느꼈다.

"뭐, 이젠 괜찮아. 누워 있기는 하지만, 전혀 위독한 것도 아니고. 형님한테 속은 것 같더라니까."

그의 말투에는 얼마간 어이없어하는 기색이 섞여 있었다.

"속아도 그게 얼마나 좋은지 모르겠어요. 만약에 무슨 일이라도 있

---

122 도코로자와노 도키치(所沢の東吉)를 말할 것이다. 에도 시대에 지금의 사이타마 현 도코로자와 시에 살았던 장기의 명인이다.

어보세요, 그거야말로⋯⋯."

"형님이 나쁜 게 아니야. 형님은 누님한테 속은 거니까. 누님은 또 병에 속은 거고. 결국 세상 사람들 모두 속고 있는 거지. 가장 영리한 사람은 매형일지도 몰라. 아무리 마누라가 앓아도 절대 속지 않으니까 말이야."

"역시 집에 안 계세요?"

"있겠어? 정말 심했을 때는 어땠는지 모르겠지만 말이지."

겐조는 히다가 늘어뜨리고 다니는 금시계와 금줄을 떠올렸다. 형은 뒤에서 그게 도금일 거라고 평했지만 당사자는 어디까지나 진짜인 것처럼 자랑하고 싶어 했다. 도금한 것이든 진짜든 그가 어디서 얼마에 샀는지 아는 사람은 아무도 없었다. 이런 것에 무관심할 수 없는 성격의 누나도 그저 적당히 출처를 추측하고 있을 뿐이었다.

"틀림없이 월부로 샀을 거야."

"어쩌면 전당포에서 흘러나온 것일지도 모르지."

누나는 묻지도 않았는데 형에게 이런저런 설명을 했다. 겐조에게는 거의 문제가 안 되는 일이 그들 사이에서는 얼마든지 상상의 씨앗을 뿌렸다. 그렇게 될수록 히다는 의기양양한 것처럼 보였다. 겐조가 매달 보내는 용돈조차 가끔 빼앗기면서도 누나는 결국 남편의 수중에 들어오거나 현재 수중에 있는 돈이 얼마나 되는지 전혀 알지 못했다.

"잘은 모르지만 요즘에는 채권 두세 장을 갖고 있는 것 같더라."

누나의 말은 마치 옆집 재산이라도 알아맞히듯이 남편으로부터 멀리 떨어져 있었다.

누나를 이런 처지에 놓고도 태평한 히다는 겐조가 보기에 이해할 수 없는 사람임에 틀림없었다. 그걸 어쩔 수 없는 부부 관계로 알며

견디고 있는 누나도 겐조로서는 이해할 수 없었다. 그러나 금전적인 면에서 끝까지 비밀주의를 고수하면서도 때로는 누나가 전혀 예상하지 못한 것을 사들이거나 사 입어 그녀를 놀라게 하는 심사는 상상조차 할 수 없었다. 아내에 대한 허영심의 발현, 애를 태우면서도 남편을 능력이 뛰어난 사람이라 여기는 아내의 만족. 이것만으로는 도저히 설명이 되지 않았다.

"돈이 필요할 때도 타인, 병이 들었을 때도 타인, 그렇다면 그냥 같이 사는 것뿐이잖아?"

겐조의 수수께끼는 쉬이 풀리지 않았다. 생각하는 걸 싫어하는 아내는 또 아무런 평을 하지 않았다.

"하지만 우리 부부도 세상 사람들이 보면 상당히 이상할 테니까 그렇게 남의 일에 이러쿵저러쿵 말할 처지가 아닐지도 모르지."

"역시 같은 일이겠지요. 다들 자기만 좋으면 그만이라고 생각하니까요."

겐조는 금세 화가 치밀었다.

"당신도 자기만 좋으면 된다고 생각하는 거야?"

"그럼요. 당신이 당신만 좋으면 된다고 생각하는 것처럼요."

그들의 언쟁은 흔히 이런 데서 벌어졌다. 그리고 모처럼 온화하게 가라앉아 있던 두 사람의 마음을 어지럽혔다. 겐조는 그것을 신중함이 부족한 아내의 책임으로 돌렸다. 아내는 또 편벽하고 고집스러운 남편 탓이라고만 해석했다.

"글자를 못 써도, 바느질을 못 해도 역시 누님 같은 열부가 나는 더 좋아."

"요즘 세상에 그런 여자가 어딨겠어요?"

아내의 말에는 남자만큼 제멋대로 된 사람은 없다는 강한 반감이 깔려 있었다.

71

조리 있게 생각을 하지 못하는 그녀에게는 의외의 면이 있었다. 그녀는 형식적인 옛날식 윤리관에 사로잡힐 만큼 엄격한 가정에서 자란 사람이 아니었다. 정치가였던 장인은 교육에 관해서는 확고한 견해를 거의 갖고 있지 않았다. 장모 역시 보통 여자들처럼 아이들을 까다롭게 키우는 성격이 아니었다. 그녀는 집에서 비교적 자유로운 공기를 호흡했다. 학교는 소학교를 졸업했을 뿐이다. 그녀는 생각하지 않았다. 하지만 생각한 결과를 본능적으로 잘 이해했다.

"단지 남편이라는 이름이 붙어 있다는 이유만으로 그 사람을 존경해야 한다고 강요해도 저는 그렇게 할 수 없어요. 만약 존경을 받고 싶으면 그럴 만한 자격을 갖추고 제 앞에 나서면 돼요. 남편이라는 간판 같은 건 없어도 상관없으니까요."

신기하게도 학문을 한 겐조는 이런 점에서 오히려 구식이었다. 자신은 자신을 위해 살아가야 한다는 주의를 실현하고 싶으면서도 처음부터 남편을 위해서만 존재하는 아내를 가정했던 것이다.

'어떤 의미에서든 아내는 남편한테 종속되어야 한다.'

두 사람이 충돌하는 근본 원인은 여기에 있었다.

남편에게서 독립된 자신의 존재를 주장하려는 아내를 보면 겐조는 금세 불쾌해졌다. 툭하면 '여자인 주제에'라는 생각이 들었다. 그런 생각이 더욱 심해지면 순식간에 '어딜 건방지게'라는 말로 바뀌었다. 아내의 마음속에는 '아무리 여자라도'라는 대답이 늘 준비되어 있었다.

'아무리 여자라도 그렇게 짓밟으면 가만히 있을 줄 알아?'

겐조는 때로 아내의 얼굴에 나타나는 이런 표정을 똑똑히 읽었다.

"여자라서 바보 취급 하는 게 아니야. 바보라서 바보 취급 하는 거지. 존경받고 싶으면 그럴 만한 인격을 갖추라고."

겐조의 논리는 어느새 아내가 그에게 던지는 논리와 같은 것이 되고 말았다.

그들은 이렇게 둥근 원 위를 빙빙 돌기만 했다. 그리고 아무리 지쳐도 그것을 알아차리지 못했다.

겐조는 그 원 위에 뚝 멈춰 서는 일이 있었다. 그의 격앙된 마음이 가라앉을 때였다. 아내는 그 원 위에서 잠시 움직이지 않을 때가 있었다. 그러나 아내가 움직이지 않게 될 때는 자신의 침체된 마음이 녹을 때뿐이었다. 그때 겐조는 마침내 성난 고함을 그쳤고, 아내는 비로소 말을 하기 시작했다. 두 사람은 손을 잡고 웃으며 이야기를 나누면서도 여전히 둥근 원 위를 벗어나지 못했다.

아내가 출산하기 열흘쯤 전에 장인이 불쑥 겐조를 찾아왔다. 공교롭게도 집에 없었던 그는 저녁에 돌아와서 아내에게 그 이야기를 듣고 고개를 갸웃했다.

"무슨 볼일이라도 있으셨던 거야?"

"네, 할 얘기가 좀 있대요."

"무슨 얘긴데?"

아내는 대답하지 않았다.

"모르는 거야?"

"네. 이삼일 안에 다시 와서 얘기하겠다며 돌아가셨으니까 다음에 오시면 직접 물어보세요."

젠조는 더 이상 아무 말도 할 수 없었다.

오랫동안 찾아뵙지 못했던 젠조는 볼일이 있고 없고를 떠나 장인이 일부러 찾아오리라고는 꿈에도 생각지 못했다. 그런 미심쩍음이 그를 평소보다 말수를 많게 하는 원인이 되었다. 이와 반대로 아내는 오히려 평소보다 말이 적어졌다. 그러나 그것은 그가 흔히 그녀에게서 발견하는 불평이나 애교 없음에서 나오는 과묵함과는 다른 것이었다.

밤이 되면 어느새 완연한 겨울 같았다. 희미한 등불 그림자를 가만히 지켜보고 있자니 불빛은 움직이지 않고 바람 소리만이 심하게 덧문을 때렸다. 휘잉휘잉 하고 수목을 울리는 소리를 들으면서 부부는 고요한 남포등을 사이에 두고 한동안 조용히 앉아 있었다.

72

"오늘 아버지가 오셨을 때 외투가 없어 추워 보여서 당신이 옛날에 입던 걸 꺼내 드렸어요."

시골 양복점에서 맞춘 그 외투는 젠조의 기억에서 거의 사라졌을 만큼 오래된 것이었다. 아내가 그걸 왜 장인에게 드렸는지 젠조는 이해할 수 없었다.

"그렇게 지저분한 걸 왜?"

그는 이상하다기보다는 오히려 부끄러웠다.

"아뇨, 기뻐하시며 입고 가셨어요."

"장인어른은 외투가 없었나?"

"외투만이 아니에요. 이제 아무것도 없어요."

겐조는 깜짝 놀랐다. 희미한 불빛에 비친 아내의 얼굴이 갑자기 안쓰러워 보였다.

"그렇게 어려우신 거야?"

"네, 이제 어떻게도 해볼 수가 없대요."

말수가 적은 아내는 지금껏 남편에게 친정에 관한 자세한 이야기를 하지 않았다. 겐조는 장인이 관직을 떠난 이래 살림이 어렵게 됐다는 것은 어렴풋이 알고 있었지만 아무리 그래도 그 정도일 줄은 몰랐다. 그는 문득 눈을 돌려 장인의 옛날을 되돌아보지 않을 수 없었다.

실크해트에 프록코트를 입고 힘차게 관저의 돌문을 나서는 장인의 모습이 또렷이 떠올랐다. 단단한 나무를 구(久)자 모양으로 잘라서 맞춘 현관 바닥이 너무 반들반들한 나머지 익숙지 않은 겐조는 발을 헛디디기도 했다. 앞쪽에 널찍한 잔디밭이 펼쳐진 응접실을 왼쪽으로 돌면 그것과 이어진 직사각형의 식당이 있었다. 결혼하기 전에 겐조는 그곳에서 아내의 가족과 함께 저녁을 먹었던 일을 아직도 기억하고 있다. 2층에는 다다미가 깔려 있었다. 1월의 추운 밤 가루타[123] 놀이에 초대받은[124] 겐조는 그중의 한 방에서 웃음소리와 함께 따뜻한 저녁을 보낸 기억도 있다.

123 일본 고전 시가가 적힌 카드로 하는 놀이. 앞 시구를 읽으면 뒤 시구가 적힌 카드를 먼저 찾아내는 놀이로, 주로 설에 한다.

124 『나쓰메 소세키 평전』에는 1896년 1월 3일의 일로, "3일에는 우리 집만의 신년 모임을 한다고 해서 나쓰메도 놀러 왔습니다"라고 쓰여 있다. 1895년 12월 28일에 맞선을 본 직후다. 교코는 도라노몬에 있던 관저의 모습도 쓰고 있는데 "서양관과 일본관이 다" 있고 서양관 2층에는 다다미가 깔려 있는 등 이 소설의 묘사와 일치한다. "다다미 스무 장이 깔린 방"은 맞선을 본 장소이기도 했다.

서양관에 이어 일본식 건물 한 동도 딸려 있던 저택에는 가족 외에 하녀 다섯 명과 서생 두 명이 살고 있었다. 직무의 성격상 드나드는 사람이 많은 그 집에 일하는 사람이 그만큼 필요했을지도 모르지만, 만약 경제적인 사정이 허락하지 않았다면 그 필요도 충족되지 않았을 터였다.

겐조가 외국에서 돌아왔을 때도 장인은 그다지 곤란을 겪고 있는 것으로 보이지 않았다. 그가 고마고메 안쪽에 집을 장만한 당시 그의 새 집으로 찾아온 장인은 그에게 이렇게 말했다.

"뭐 사람은 무슨 일이 있어도 자기 집을 가질 필요가 있다네. 하지만 그렇게 서두를 수도 없는 일이니까 그건 뒤로 미루고 가능한 한 저축을 해야 한다는 것만 명심하면 되겠지. 2, 3천 엔쯤 갖고 있지 않으면 무슨 일이 생겼을 때 무척 곤란하니까 말이야. 뭐 천 엔 정도만 있어도 괜찮지. 그걸 나한테 맡기면 1년 안에 바로 두 배로 불려줄 테니까."

재산을 불리는 방법에 대한 지식이 없던 겐조는 그때 이상한 느낌을 받았다.

'어떻게 1년 안에 천 엔이 2천 엔이 될 수 있을까?'

겐조의 머릿속에서는 도저히 그 의문이 풀리지 않았다. 이익을 얻으려는 욕망에서 벗어날 수 없는 그는 놀라는 마음으로, 장인에게는 있고 자신에게는 전혀 없는 일종의 괴력을 바라보았다. 그러나 천 엔을 마련하여 맡길 가망이 전혀 없는 그는 장인에게 그 방법을 물어볼 생각도 못한 채 그만 오늘에 이르고 말았다.

"아무리 그래도 그렇게 가난할 리는 없잖아?"

"하지만 어쩔 수 없어요. 운명이니까요."

출산이라는 육체의 고통을 눈앞에 두고 있는 아내의 숨결은, 그렇지 않아도 힘겨워 보였다. 겐조는 잠자코 안쓰러워 보이는 배와 윤기 없는 볼을 바라보았다.

옛날 시골에서 결혼했을 때 장인이 어디선가 우키요에풍의 미인을 그린 싸구려 부채 네다섯 개를 사와서 겐조가 그중 하나를 빙빙 돌리면서 꽤나 속되다고 평했더니 장인은 바로 "장소에 어울리지 않나?" 하고 대답한 일이 있었다. 그런데 겐조는 지금 자신이 지방에서 만든 외투를 장인에게 건네며 '장인어른께 어울리죠?'라고 말할 생각은 도저히 들지 않았다. 아무리 어렵다고 그런 것을 입을까, 하는 생각을 하자 오히려 비참해졌다.

"그래도 어떻게 그런 걸 입으셨네."

"볼품이야 없어도 추운 것보다는 나으니까요."

아내는 씁쓸하게 웃었다.

73

이틀 후 장인이 왔을 때 겐조는 오랜만에 그를 만났다.

나이로 보나 경력으로 보나 겐조보다 훨씬 세상 경험이 풍부한 장인은 언제나 사위를 정중하게 대했다. 어떤 때는 부자연스러울 정도로 지나치게 정중했다. 하지만 그것이 장인을 나타내는 모든 것은 아니었다. 이면에는 그와 반대되는 것들이 여기저기에 기복을 이루고 있었다.

관료적인 그의 눈에는 겐조의 태도가 처음부터 굉장히 무례해 보였다. 넘어서는 안 되는 계단을 버릇없이 뛰어넘으려는 것처럼 보이

기도 했다. 게다가 장인은 겐조가 함부로 자임하고 있는 듯한 시건방
짐을 달갑지 않게 여겼다. 머릿속에 있는 것이라면 뭐든 입 밖에 내는
것을 꺼려하지 않는 겐조의 버릇없는 태도도 마음에 들지 않았다. 난
폭하다고밖에 할 수 없는 완고하고 융통성이 없는 점도 비난의 표적
이 되었다.

겐조의 치기를 경멸한 장인은 형식의 이해도 없이 무턱대고 다가오
려는 겐조를 표면상의 정중한 태도로 가로막았다. 그러자 두 사람은
그 자리에 머문 채 움직일 수 없게 되었다. 두 사람은 일정한 거리를
두고 상대의 단점을 바라보아야 했다. 그러므로 상대의 장점도 확실
히 이해하기 힘들었다. 그리하여 두 사람 다 자신의 결점 대부분을 결
코 알아차리지 못했다.

하지만 지금의 장인은 일시적으로 겐조에게 의심할 바 없는 약자였
다. 남에게 고개를 숙이는 걸 싫어하는 겐조는 궁핍해져 어쩔 수 없이
자기 앞에 나타난 그를 보았을 때 바로 그와 같은 눈으로 같은 처지에
놓인 자신을 상상하지 않을 수 없었다.

'얼마나 괴로울까?'

겐조는 이런 생각에 사로잡혔다. 그리하여 장인이 가져온 돈 마련
이야기에 귀를 기울였다. 하지만 좋은 얼굴은 할 수 없었다. 속으로는
좋은 얼굴을 할 수 없는 자신을 저주했다.

'돈 이야기라서 좋은 얼굴을 할 수 없는 게 아닙니다. 돈과는 무관
한 불쾌감 때문에 좋은 얼굴을 할 수 없는 겁니다. 오해하지 마십시
오. 저는 이런 경우에 복수를 하려는 비겁한 사람이 아닙니다.'

겐조는 장인 앞에서 이런 변명이라도 하고 싶어 견딜 수 없었지만
잠자코 오해의 위험을 무릅쓸 수밖에 없었다.

이렇게 무뚝뚝한 겐조에 비하면 장인은 상당히 정중했다. 또한 침착했다. 옆에서 보면 훨씬 신사다웠다.

장인은 어떤 사람의 이름을 입에 올렸다.

"그 사람은 자네를 안다고 하던데, 자네도 아나?"

"예, 압니다."

겐조가 예전에 학교에 다닐 때 알던 사람이었다. 하지만 친한 사이는 아니었다. 졸업하고 독일에 갔다가 돌아와서는 갑자기 직업을 바꿔 어느 큰 은행에 들어갔다는 소문을 들었을 뿐 그 밖의 소식은 듣지 못했다.

"아직 은행에 있습니까?"

장인은 고개를 끄덕였다. 하지만 두 사람이 어디서 어떻게 알게 되었는지 겐조는 짐작도 할 수 없었다. 또한 그것을 자세하게 물어본들 별 도리가 없는 일이었다. 요점은 오로지 그 사람이 돈을 빌려줄 것인가 하는 점이었다.

"그래서 그 사람이 말하기를 빌려줘도 좋은데 확실한 사람을 보증인으로 세워달라는 거네."

"그렇군요."

"그럼 누구를 세우면 좋겠느냐고 물었더니 자네라면 빌려줄 수 있다고, 그쪽에서 특별히 자네를 지명한 거네."

겐조는 자신을 확실한 사람으로 인정하는 데는 주저하지 않았다. 그러나 자신의 재력이 부족하다는 것도 직업의 성격상 남에게 알려져 있을 거라고 생각했다. 게다가 장인은 교제 범위가 아주 넓은 사람이었다. 평소 장인이 입에 담는 지인 중에는 세상 사람들에게 겐조보다 훨씬 신용받고 있는 유명인사도 많았다.

"왜 제 도장이 필요한 걸까요?"

"자네라면 빌려주겠다고 하네."

겐조는 생각에 잠겼다.

74

겐조는 지금껏 보증서를 쓰고 남에게 돈을 빌려본 경험이 없었다. 그만 의리로 도장을 찍어준 것이 화근이 되어 훌륭한 능력이 있으면서도 평생 사회의 밑바닥으로 떨어져 허우적거리는 사람의 이야기는 아무리 세상 물정을 모르는 그의 귀에도 종종 들려왔다. 그는 가능한 한 자신의 미래에 나쁜 영향을 미칠지도 모르는 일은 피하고 싶었다. 하지만 완고한 그의 다른 한 쪽에서는 무척 마음 약하고 미적지근한 어떤 것이 걸핏하면 꿈틀대려고 했다. 이런 경우 보증을 단호히 거절하는 것은 그에게 너무나도 무정하고 냉혹하며 괴로운 일이었다.

"제가 아니면 안 되는 일인가요?"

"자네라면 괜찮다고 하니까."

겐조는 같은 걸 두 번 묻고, 같은 대답을 두 번 들었다.

"아무래도 이상하네요."

세상 물정에 어두운 겐조는 장인이 어디에 부탁해도 도장을 찍어주는 사람이 없어서 어쩔 수 없이 마지막으로 자신에게 온 것이라는 명백한 사정조차 헤아릴 수 없었다. 그는 친하게 지낸 적도 없는 은행가가 자신을 그렇게 신용하고 있다는 것이 오히려 두려웠다.

'무슨 일을 당할지 모르는 일이야.'

겐조의 마음속에서는 미래의 자신이 안전할까 하는 걱정이 충분히 작동하고 있었다. 동시에 단지 그런 이해타산만으로 이 문제를 처리할 만큼 그의 성격은 단순하지 않았다. 그의 머리가 그에게 적당한 해결책을 내려줄 때까지 그는 망설이지 않을 수 없었다. 마지막에 그 해결책이 떠올랐을 때도 그것을 장인 앞에 내놓는 데 많은 노력이 필요했다.

"도장을 찍는 일은 아무래도 위험하니까 그만두었으면 합니다. 하지만 그 대신 제가 직접 얼마간 돈을 마련해 드리겠습니다. 물론 저도 저축해놓은 돈이 없으니까 어차피 어딘가에서 빌릴 수밖에 없지만, 가능하면 보증서를 쓰거나 도장을 찍는 형식상의 절차를 밟고 돈을 빌리고 싶지는 않습니다. 제가 가진 좁은 교제 범위 안에서 안전한 돈을 마련하는 것이 저에게는 마음 편하니까 일단 그쪽을 알아보겠습니다. 물론 필요하신 액수만큼은 힘듭니다. 제가 마련하는 이상 제가 갚아야 하는 것은 당연한 일이니까 제 처지에 맞지 않은 돈을 빌릴 수는 없습니다."

얼마라도 융통만 된다면 그만큼 도움이 되는 괴로운 처지에 놓인 장인은 겐조에게 더 이상 강요하지 않았다.

"자, 그럼 아무쪼록."

장인은 추운 날씨에 겐조의 낡은 외투로 몸을 감싸고 걸어 돌아갔다. 서재에서 이야기를 마친 겐조는 현관에서 다시 서재로 들어갔고, 아직 아내의 얼굴을 보지 않았다. 아내도 아버지를 배웅할 때 남편과 현관의 신발 벗는 데에 나란히 서 있었을 뿐 끝내 서재로 들어가지는 않았다. 돈을 마련하는 이야기는 말이 없는 가운데 서로 알고 있으면서도 끝내 두 사람 사이에 화제로 오르지 않았다.

하지만 겐조의 마음에는 이미 책임이라는 짐이 있었다. 그는 그 책임을 다하기 위해 움직여야 했다. 그는 살림살이를 마련할 때 화로나 담배합을 사러 함께 다녀줬던 친구를 찾아갔다.

"돈 좀 빌려주지 않겠나?"

그는 아닌 밤중에 홍두깨 격으로 물었다. 돈을 갖고 있지 않은 친구는 놀란 얼굴로 그를 쳐다보았다. 그는 화로에 손을 쬐면서 친구에게 차근차근 사정을 이야기했다.

"어떤가?"

3년간 중국의 어느 학당[125]에서 교편을 잡았던 무렵에 모은 친구의 돈은 모두 전기철도회사인가 뭔가의 주식으로 바뀌어 있었다.

"그럼 시미즈한테 부탁 좀 해주지 않겠나?"

친구의 매제뻘인 시미즈는 상가 지역의 꽤 번화한 데서 병원을 운영하고 있었다.

"글쎄, 어떨까? 그놈한테는 그만한 돈이야 있겠지만 굴리고 있을지도 모르니까. 아무튼 물어는 보겠네."

친구의 호의는 다행히 허사로 끝나지 않았다. 겐조가 빌린 4백 엔의 돈[126]이 장인의 손에 들어간 것은 그로부터 사오일 후였다.

---

125 소세키의 학교 친구로 제5고, 제1고에서 동료로 같이 일하기도 했던 스가 도라오(菅虎雄)는 1903년 6월부터 청나라 난징(南京) 싼장(三江) 사범학당에서 교편을 잡았다.

126 『나쓰메 소세키 평전』에는 "우리 아버지가 고리대에 시달려 (중략) 어쩔 수 없이 스가 씨로부터 250엔쯤을 마련하여 그대로 아버지 손에 건네 임시변통을 했습니다"라고 되어 있다. 시기는 1904년 7월이다.

75

'나는 최대한 노력했다.'

젠조는 속으로 이렇게 안심했다. 따라서 그는 자신이 마련해준 돈의 가치에 대해 별 생각을 하지 않았다. 필시 기뻐할 거라고도 생각하지 않는 대신 이 정도의 도움이 무슨 도움이 되겠는가 하는 생각도 들지 않았다. 그 돈이 어느 방면에 어떻게 쓰였는가 하는 문제도 전혀 아는 바가 없었다. 장인도 그런 사정까지 털어놓을 만큼 그에게 다가오지 않았다.

종래의 장벽을 허물기에는 그 기회가 너무나도 약했다. 아니면 두 사람의 성격이 너무나도 고착되어 있었다.

장인은 젠조보다 세속적으로 허영심이 강했다. 가능한 한 자신을 남에게 잘 이해시키려고 노력하기보다는 가능한 한 자신의 가치를 환한 빛에 드러내놓고 싶어 하는 성격이었다. 따라서 그를 둘러싼 가족이나 근친을 대하는 태도는 얼마간 과장으로 기울기 일쑤였다.

처지가 갑자기 실의 쪽으로 바뀌었을 때 장인은 평소의 자신을 돌아보지 않을 수 없었다. 그는 그것을 호도하기 위해 젠조에게 가능한 한 아무렇지도 않은 듯한 태도를 가장했다. 그것으로 끝까지 버틸 수 없게 되자 결국 젠조에게 보증을 요청한 것이다. 하지만 그가 어느 정도의 부채에 얼마나 시달리고 있는가 하는 자세한 사정은 끝내 젠조의 귀에 들어오지 않았다. 젠조도 묻지 않았다.

두 사람은 지금까지의 거리를 유지한 채 서로 손을 내밀었다. 한 사람이 건넨 돈을 다른 사람이 받아들였고, 두 사람은 내민 손을 다시 거둬들였다. 옆에서 보고 있던 아내는 아무 말도 하지 않았다.

겐조가 외국에서 돌아온 당시 두 사람의 거리는 아직 그렇게까지 멀지 않았다. 겐조가 새로운 집을 마련하고 얼마 지나지 않았을 무렵, 겐조는 장인이 어느 광산 사업에 손을 댔다는 이야기를 듣고 놀란 적이 있다.

"산을 판다고?"

"네, 잘은 모르지만 새롭게 회사를 차린대요."

겐조는 눈살을 찌푸렸다. 동시에 그는 장인의 괴력을 얼마간 믿고 있었다.

"잘될까?"

"글쎄요."

겐조와 아내 사이에 이런 짧은 대화가 오간 뒤 장인이 그 일로 북쪽에 있는 어느 도시로 떠났다는 소식을 아내에게서 전해 들었다. 그러고는 일주일쯤 있다가 장모가 갑자기 겐조의 집으로 찾아왔다. 장인이 여행지에서 갑작스레 병에 걸려 당장 자신이 가봐야 하는데 여비를 융통해줄 수 없겠느냐는 것이 장모의 용건이었다.

"예, 여비는 어떻게 마련해드릴 테니 어서 가보세요."

숙소에 누워서 괴로워하는 사람과 기차를 타고 가는 가난한 사람을 진심으로 가엾게 생각한 겐조는 자신이 아직 본 적도 없는 먼 하늘의 쓸쓸함까지 떠올려보았다.

"아무튼 전보가 왔을 뿐이라 자세한 사정은 전혀 모른다네."

"그럼 더욱 걱정이네요. 가능한 한 빨리 떠나시는 게 좋겠지요."

다행히 장인의 병은 가벼웠다. 그러나 그가 손을 대려고 했다는 광산 사업은 그 일로 흐지부지되고 말았다.

"일자리는 아직 못 구하셨나?"

"있기는 한 것 같은데 결정이 잘 안 나는 모양이에요."

아내는 아버지가 어느 큰 도시의 시장 후보자가 된 이야기를 했다. 거기에 드는 비용은 재력이 있는 장인의 옛 친구가 부담해주는 모양이었다. 그러나 시의 유지 몇 명이 다 같이 상경했을 때 유명한 정치가인 어느 백작을 만나 아버지가 적합한지 어떤지를 물었더니 그 백작이 아무래도 적당하지 않을 것 같다고 해서 그 이야기는 그것으로 흐지부지되고 말았다고 한다.

"정말 난처하군."

"곧 어떻게든 되겠지요."

아내는 겐조보다 장인을 훨씬 더 믿고 있었다. 겐조도 예의 그 괴력을 모르지 않았다.

"그냥 딱해서 해본 소리야."

그의 말은 거짓이 아니었다.

76

하지만 다음에 장인이 겐조를 찾아왔을 때는 두 사람의 관계도 이미 변해 있었다. 자진하여 장모에게 여비를 마련해준 사위는 한발 물러나지 않을 수 없었다. 겐조는 비교적 멀찌감치 떨어져서 장인을 바라보았다. 그러나 그의 눈에 떠도는 기색은 냉담도 무관심도 아니었다. 오히려 검은 눈동자에서 번쩍이려는 반감의 번개였다. 애써 번개를 감추려고 한 그는 어쩔 수 없이 날카롭게 빛나는 것에 냉담과 무관심을 가장했다.

장인은 비참한 지경에 있었다. 직접 보는 장인은 정중했다. 그 두 가지가 겐조의 본성에 압박을 가했다. 적극적으로 부딪칠 수 없는 그는 삼가지 않을 수 없었다. 어쩔 수 없이 그저 무뚝뚝함 정도로 견뎌야 하는 그에게는 상대의 괴로운 상황과 정중한 태도가 오히려 허식이 없는 본래의 순진함을 드러내는 걸 가로막는 방해물이었다. 겐조의 입장에서 보면 장인은 이런 의미에서 그를 괴롭히러 온 것이나 마찬가지였다. 장인의 입장에서 보면 보통 사람으로서도 무례함에 가까운 구차한 대우를 자신의 사위에게서 받는 것은 견디기 힘든 어처구니없는 일임에 틀림없었다. 전후 사정과 관계없는 이 장면만 보는 방관자의 눈에도 겐조는 역시 바보였다. 그걸 알고 있는 아내에게조차 남편은 결코 현명한 사람이 아니었다.

"나도 이번만은 힘들었네."

처음에 이렇게 말한 장인은 겐조로부터 신통한 대답조차 듣지 못했다.

장인은 이윽고 어떤 유명한 재계 인사의 이름을 거론했다. 그 사람은 은행가이자 실업가였다.

"실은 일전에 어떤 사람의 주선으로 만나봤는데 어쩐지 잘될 것 같네. 미쓰이(三井)하고 미쓰비시(三菱)를 제외하면 일본에서는 뭐 그곳 정도니까 고용인이 된다고 해서 특별히 내 체면이 깎이는 것도 아니고, 게다가 일을 하는 구역도 넓은 것 같으니까 재미있게 일할 수 있을 것 같네."

이 재력가가 장인에게 예약해준 것은 간사이[127] 지방에 있는 어느

127 교토와 오사카를 중심으로 한 지역을 말한다.

사립 철도회사의 사장 자리였다. 회사의 주식 대부분을 혼자 소유하고 있는 그 사람은 자신의 뜻대로 사장을 고를 특권을 갖고 있었던 것이다. 하지만 사장 자격을 갖추려면 미리 수십 주나 수백 주의 주식을 소유해야 하는데, 장인은 그 돈을 어떻게 마련할까? 그쪽 사정에 어두운 겐조는 이런 의문조차 풀 수 없었다.

"일시적으로 필요한 주식 수만큼 내 명의로 바꾸는 거네."

겐조는 장인의 말에 의심을 품을 만큼 그의 재능을 얕보지 않았다. 장인과 처가를 현재의 곤경에서 벗어나게 한다는 의미에서도 성공을 바라지 않을 수 없었다. 하지만 여전히 원래의 입장에 서 있는 것도 바꿀 수는 없었다. 겐조의 대답은 형식적이었다. 그리고 얼마간 마음의 부드러운 부분을 일부러 딱딱하게 했다. 노련한 장인은 마치 거기에 신경 쓰지 않는 것처럼 보였다.

"하지만 곤란하게도 지금 당장은 안 된다네. 시기가 있는 법이거든."

장인은 품에서 또 한 장의 사령장 같은 것을 꺼내 겐조에게 보여주었다. 거기에는 어느 보험회사가 그를 고문으로 위촉한다는 문구와 보수로 매달 백 엔을 준다는 조건이 쓰여 있었다.

"조금 전에 이야기한 일이 성사되면 이건 그만둘지 아니면 그래도 계속할지 그건 아직 잘 모르겠네만, 아무튼 백 엔이라도 당장은 임시방편이 되니까."

옛날에 장인이 정부의 의향으로 어떤 관직을 버리고 나왔을 때 요로에 있는 사람이 산인도(山陰道) 쪽 어느 지방의 지사[128]라면 전임시켜줄 수 있다는 조건을 제시한 일이 있었다. 그러나 장인은 단연코 거절했다. 그런데 장인이 지금 그리 대단치 않은 보험회사에서 백 엔을 받고도 별로 싫은 얼굴을 하지 않는 것 역시 처지의 변화가 그의 성격에 영향을 미친 것임에 틀림없었다.

큰 차이가 안 나는 장인의 태도는 자칫하면 겐조를 자신의 처지에서 앞으로 밀어내려고 했다. 그런 경향을 의식하자마자 겐조는 다시 뒤로 물러날 수밖에 없었다. 겐조의 본성은 부자연스러워 보이는 장인의 태도를 윤리적으로 인정한 것이다.

77

장인은 사무에 숙달한 사람이었다. 걸핏하면 일을 기준으로 사람을 평가하려고 했다. 노기 장군[129]이 한때 타이완 총독[130]이 되었다가 곧 물러났을 때 장인은 겐조에게 이렇게 말했다.

"개인으로서의 노기 씨는 의리가 굳고 정이 두터운 실로 훌륭한 사

---

128 나카네 시게카즈에게도 비슷한 일이 있는 듯하지만 지사로의 전임이 의미하는 바는 좀 다른 것 같다. "귀족원 서기관장 같은 사람이 정변 때마다 움직이면 안 된다는 지론에 따라 그대로 재직하고 있었더니 전 내각에 충성했으니 쫓아낸다느니 시골의 지사로 보낸다느니 하며 상당히 박해를 해서 당시 의장 고노에 씨가 일시적으로 물러나는 게 좋을 거라고 해서 사직했다고 합니다. 그래서 한동안 놀며 지냈습니다."(『나쓰메 소세키 평전』)

129 육군 대장 노기 마레스케(乃木希典, 1849~1912)를 말한다. 세이난(西南) 전쟁, 청일전쟁, 러일전쟁에 참전했다. 세이난 전쟁에서는 적인 반란군에게 군기를 빼앗겼다. 1896년부터 2년간 타이완 총독을 지냈고, 러일전쟁에서는 제3군 사령관으로서 여순 공략전을 지휘하여 다수의 사상자를 내면서도 함락시켜 유명해졌다. 1912년 메이지 천황의 장례식 날 아내 시즈코(靜子)와 함께 순사했다. 소세키는 강연 「모방과 독립」에서 그 죽음은 "지성(至性)에서 나온 것"이라고 말했다.

130 청일전쟁 후 시모노세키 조약(1895)으로 타이완은 일본에 할양되었고 통치를 위해 타이베이에 타이완 총독부가 설치되었다. 노기 마레스케는 3대 총독이었다. 타이완에서는 할양 이후 주민의 저항이 지속되어 이를 제압하는 것이 타이완 통치의 제일보로 여겨졌다. 조약 체결 후 반년간 일본은 근위사단, 혼성제4여단, 노기 마레스케가 이끄는 제2사단을 차례로 파견했지만 타이완이 안정된 것은 4대 총독이 착임한 이후였다.

람이네. 하지만 총독으로서의 노기 씨가 과연 적임자인지 어떤지 하는 건 논의의 여지가 충분히 있다고 생각하네. 개인의 덕은 자신에게 친절하게 대해주는 주위 사람에게는 잘 전해질지 모르지만 멀리 떨어진 피치자에게 이익을 주는 데는 불충분하다네. 그때는 역시 수완이지. 수완이 없으면 아무리 선인이라도 그저 자리나 지키고 앉아 있을 수밖에 없으니까."

장인은 재직 중에 맺어놓은 관계 덕에 어느 모임의 사무 일체를 관리하고 있었다. 후작을 회장으로 하는 그 모임은 장인의 힘으로 사업상의 설립 취지를 멋지게 살린 뒤 그에게 2만 엔 정도의 잉여금을 맡겼다. 관직을 떠난 후 궁색함을 이어가던 장인은 그만 그 위탁금에 손을 대고 말았다. 그리고 어느새 전액을 써버렸다. 그러나 장인은 자신의 신용을 유지하기 위해 아무에게도 그 사실을 털어놓지 않았다. 따라서 그는 그 예금에서 당연히 발생하는 백 엔에 가까운 이자를 매달 조달하여 체면을 세워야 했다. 자신의 경제적인 사정보다 오히려 이 일을 고민하던 장인이 공인으로서의 삶을 지속하는 데 절대적으로 필요한 그 백 엔을 매달 보험회사에서 받게 된 것은 당시 장인의 입장에서는 참으로 기쁜 일임에 틀림없었다.

상당한 시간이 흘러 처음 아내에게서 이 이야기를 들은 겐조는 장인에 대해 새로운 동정을 느꼈을 뿐 그를 부도덕한 사람이라고 미워하는 마음은 조금도 들지 않았다. 그런 사람의 딸과 부부가 된 것이 부끄럽다는 생각도 전혀 하지 않았다. 그러나 이 점에 대해 겐조는 아내에게 거의 아무 말도 하지 않았다. 아내는 때때로 겐조에게 말했다.

"전 어떤 남편이라도 상관없어요. 그저 저한테 잘해주기만 하면요."

"도둑놈이라도 상관없어?"

"네, 도둑놈이든 사기꾼이든 뭐든 상관없어요. 그저 아내를 소중하게 생각해주기만 하면 그걸로 충분해요. 아무리 지위가 높은 사람이라고 해도, 아무리 훌륭한 사람이라고 해도 집에서 불친절하다면 저한테 아무것도 아니니까요."

실제로 아내는 이 말 그대로의 여자였다. 겐조도 그 의견에는 찬성했다. 하지만 그의 짐작은 달무리처럼 아내가 말로 하지 않은 부분으로까지 번져갔다. 학문에만 끙끙거리고 있는 자신을 그녀가 이런 말로 은연중에 비난하는 것 같은 분위기가 풍겼다. 그러나 그보다 훨씬 강하게 겐조의 가슴을 친 것은, 남편의 마음을 모르는 그녀가 이런 태도로 암암리에 장인을 변호하는 게 아닐까 하는 느낌이었다.

'나는 그만한 일로 누구를 멀리할 사람이 아니야.'

아내에게 자신을 설명하려고 애쓰지 않았던 겐조도 혼자 변호의 말을 되풀이하는 것은 잊지 않았다.

그러나 장인과 그의 교분에 자연스럽게 틈이 생긴 것은 역시 장인이 지나치게 중요시하는 수완의 결과라고밖에 생각되지 않았다.

설날 겐조는 장인에게 세배하러 가지 않았다. 근하신년이라고 쓴 엽서만 보냈다. 장인은 그걸 용서하지 않았다. 겉으로는 책망하지도 않았다. 장인은 열두세 살 된 막내아들에게 똑같이 근하신년이라는 글자를 꼬불꼬불 쓰게 해서 그 아이의 이름으로 겐조에게 답장을 보냈다. 이런 수완으로 사위에게 보복하는 방법을 자세히 알고 있는 장인은, 겐조가 장인인 그에게 직접 새해 인사를 하러 오지 않은 이유에 대해서는 전혀 생각해보지 않았다.

한 가지 일은 모든 일에 통했다. 이자가 이자를 낳고 새끼가 새끼를 쳤다. 두 사람은 점차 멀어졌다. 어쩔 수 없이 범하는 죄와 굳이 하지

않아도 되는데 일부러 저지르는 과실 사이에는 큰 차이가 있다고 생
각하는 겐조는 질이 좋지 못한 이 여유를 몹시 미워하기 시작했다.

78

'만만한 사람이다.'

실제로 만만한 점을 많이 갖고 있다는 걸 자각하면서도 겐조는 남
이 자신을 그렇게 생각하는 것에 화가 치밀었다.

겐조의 신경은 그런 울화통을 극복한 사람에게 큰 반가움을 느꼈
다. 그는 군중 속에서 곧바로 그런 사람을 물색할 수 있는 눈을 갖고
있었다. 하지만 그 자신은 도저히 그런 경지에 이를 수 없었다. 그러
므로 더욱 그런 사람이 눈에 띄었다. 또한 그런 사람을 더욱 존경하고
싶었다.

동시에 그는 자신을 비난했다. 그러나 자신을 비난하게 하는 상대
를 더욱 격렬하게 비난했다.

이리하여 장인과 겐조 사이에는 자연이 만든 틈이 점차 벌어졌다.
겐조를 대하는 아내의 태도도 암암리에 그걸 거들었음에 틀림없다.

두 사람 사이가 나빠져 아슬아슬한 상황이 되자 아내의 마음은 점
점 친정 쪽으로 기울었다. 친정에서도 동정한 결과 암암리에 아내 편
을 들지 않을 수 없었다. 그러나 아내 편을 든다는 것은 어떤 경우 겐
조를 적으로 돌린다는 의미일 수밖에 없었다. 두 사람은 점점 멀어져
갔다.

다행히 자연은 아내에게 완화제로서 히스테리를 주었다. 발작은 마

침 두 사람의 관계가 긴장 상태에 들어서기 직전에 일어났다. 겐조는 이따금 변소로 가는 복도에 쓰러져 엎드려 있는 아내를 안아 올려 이 부자리에 눕혔다. 한밤중에 덧문 하나를 열고 나가 툇마루 끝에 웅크리고 앉아 있는 그녀를 뒤에서 두 손으로 부축하여 침실로 데려온 일도 있었다.

그럴 때면 그녀의 의식은 늘 몽롱하여 꿈을 꿀 때보다 분별력이 없었다. 동공이 크게 열려 있었다. 바깥 세계는 단지 환영처럼 비치는 것 같았다.

머리맡에 앉아 그녀의 얼굴을 바라보고 있는 겐조의 눈에는 늘 불안이 스쳤다. 때로는 가엾다는 생각이 모든 것을 눌렀다. 그는 종종 가엾은 아내의 흐트러진 머리를 빗으로 빗겨주었다. 땀이 밴 이마를 물수건으로 닦아주기도 했다. 가끔은 정신을 차리게 하려고 얼굴에 물을 뿜기도 하고 물을 머금어 입에 직접 넣어주기도 했다.

발작이 지금보다 심했던 옛날의 모습도 겐조의 기억을 자극했다.

언젠가는 매일 밤 가느다란 끈으로 자신의 허리띠와 아내의 허리띠를 묶고 잤다. 끈의 길이를 1미터가 넘게 하여 충분히 몸을 뒤척일 수 있도록 했는데 아내가 별다른 항의를 하지 않아 며칠 밤이나 계속 그렇게 했다.

언젠가는 아내의 명치에 그릇 실굽을 대고 힘껏 눌렀다. 그렇게 했는데도 몸을 뒤로 젖히려는 그녀의 마력을 그렇게라도 막아야 했던 그는 진땀을 뺐다.

또 언젠가는 그녀의 입에서 이상한 말이 흘러나왔다.

"해님이 왔어요. 오색구름을 타고 왔어요. 큰일 났어요, 여보."

"내 아기가 죽었어요. 죽은 아기가 와서 가야 해요. 봐요, 저기 있잖아요? 두레박 안에요. 잠깐 가서 보고 올 테니까 제발 좀 놔주세요."

유산[131]한 지 얼마 안 된 아내는, 꼼짝 못하게 안고 있는 겐조의 손을 뿌리치고 이렇게 말하면서 일어나려고 했다.

아내의 발작은 겐조에게 큰 불안이었다. 그러나 대개의 경우 그 불안 위에는 더욱 큰 자애의 구름이 길게 뻗쳐 있었다. 그는 걱정하기보다는 가엾어했다. 약하고 가엾은 사람 앞에 고개를 숙이고 가능한 한 비위를 맞췄다. 아내도 기쁜 얼굴을 했다.

그러므로 발작이 고의일 거라고 의심하지 않는 이상, 짜증이 너무 심해서 어떻게 하든 멋대로 하라는 기분이 들지 않는 이상, 그리고 그 횟수가 자연의 동정을 방해하여 왜 그렇게 나를 괴롭히는가 하는 불평이 거세지지 않는 이상 아내의 병은 겐조에게 두 사람 사이를 누그러뜨리는 방법으로 필요한 것이었다.

불행히도 장인과 겐조 사이에는 이토록 소중한 완화제가 없었다. 따라서 아내가 원인이 되어 생긴 두 사람의 멀어진 간격은 설사 부부 사이가 평소대로 돌아온 뒤에도 전혀 좁혀질 수 없었다. 그것은 이상한 현상이었다. 하지만 분명한 사실이었다.

79

불합리한 것을 싫어하는 겐조는 마음속으로 그걸 걱정했다. 하지만

131 나쓰메 교코도 1903년에 유산한 경험이 있다. 그해 6월 29일 소세키의 아버지가 세상을 떠나 부부가 상경했을 때의 일이다. 교코는 그 후부터 상당 기간 정신 상태가 불안정해져 히스테리를 일으켰고 결국 강에 몸을 던진 적도 있다. 다만 원인은 유산이 아니라 입덧이었다고 한다.

이렇다 할 방안이 떠오르지 않았다. 그의 성격은 융통성이 없고 외곬인 동시에 굉장히 소극적이기도 했다.

'나한테 그런 의무는 없어.'

자신에게 묻고 답한 그는 그 답이 근본적인 거라고 믿었다. 그는 언제까지고 불쾌감 속에서 생활할 결심을 했다. 되어가는 상황이 자연스럽게 해결해줄 거라는 기대도 하지 않았다.

불행히도 아내 역시 이런 점에는 어디까지나 소극적인 태도를 버리지 않았다. 그녀는 무슨 사건이 벌어져야 움직이는 사람이었다. 남이 부탁하면 남자보다 매진하는 경우도 있었다. 그러나 그것은 눈앞에서 손으로 만질 수 있을 만큼 명료한 어떤 것을 붙잡았을 때뿐이었다. 그런데 그녀가 보기에 부부 사이에는 그런 것이 어디에도 없었다. 자신의 아버지와 겐조 사이에도 이렇다 할 파탄이 보이지 않았다. 크고 구체적인 변화가 아니면 사건으로 인정하지 않는 그녀는 그 외의 것들을 등한시했다. 자신과 아버지와 남편 사이에 일어나는 정신 상태의 동요는 도저히 어찌해볼 수 없는 것이라 여기고 있었다.

"하지만 아무것도 없잖아요?"

이면에 그런 동요를 의심하면서도 그녀는 이렇게 대답하지 않을 수 없었다. 그녀에게 가장 정당하다고 생각된 이 대답이 때로는 겐조의 귀에 허위의 울림으로 울리는 일이 있어도 그녀는 결코 꼼짝하지 않았다. 나중에는 어떻게 되든 상관없다는 체념이 오로지 소극적인 그녀를 더욱 소극적으로 만들 뿐이었다.

이리하여 부부의 태도는 나쁜 데서 일치했다. 서로의 부조화를 영속하기 위해서라는 평을 들어도 어쩔 수 없는 이 일치는 그들의 뿌리 깊은 성격에서 나온 것이었다. 우연이라기보다 필연의 결과였다. 서로 얼굴을 마주한 그들은 상대의 인상으로 자신의 운명을 판단했다.

장인이 겐조가 마련해준 돈을 받아 돌아가고 나서 특별히 그것을 문제로도 삼지 않았던 부부는 오히려 다른 이야기를 했다.

"산파는 출산일이 언제쯤이래?"

"언제라고 확실히 말하진 않지만 이제 금방일 거예요."

"준비는 다 됐어?"

"네, 안쪽 옷장에 들어 있어요."

겐조는 뭐가 들어 있는지 몰랐다. 아내는 힘겨운 듯 크게 한숨을 내쉬었다.

"아무튼 이렇게 힘들어서는 견딜 수가 없어요. 빨리 나와주지 않으면요."

"이번에는 죽을지도 모른다고 하지 않았어?"

"네, 죽든 말든 상관없으니까 빨리 낳기나 했으면 좋겠어요."

"정말 딱하군."

"괜찮아요. 죽으면 당신 탓이니까요."

겐조는 먼 시골에서 아내가 맏딸을 낳았을 때의 광경을 떠올렸다. 불안한 듯 괴로운 얼굴을 하고 있던 그가 산파로부터 손 좀 빌려달라는 말을 듣고 방으로 들어갔을 때 그녀는 뼈가 으스러질 것 같은 무서운 힘으로 갑자기 겐조의 팔을 붙들고 늘어졌다. 그리고 고문이라도 받는 사람처럼 신음을 토했다. 그는 아내가 몸으로 받고 있는 고통을 정신으로 느꼈다. 자신이 죄인이 아닐까 하는 기분마저 들었다.

"출산하는 것도 힘들겠지만 그걸 보고 있는 것도 괴로운 일이야."

"그럼 어디 놀러라도 가든가요."

"혼자 낳을 수 있겠어?"

아내는 아무 대답도 하지 않았다. 남편이 외국에 가 있는 동안 둘째 딸을 낳았을 때의 일은 전혀 입에 올리지 않았다. 겐조도 물어보려고 하지 않았다. 사소한 일에 걱정이 많은 성격을 타고난 그는 아내의 신음소리를 내버려두고 어슬렁어슬렁 바깥을 돌아다닐 수 있는 사람이 아니었다.

다음에 산파가 얼굴을 내밀었을 때 그는 확인해보았다.

"일주일 안인가요?"

"아뇨, 그보다는 좀 뒤겠지요."

겐조도 아내도 그런 생각으로 있었다.

80

예정일이 어긋나[132] 예상보다 빨리 산기를 느낀 아내는 괴로운 목소리로 옆에서 단잠을 자고 있는 남편을 깨웠다.

"조금 전부터 갑자기 배가 아파오기 시작한 것이……."

"벌써 나올 것 같은 거야?"

겐조는 아내의 배가 어느 정도로 아픈지 몰랐다. 그는 추운 밤중에 이부자리에서 얼굴만 내밀고 슬쩍 아내의 모습을 쳐다보았다.

"좀 문질러줄까?"

일어나기가 귀찮은 그는 가능한 한 말로 넘어가려고 했다. 그는 출산을 지켜본 경험이 딱 한 번밖에 없었다. 그것도 대부분 잊어버렸다.

132 출산 예정일이 어긋나 산파가 제시간에 오지 못해 남편이 갓난아기를 받게 된 체험은 『나쓰메 소세키 평전』에도 나온다. 넷째 딸 아이코(愛子)가 태어날 때로 1905년 12월의 일이다.

하지만 맏딸이 태어날 때는 이런 고통이 조수의 간만처럼 몇 번이고 왔다가 물러나곤 한 것 같았다.

"설마하니 아이가 그렇게 갑자기 나오는 건 아니겠지? 한차례 아프다가 다시 한동안 가라앉겠지?"

"뭔지 모르겠지만 점점 더 아프기만 해요."

아내의 태도는 분명히 그녀의 말을 뒷받침했다. 가만히 이불 위에 있을 수 없는 그녀는 베개를 빼서 오른쪽으로 향하기도 하고 왼쪽으로 움직이기도 했다. 남자인 겐조로서는 손쓸 방도가 없었다.

"산파를 부를까?"

"네, 빨리요."

직업상 산파의 집에는 전화가 있었지만 겐조의 집에 그렇게 적절한 설비가 있을 리 없었다. 시각을 다투어야 할 일이 생길 때마다 그는 언제나 근처의 단골 의사에게 달려가곤 했다.

초겨울의 어두운 밤이 밝아오려면 아직 상당한 시간을 기다려야 했다. 그는 의사와 그의 집 대문을 두드릴 하녀에게 끼칠 폐를 헤아렸다. 그러나 날이 밝을 때까지 한가하게 기다릴 용기는 없었다. 방의 장지문을 열고 옆방에서 거실을 지나 하녀 방 입구까지 간 그는 바로 하녀 하나를 다그쳐 어두운 밤길로 내몰았다.

겐조가 아내의 머리맡으로 돌아왔을 때 그녀의 진통은 점점 심해졌다. 그의 신경은 1분마다 문 앞에 멈추는 인력거 소리를 기다리지 않을 수 없을 만큼 긴장되었다.

산파는 쉬이 오지 않았다. 아내의 신음소리가 끊임없이 조용한 밤의 방을 휘저으며 불안하게 어지럽혔다. 채 5분이 지나기 전에 그녀는 "이제 나와요" 하고 남편에게 선고했다. 그리고 지금까지 참고 또

참아온 듯한 비명을 한꺼번에 지름과 동시에 태아를 분만했다.

"정신 차려!"

곧장 일어나 이불 아래쪽으로 간 겐조는 어떻게 해야 좋을지 몰랐다. 그때 남포등은 길쭉한 등피 안에서 죽음처럼 조용한 빛을 어둑하게 실내에 비치고 있었다. 겐조가 시선을 떨어뜨리고 있는 언저리는 온통 이불의 줄무늬마저 확실히 보이지 않는 흐릿한 그림자에 휩싸여 있었다.

겐조는 당황했다. 하지만 남포등을 옮겨 그곳을 비추는 것은 남자가 보아서는 안 되는 것을 억지로 보는 듯한 마음이 들어 내키지 않았다. 그는 어쩔 수 없이 어둠 속을 손으로 더듬었다. 곧 그의 오른손에 지금까지 경험한 적이 없는 이상한 촉감의 어떤 것이 닿았다. 그것은 우무처럼 탱탱했다. 그리고 윤곽이나 모습이 확실하지 않은 무슨 덩어리에 지나지 않았다. 섬뜩한 느낌을 온몸에 전하는 그 덩어리를 가볍게 손끝으로 만져보았다. 덩어리는 움직이지도 않고 울지도 않았다. 그저 쓰다듬을 때마다 탱탱한 우무 같은 것이 벗겨져 떨어지는 것 같았다. 만약 세게 누르거나 쥐면 전체가 뭉개질 것임이 틀림없다고 생각했다. 무서워져서 황급히 손을 거둬들였다.

'하지만 이대로 내버려두면 감기에 걸릴 거야. 추워서 얼지도 모르겠는걸.'

죽었는지 살았는지조차 판별할 수 없는 그에게도 이런 걱정이 들었다. 그는 곧 출산 준비물이 옷장에 들어 있다는 아내의 말을 떠올렸다. 그리고 바로 뒤쪽에 있는 당지를 바른 옷장 문을 열었다. 그는 거기서 다량의 솜을 끄집어냈다. 탈지면이라는 이름조차 몰랐던 그는 그걸 무턱대고 찢어내어 부드러운 덩어리 위에 올렸다.

81

머지않아 기다리고 기다리던 산파가 와서 겐조는 간신히 안심하고 자기 방으로 물러갔다.

곧 날이 밝았다. 갓난아기의 울음소리가 집 안의 차가운 공기를 진동시켰다.

"순산하신 걸 축하드립니다."

"아들인가 딸인가?"

"따님입……."

산파는 다소 미안하다는 듯이 중간에 말을 끊었다.

"또 딸인가?"

겐조에게도 다소 실망하는 기색이 보였다. 첫 번째가 딸, 두 번째도 딸, 이번에 태어난 아이도 딸. 그는 이제 세 딸의 아버지가 되었다. 그렇게 똑같은 것만 낳아서 대체 어쩔 셈이야, 하며 마음속으로 은근히 아내를 비난했다. 하지만 그걸 낳게 한 게 자신의 책임이라는 생각은 하지 못했다.

시골에서 태어난 맏딸은 살결이 고운 예쁜 아이였다. 겐조는 종종 그 아이를 태운 유모차를 밀며 동네를 돌아다녔다.[133] 때로는 천사처럼 평화로운 잠에 빠진 얼굴을 바라보며 집으로 돌아왔다. 하지만 믿을 게 못 되는 것은 상상 속의 미래였다. 겐조가 외국에서 돌아왔을 때 남의 손에 이끌려 신바시로 마중 나온 딸이 오랜만에 아버지의 얼굴을 보고 옆 사람에게 좀 더 멋진 아버지일 줄 알았는데, 라고 말한

---

133 구마모토에서 맏딸 후데코를 얻은 소세키는 "무척 귀여워해서 자신이 자주 안아주기도 했습니다"라고 『나쓰메 소세키 평전』에 쓰여 있다.

것처럼 그녀 자신의 용모도 한동안 못 본 사이에 나쁜 쪽으로 변해 있었다.[134] 딸의 얼굴은 길이가 점점 줄어들었다. 윤곽도 모가 났다. 겐조는 딸의 용모에서 어느덧 나타나고 있는 자기 얼굴의 못생긴 부분을 분명히 인정하지 않을 수 없었다.

둘째 딸은 일 년 내내 머리가 부스럼투성이였다. 바람이 잘 안 통해서 그럴 거라고 해서 결국 머리카락을 싹둑싹둑 잘라버렸다. 턱이 짧고 눈이 큰 중대가리는, 뱃길을 방해한다는 도깨비 같은 모습으로 근방을 어정버정 돌아다녔다.

아무리 호의적인 부모의 눈으로 봐도 셋째 딸만 예쁘게 자랄 것이라 기대하기는 어려웠다.

'저런 것들이 계속 태어나서 결국 어떻게 되는 거지?'

그는 부모답지 않은 생각을 했다. 그 안에는 아이들만이 아닌, 자신이나 아내도 결국 어떻게 될까 하는 의미도 어렴풋이 섞여 있었다.

그는 밖으로 나가기 전에 잠깐 안방에 얼굴을 내밀었다. 아내는 갓 빤 요 위에서 평온하게 자고 있었다. 아이도 조그마한 부속물처럼 두툼한 솜이 들어간 새 이불에 싸여 옆에 눕혀져 있었다. 아이는 얼굴이 빨갰다. 어젯밤 어둠 속에서 그의 손에 닿은 우무 같은 살덩어리와는 전혀 느낌이 달랐다.

모든 게 깨끗이 치워져 있었다. 주위에 더러운 것이라고는 그림자조차 보이지 않았다. 밤사이의 기억은 흔적도 없는 꿈처럼 느껴졌다. 그는 산파에게 물었다.

---

134 유학 중에 후데코의 사진을 받아본 소세키는 "후데코의 얼굴은 꽤 익살스러워졌구려. 이런 속도로 익살스러운 방면으로 변해서는 곤란하겠소"(1901년 5월 8일 소세키가 런던에서 도쿄에 있는 아내 교코에게 보낸 편지)라고 썼다.

"이불을 갈아준 거요?"

"예, 이불도 요도 갈아드렸어요."

"이렇게 빨리 정리가 되는군요."

산파는 웃을 뿐이었다. 젊을 때부터 독신으로 지내온 이 여자의 목소리나 태도는 어딘지 모르게 남자 같았다.

"선생님이 무턱대고 탈지면을 쓰신 바람에 부족해서 아주 혼났어요."

"그랬겠지. 나도 상당히 놀랐으니까."

이렇게 대답하면서 겐조는 그다지 미안하다는 생각도 하지 않았다. 그보다 피를 많이 쏟아 얼굴이 창백한 아내가 더 걱정되었다.

"좀 어때?"

아내는 희미하게 눈을 뜨고 베개 위에서 가볍게 고개를 끄덕였다. 겐조는 그대로 밖으로 나갔다.

평소와 같은 시간에 돌아온 그는 양복을 입은 채 다시 아내의 머리맡에 앉았다.

"어때?"

하지만 아내는 이제 고개를 끄덕이지 않았다.

"어쩐지 이상한 것 같아요."

그녀의 얼굴은 오늘 아침에 봤을 때와 달리 열에 달아올라 있었다.

"기분이 안 좋아?"

"네."

"산파를 불러줄까?"

"곧 올 거예요."

산파는 이미 오기로 되어 있었다.

82

얼마 안 있어 아내의 겨드랑이에 체온계가 끼워졌다.

"열이 좀 있네요."

산파는 이렇게 말하며 온도계를 흔들어 수은 눈금을 떨어뜨렸다. 그녀는 말수가 적은 편이었다. 만약을 위해 산부인과 의사를 불러 진찰을 받아보는 게 어떻겠느냐는 말도 없이 돌아가버렸다.

"괜찮을까?"

"어때요?"

겐조는 전혀 지식이 없었다. 열만 나면 곧 산욕열[135]이 아닐까 하는 두려움이 일었다. 친정어머니 때부터 단골로 불러온 산파를 신뢰하고 있는 아내는 오히려 태평했다.

"어때요라니? 당신 몸이잖아?"

아내는 아무 대답도 하지 않았다. 겐조가 보기에 죽어도 상관없다는 표정이 얼굴에 비친 것 같았다.

"사람이 이렇게 걱정하고 있는데……."

이튿날까지 계속 이런 기분이었던 그는 평소처럼 아침 일찍 나갔다. 그리고 오후에 돌아왔을 때는 아내의 열이 이미 내려 있었다.

"역시 별거 아니었나?"

"네. 하지만 언제 또 열이 날지 몰라요."

"출산을 하면 그렇게 열이 올라갔다 내려갔다 하는 건가?"

겐조는 진지했다. 아내는 쓸쓸한 볼에 미소를 띠었다.

---

135 출산 후에 세균 감염으로 고열을 일으키는 병. 이틀간 계속해서 38도를 넘을 경우 이 증세로 간주한다.

다행히 그 이후로 열은 나지 않았다. 산후 경과는 일단 순조로웠다. 겐조는 정해진 삼칠일을 자리에 누워 지내야 하는 아내의 머리맡에 앉아 이따금 말을 걸었다.

"이번에는 죽네, 죽네, 했으면서 아무렇지 않게 살아 있잖아?"

"죽는 게 좋다면 언제라도 죽겠어요."

"그건 당신 마음이지."

남편의 말을 반농담으로 들을 수 있게 된 아내는 자신의 생명에 대해 희미하기는 해도 일종의 위험을 느꼈던 당시를 돌이켜보지 않을 수 없었다.

"이번에는 진짜 죽을 것 같았는걸요."

"그건 왜?"

"이유는 없어요. 그냥 그런 생각이 들었어요."

죽을 거라고 생각했는데도 오히려 보통 사람보다 순산을 해서 예상과 사실이 완전히 반대가 된 일조차 아내는 마음에 담아두지 않았다.

"당신은 참 태평하군."

"당신이야말로 태평해요."

아내는 기쁜 듯이 자기 옆에서 자고 있는 갓난아기의 얼굴을 보았다. 그리고 손가락 끝으로 작은 볼을 콕콕 찔러보고 어르기 시작했다. 갓난아기는 아직 인간의 형체인 이목구비를 갖추고 있다고 말할 수 없을 만큼 이상한 얼굴이었다.

"순산이어서 그런지 너무 작은 것 같은데."

"곧 클 거예요."

겐조는 작은 살덩어리가 지금의 아내처럼 커질 미래를 상상했다. 그건 먼 훗날의 일이었다. 하지만 도중에 생명의 끈이 끊어지지 않는 한 언제가 반드시 올 것이다.

"인간의 운명은 쉽게 끝나지 않는 거로군."

아내는 남편의 말이 너무 갑작스러웠다. 그리고 그 의미를 알 수 없었다.

"뭐라고요?"

겐조는 어쩔 수 없이 같은 문구를 되풀이했다.

"그게 어떻다는 거죠?"

"그게 어떻다는 건 아니지만, 그냥 그러니까 그렇다는 거지."

"시시해요. 남이 이해하지 못하는 말이기만 하면 좋다고 생각한다니까요."

아내는 남편을 내버려두고 다시 자기 옆으로 갓난아기를 끌어당겼다. 겐조는 싫은 얼굴도 하지 않고 서재로 들어갔다.

겐조의 마음속에는 죽지 않은 아내와 튼튼한 갓난아기 외에 면직당할 것 같으면서도 아직 당하지 않고 있는 형이 있었다. 천식으로 죽을 것 같으면서도 아직 죽지 않은 누나가 있었다. 새로운 일자리가 들어올 것 같지만 아직 들어오지 않은 장인이 있었다. 그 밖에 시마다도 오쓰네도 있었다. 그리고 자신과 이 사람들과의 관계가 모두 아직 정리되지 않고 있다는 사실도 있었다.

83

아이들이 가장 마음 편했다. 살아 있는 인형이라도 생긴 것처럼 기뻐하며 틈만 나면 갓 태어난 여동생 곁으로 다가가려고 했다. 여동생이 눈을 한 번 깜박이는 것조차 경탄의 대상이 되는 그들에게는 재채기든 하품이든 뭐든 신기한 현상으로 보였다.

'이제 어떻게 될까?'

현재 직면한 일에 분주한 그들의 가슴에는 일찍이 이런 문제가 떠오르지 않았다. 자신들이 이제 어떻게 될지조차 이해하지 못하는 아이들은 물론 이제 무슨 일이 벌어질지를 생각할 리 없었다.

이런 의미에서 그들은 겐조에게서 아내보다도 더 멀리 떨어져 있었다. 밖에서 돌아온 겐조는 때로 옷도 벗지 않고 문지방 위에 서서 멍하니 그들을 바라보았다.

"또 뭉쳐 있군."

겐조는 곧 발길을 돌려 방 밖으로 나가기도 했다.

때로는 옷도 갈아입지 않고 바로 거기에 책상다리로 앉았다.

"이렇게 내내 탕파만 넣고 있으면 아이들 건강에 안 좋아. 꺼내 버려. 대체 몇 개나 넣은 거야?"

겐조는 아무것도 모르는 주제에 무책임한 잔소리를 늘어놓아 오히려 아내의 비웃음을 사기도 했다.

며칠이 지나도 겐조는 갓난아기를 안아볼 마음이 들지 않았다. 그런데도 한방에 뭉쳐 있는 아이들과 아내를 보면 때때로 딴생각이 들었다.

"여자는 아이들을 독차지하는군그래."

아내는 놀란 얼굴로 남편을 돌아보았다. 거기에는 자신이 지금까지 자각하지 못하고 실행해온 일을 남편의 말로 돌연 깨닫게 된 것 같은 느낌도 있었다.

"아닌 밤중에 홍두깨 격으로 왜 그런 말을 하세요?"

"그야 그렇잖아? 여자는 그렇게 해서 마음에 안 드는 남편한테 복수할 생각인 거지?"

"말도 안 되는 소리 좀 하지 마요. 아이들이 제 옆으로만 오는 건 당신이 보살펴주지 않아서예요."

"내가 보살피지 못하게 한 건 바로 당신이잖아?"

"어떻든 마음대로 생각하세요. 무슨 말만 하면 삐딱하게 나오고. 어차피 말주변이 좋은 당신은 당해낼 수 없으니까요."

젠조는 오히려 진지했다. 삐딱하다고도 말주변이 좋다고도 생각하지 않았다.

"여자는 계략을 좋아해서 못쓴다니까."

아내는 이불 속에서 반대쪽으로 돌아누웠다. 그리고 베개 위에 눈물을 뚝뚝 떨어뜨렸다.

"그렇게 저를 구박하지 않아도……."

아내를 보고 있던 아이들도 곧 울음을 터뜨릴 것 같았다. 젠조의 가슴은 답답했다. 그는 정복되는 줄 알면서도 아직 산욕에서 벗어나지 못한 아내에게 위로의 말을 건네지 않을 수 없었다. 그러나 그의 이해력은 여전히 이 동정과는 별개였다. 아내의 눈물을 닦아준 그는 그 눈물로 자신의 생각을 정정할 수 없었다.

다음에 얼굴을 마주했을 때 아내는 돌연 남편의 약점을 찔렀다.

"당신은 왜 이 아이를 안아주지 않으세요?"

"어쩐지 안으면 위험할 것 같아서. 목이라도 꺾이면 큰일이잖아?"

"거짓말하지 마세요. 당신은 저나 아이들한테 정이 없는 거예요."

"하지만 보라고, 아주 몰랑몰랑해서 안는 데 익숙하지 않은 남자는 손을 댈 수가 없잖아?"

실제로 갓난아기는 무척 몰랑몰랑했다. 뼈가 어디에 있는지 전혀 알 수 없었다. 그래도 아내는 물러서지 않았다. 그녀는 옛날 맏딸이 수두에 걸렸을 때 겐조의 태도가 느닷없이 돌변했던 예를 증거로 들었다.

"매일 안아주다가 그때부터 갑자기 안아주지 않았잖아요?"

겐조는 사실을 부정할 생각도 없었다. 동시에 자신의 생각을 바꾸려고도 하지 않았다.

"누가 뭐래도 여자한테는 기교가 있어서 어떻게 해볼 수가 없다니까."

그는 진심으로 이렇게 믿었다. 마치 자기 자신은 모든 기교에서 해방된 자유인이라도 되는 것처럼.

84

무료한 아내는 세책점에서 빌린 소설을 이불 속에서 읽곤 했다. 때때로 머리맡에 둔 두껍고 지저분한 표지가 겐조의 주의를 끌었을 때 그는 아내에게 물었다.

"이런 게 재미있나?"

아내는 자신의 문학 취미가 저급하다고 비웃는 것 같은 기분이 들었다.

"상관없잖아요, 당신한테는 재미없어도 저한테 재미있기만 하면요."

여러 가지 방면에서 자신과 남편의 차이를 의식하고 있던 그녀는 곧바로 이런 말을 하지 않고는 견딜 수 없었다.

겐조에게 시집오기 전의 그녀에게 남자라곤 아버지와 남동생, 그리고 관저에 드나드는 두세 명뿐이었다. 그리고 그 사람들은 모두 겐조와는 다른 의미로 살아가는 이들이었다. 그 몇 명으로부터 남성에 대한 관념을 추상하여 겐조에게 시집온 그녀는 예상과는 완전히 반대된 한 남자가 자신의 남편임을 깨달았다. 그녀는 어느 한 쪽이 옳아야 한다고 생각했다. 물론 그녀의 눈에는 아버지가 옳은 남자의 대표자처럼 보였다. 그녀의 생각은 단순했다. 조만간 남편이 세상의 교육을 받고 틀림없이 아버지처럼 변해갈 것이라고 확신했다.

예상과 달리 겐조는 완강했다. 동시에 아내의 집착도 끈질겼다. 두 사람은 서로 경멸했다. 무슨 일이 있을 때마다 자신의 아버지를 표준으로 삼고 싶어 하는 아내는 걸핏하면 마음속으로 남편에게 반항했다. 겐조는 또 자신을 인정하지 않는 아내가 신경에 거슬렸다. 완고한 그는 거리낌 없이 그녀를 무시하는 태도를 드러냈다.

"그럼 당신이 가르쳐주면 좋잖아요. 그렇게 사람을 무시하지만 말고요."

"당신한테 배우려는 마음이 없잖아? 속으로 이래 봬도 어엿한 어른이라고 생각하는 사람이라면 나도 어떻게 해볼 수가 없지."

아내의 가슴에 누가 맹종할까 보냐 하는 마음이 있고, 동시에 도저히 계발할 수 없지 않을까 하는 변명이 남편의 마음에 숨어 있었다. 두 사람 사이에서 되풀이되는 이런 언쟁은 오래된 것이었다. 그러나 전혀 나아지지 않았다.

겐조는 이제 질렸다는 식으로 손에 닿은 책을 내던졌다.

"읽지 말라는 게 아니야. 그건 당신 마음이지. 하지만 너무 눈을 피곤하게 하지 않는 게 좋을 거야."

아내는 무엇보다 바느질을 좋아했다. 밤에 눈이 말똥말똥하고 잠이 안 올 때면 1시든 2시든 상관하지 않고 가는 바늘귀를 남포등 아래로 가져갔다. 맏딸인가 둘째 딸을 출산했을 때는 젊은 기운만 믿고 적당한 시일이 지나기도 전에 바느질을 한 탓에 시력이 무척 나빠진 경험도 있었다.

"네. 바늘을 쥐는 건 해롭겠지만 책 정도는 상관없겠지요. 그것도 내내 읽는 게 아니니까요."

"그래도 피곤할 때까지 계속 읽지 않는 게 좋아. 그렇지 않으면 나중에 곤란할 거야."

"아니, 괜찮아요."

아직 서른도 안 된 아내[136]에게는 과로의 의미가 잘 이해되지 않았다. 그녀는 웃으며 더는 상대하지 않았다.

"당신이 곤란하지 않아도 내가 곤란해."

겐조는 일부러 제멋대로인 듯한 말을 했다. 자신의 충고를 흘려듣는 아내를 보면 겐조는 자주 이런 식으로 말하고 싶었다. 그것이 또 아내에게는 남편의 나쁜 버릇 가운데 하나로 꼽혔다.

동시에 겐조의 노트에 쓰이는 글씨는 더욱 자잘하고 촘촘해졌다. 처음에 파리 대가리 정도였던 글자가 점차 개미 대가리 정도로 작아졌다.[137] 왜 그렇게 글씨를 작게 써야 하는지 생각도 해보지 않았던 그

---

136 아내의 정확한 나이는 알 수 없다. 셋째 딸 에이코를 출산했을 때(1903)의 교코는 27세였지만 소세키 부부의 아이와 겐조 부부의 아이가 완전히 일치하지는 않는다.

137 "흥미롭게 생각하는 것은 머리 상태가 좋아지면 대학 강의 노트의 글자가 눈에 띄게 작아져간다는 거예요…… 『문학론』 강의 노트를 보면 처음에는 중간 크기의 페이지에 선에서 비어져 나갈 것 같은 큰 글씨로 옆으로 쓰여 있던 것이 끝 쪽으로 가면 첨자 같은 작은 글자가 되었습니다." (『나쓰메 소세키 평전』)

는 거의 무의식적으로 펜을 놀렸다. 햇빛이 약한 저녁 무렵의 창문 아래, 어둑한 남포등에서 나오는 희미한 불빛의 그림자, 그는 틈만 나면 자신의 시력을 낭비하며 돌보지 않았다. 아내에게 했던 충고를 자신에게 하지 않으면서도 그걸 모순이라고도 생각하지 않았다. 아내도 그것을 대수롭지 않게 여기는 듯했다.

85

아내가 자리를 털고 일어났을 때 겨울은 이미 몹시 황폐해진 그들의 뜰에 송곳 같은 서릿발을 세우려 하고 있었다.

"날씨가 정말 거칠어졌네요. 올해는 예년보다 추운 것 같아요."

"피가 모자라서 그렇게 느껴지는 걸 거야."

"그럴까요?"

아내는 그제야 알아차린 듯 화로에 두 손을 쬐며 자신의 손톱 색깔을 보았다.

"거울을 보면 얼굴색으로 알 수 있을 텐데."

"네, 그거야 알고 있어요."

그녀는 다시 불 위로 뻗은 손을 거둬들여 창백한 볼을 두세 번 쓰다듬었다.

"하지만 춥기는 한 것 같죠, 올해는?"

겐조는 자신의 설명을 듣지 않는 아내가 우스웠다.

"그야 겨울이니까 당연히 춥지."

아내를 비웃는 겐조 역시 남보다 배는 추위를 탔다. 특히 근래의 겨울은 그의 몸에 심하게 영향을 미쳤다. 그는 어쩔 수 없이 서재에 고타쓰[138]를 들여놓고 무릎에서 허리 언저리로 스며드는 냉기를 막았다. 신경쇠약 때문에 이렇게 느끼는지도 모른다는 생각조차 하지 않았던 그는 자신에 대해 주의가 부족한 점에서는 아내와 다를 바가 없었다.

매일 아침 남편을 배웅하고 나서 머리를 빗는 아내의 손에는 긴 머리카락이 여러 올 남았다. 그녀는 머리를 빗을 때마다 빗살에 감겨 있는 머리카락을 아쉬운 듯이 바라보았다. 그녀는 잃어버린 피보다 오히려 그게 더 소중한 것 같았다.

'새 생명을 만들어낸 나는 그 대가로 쇠약해질 수밖에 없다.'

그녀는 어렴풋이 이렇게 느꼈다. 그러나 그녀는 어렴풋한 그 느낌을 말로 정리할 정도의 머리가 없었다. 동시에 그 느낌에는 장한 일을 했다는 긍지와 벌을 받았다는 원망이 섞여 있었다. 어쨌든 새로 태어난 아이가 귀엽기만 했다.

그녀는 몰랑몰랑하여 손에 닿는 느낌이 없는 갓난아기를 솜씨 좋게 안아 올려 동그란 볼에 자신의 입술을 가져갔다. 그러자 자기 몸에서 나온 것은 무슨 일이 있어도 자기 것이라는 생각이 까닭 없이 들었다.

그녀는 자기 옆에 아이를 눕혀놓고 다시 마름질 판 앞에 앉았다. 그리고 때때로 바느질하는 손을 멈추고 새근새근 자고 있는 얼굴을 걱정스러운 듯이 내려다보았다.

"그건 누구 옷이지?"

"물론 이 아이 거죠."

"그렇게 여러 개나 필요한 건가?"

---

138 실내에서 열원 위에 탁자 같은 것을 놓고 그 위에 이불을 덮는 난방 기구. 지금은 열원으로 백열전구를 쓰나 과거에는 화로를 썼다.

"그럼요."

아내는 잠자코 손을 놀렸다.

겐조는 그제야 알아차린 듯 아내의 무릎 위에 놓인 커다란 무늬가 있는 옷감을 바라보았다.

"그거 누님이 축하 선물로 보내준 거지?"

"맞아요."

"쓸데없는 짓을 하기는. 돈도 없는데 관두지 않고."

겐조에게 받은 용돈을 쪼개서 이런 선물을 하지 않으면 직성이 풀리지 않는 누나의 마음을 그는 이해할 수 없었다.

"결국 내 돈으로 내가 산 거나 마찬가지니까 하는 소리지."

"하지만 당신에 대한 도리라고 생각하시니까 어쩔 수 없는 일이에요."

누나는 세상에서 말하는 도리를 지나치게 잘 지키는 여자였다. 남에게 어떤 것을 받으면 반드시 그 이상의 것으로 갚으려고 애썼다.

"정말 곤란하다니까. 그렇게 도리, 도리, 하는데 뭐가 도리인지 전혀 모르겠어. 그런 형식적인 것보다 자기 용돈이나 매형한테 뺏기지 않도록 조심하는 게 훨씬 나을 텐데 말이야."

이런 일에 의외로 무신경한 아내는 굳이 누나를 변호하려고 하지 않았다.

"조만간 다시 무슨 답례를 할 생각이에요. 그러면 되지 않겠어요?"

남의 집을 방문할 때 거의 선물을 가져가본 적이 없는 겐조는 그래도 여전히 미심쩍은 듯이 아내의 무릎 위에 있는 모슬린을 뚫어지게 쳐다보았다.

86

"그래서 다들 형님한테 온갖 선물을 가져온대요."

아내는 겐조의 얼굴을 보고 돌연 이런 말을 꺼냈다.

"열을 주면 열다섯을 돌려주는 형님의 성격을 알고 있으니까 다들 답례를 목적으로 뭔가를 주는 거래요."

"열에 열다섯을 돌려준다고 해봐야 기껏 50전이 75전이 될 뿐이잖아?"

"그걸로 충분하겠지요, 그 사람들한테는."

남이 보기에는 별난 취향으로 여겨질 만큼 자잘한 글씨로 노트를 작성하고 있는 겐조는 세상에 그런 사람들이 살고 있다는 것조차 믿기지 않았다.

"꽤나 성가신 교제로군. 우선 어이가 없잖아?"

"옆에서 보면 어이가 없겠지만 그 속으로 들어가면 역시 어쩔 수 없을 거예요."

겐조는 얼마 전 다른 데서 임시로 받은 30엔을 자신이 어떻게 써버렸는지를 생각하지 않을 수 없었다.

한 달쯤 전 겐조는 어느 지인[139]의 부탁으로 그 사람이 경영하는 잡지[140]에 실을 긴 원고[141]를 썼다. 그때까지 노트에 자잘한 글씨로 쓰는

---

139 영국에서 귀국한 소세키는 「자전거 일기」(1903) 등을 《호토토기스》에 기고했다. 그렇다면 여기서 '지인'이란 하이쿠 시인이자 이 잡지를 주재한 다카하마 교시(高浜虚子)를 가리킬 것이다.
140 하이쿠 잡지 《호토토기스》를 소재로 한 것이다. 《호토토기스》는 1897년 1월 마쓰야마 시에서 마사오카 시키(正岡子規)가 창간하여 제20호까지 내고 휴간한 후, 1898년 10월부터 발행소를 도쿄로 옮겨 다카하마 교시를 편집 발행인으로 하여 복간했다.
141 『나는 고양이로소이다』 1회를 가리킨다.

것 외에 어떤 것도 쓸 필요가 없었던 그에게 이 글은 그의 두뇌가 다른 방면에서 활동한 최초의 시도에 지나지 않았다. 그는 오로지 붓끝에 넘쳐흐르는 유쾌한 기분에 사로잡혀 썼을 뿐, 보수는 전혀 기대하지 않았다. 의뢰자가 겐조 앞에 원고료[142]를 내놓았을 때 그는 횡재라도 한 듯이 기뻤다.

진작부터 객실이 너무나도 살풍경한 것에 고민하고 있던 그는 곧장 단고자카에 있는 소목장이를 찾아가 자단(紫檀) 액자 하나를 짰다. 그는 중국에서 돌아온 친구에게 받은 북위(北魏) 이십품(二十品)[143]이라는 탁본 중에서 하나를 골라 액자에 넣었다. 그리고 고리가 달린 가늘고 긴 반죽(斑竹)에 액자를 매달아 도코노마의 못에 걸었다. 대나무가 둥그스름해서 벽에 착 달라붙지 않아서인지 액자는 바람이 불지 않을 때도 비스듬히 기울어졌다.

겐조는 단고자카를 내려가 다시 야나카 쪽으로 올라갔다. 그리고 그곳에 있는 도자기 가게에서 화병 하나를 사왔다. 화병은 붉은색이었다. 연노란색으로 커다란 화초가 그려져 있었다. 높이는 30센티미터 남짓이었다. 그는 바로 화병을 도코노마에 놓았다. 커다란 화병과 흔들거리는 비교적 작은 액자는 아무래도 조화를 이루지 못했다. 그는 다소 실망스러운 눈으로 조화롭지 못한 배합을 바라보았다. 하지만 아무것도 없는 것보다는 낫다고 생각했다. 취미에 사치를 부릴 여유가 없는 그는 아쉬운 대로 만족하지 않을 수 없었다.

겐조는 또 혼고도리에 있는 포목점에서 옷감을 샀다. 직물에 대해

---

142 "『나는 고양이로소이다』로 처음 받은 원고료는 다 해서 12, 13엔 정도였던 것으로 기억합니다."(『나쓰메 소세키 평전』)

143 중국 남북조 시대의 룽먼(龍門) 석굴에 있는 불상 등에 새겨진 명문을 탁본한 것.

아무런 지식이 없는 그는 그저 상점 지배인이 보여주는 것 중에서 적당한 것을 골랐다. 지나치게 반짝이는 비백 무늬 옷감이었다. 유치한 그의 눈에는 빛나지 않는 것보다 빛나는 것이 고급품으로 보였다. 지배인이 하오리와 기모노 한 벌까지 맞추도록 권유하자 그는 결국 이 세자키산 거친 비단 한 필까지 안고 가게를 나왔다. 그때까지 그는 이 세자키산 비단이라는 이름조차 들어본 적이 없었다.

이런 물건들을 산 겐조는 추호도 다른 사람을 생각하지 않았다. 새로 태어난 아이조차 안중에 없었다. 자기보다 곤란한 사람의 생활 같은 건 처음부터 잊고 있었다. 세상의 도리를 지나치게 중시하는 누나에 비하면 그는 가엾은 사람에 대한 호의마저 잃어버린 셈이다.

"그렇게 손해를 보면서까지 도리를 다하는 건 훌륭해. 하지만 누님은 천성적으로 허세를 부리는 사람이라 어쩔 수 없어. 훌륭하지 않는 게 차라리 나을 거야."

"친절한 마음은 전혀 없는 걸까요?"

"글쎄."

겐조는 잠깐 생각에 잠기지 않을 수 없었다. 누나는 친절한 마음이 있는 여자임에 틀림없다.

"어쩌면 내가 인정머리 없게 생겨먹은 건지도 모르지."

87

이런 대화가 아직 겐조의 기억을 새롭게 채색하고 있던 무렵 그는 오쓰네의 두 번째 방문을 받았다.

저번에 봤을 때와 거의 마찬가지로 초라한 차림의 그녀는 추위 때문에 방한용 속옷이라도 껴입은 탓인지 전보다 훨씬 오동통해 보였다. 겐조는 손님을 위해 내놓은 화로를 그쪽으로 밀어주었다.

"아니, 신경 쓰지 마세요. 오늘은 꽤 따뜻하니까요."

밖에는 온화한 햇살이 장지문에 끼워진 유리 너머로 엷게 비치고 있었다.

"나이를 드시면서 점점 통통해지시는 것 같군요."

"네, 덕분에 몸 하나만은 정말 건강합니다."

"그거 참 다행입니다."

"그 대신 살림은 그저 줄어들기만 해서……."

겐조는 늙어가면서 이렇게 포동포동 살이 찌는 사람의 건강이 의심쩍었다. 적어도 부자연스럽다고 여겼다. 어딘가 모르게 섬뜩해 보이는 점도 있었다.

'술이라도 마시는 게 아닐까?'

그의 뇌리에 이런 생각까지 스쳤다.

오쓰네가 몸에 걸치고 있는 옷은 모두 낡은 것이었다. 얼마나 빨았는지 알 수 없는 기모노와 하오리는 어딘가 비단의 광택이 남아 있는 것 같기도 하고 또 이상하게 거친 느낌도 주었다. 다만 아무리 시간의 때가 묻어도 깨끗하게 손질되어 있는 데서 그녀의 성격이 보일 뿐이었다. 겐조는 동그스름하면서 너무나도 옹색해 보이는 그 사람의 모습에서 그녀의 생활 형편과 그녀의 말 사이에 거리가 없다는 것을 알수 있었다.

"어디를 봐도 어려운 사람들뿐이라 난처하군요."

"이 댁이 어렵다면 세상에 어렵지 않는 사람은 한 사람도 없겠지요."

겐조는 변명할 마음조차 일지 않았다. 그는 곧바로 이렇게 생각했다.

'이 사람은 내가 자기보다 부자라고 생각하는 것처럼 내가 자기보다 건강하다고 생각하겠지.'

요즘 겐조는 실제로 건강이 좋지 않았다. 그걸 자각하면서도 그는 의사의 진찰을 받지 않았다. 친구에게도 말하지 않았다. 그저 혼자 불편한 느낌을 참고 있었다. 그러나 몸이 앞으로 어떻게 될까 상상할 때마다 마음이 편치 않았다. 어떤 때는 남이 자신을 이렇게 약하게 만들었다는 생각이 들어 상대가 없는데도 화를 냈다.

'젊고 거동이 불편하지만 않으면 건강하다고 생각하겠지. 대문이 있는 집에서 살며 하녀까지 두고 있으면 돈이 있을 거라고 생각하는 것처럼.'

겐조는 잠자코 오쓰네의 얼굴을 바라보았다. 동시에 그는 새로 도코노마에 장식한 화병과 그 뒤에 걸려 있는 액자를 바라보았다. 조만간 몸에 걸치게 될 번쩍거리는 옷감도 그의 마음속에 있었다. 그는 왜 이 노인에게 동정심이 일지 않을까, 하고 의아해했다.

'어쩌면 내가 인정머리 없게 생겨먹은 건지도 모르지.'

그는 누나에게 한 평을 속으로 되풀이했다. 그리고 '인정머리 없는 게 무슨 상관이야?' 하는 대답을 얻었다.

오쓰네는 자신을 성가시게 하는 사위에 대해 이런저런 이야기를 늘어놓기 시작했다. 세상에서 흔히 보는 대로 그 사람의 수완이 금세 그녀의 문제가 되었다. 그녀가 수완이라고 한 것은 곧 매달 들어오는 돈을 의미했다. 그녀에게는 이 넓은 세상에서 돈 외에 인간의 가치를 결정해주는 것은 하나도 없는 것 같았다.

"어쨌든 봉급이 적으니까 어쩔 수 없어요. 좀 더 벌어다주면 좋겠지만요."

그녀는 자기 사위가 굼뜨다거나 무능하다고 하지 않는 대신 매달 그의 노력이 낳는 수입 액수를 겐조 앞에 늘어놓았다. 마치 잣대로 옷 감의 치수만 재면 무늬나 질은 전혀 문제가 되지 않는다는 듯이.

공교롭게도 겐조는 그런 척도로 자신을 재는 걸 싫어했다. 그는 냉담하게 그녀의 불평을 흘려들을 수밖에 없었다.

88

겐조는 적당한 시간에 일어나 서재로 들어갔다. 책상 위에 놓인 지갑을 들고 슬쩍 안을 들여다보니 5엔짜리 한 장이 들어 있었다. 그는 지폐를 손에 쥐고 객실로 돌아와 오쓰네 앞에 놓았다.

"실례지만 인력거라도 타고 가시지요."

"걱정을 끼쳐드려 죄송합니다. 이럴 생각으로 찾아온 게 아닌데……."

그녀는 사양하는 말과 함께 지폐를 받아 품에 넣었다.

용돈을 줄 때 겐조가 저번과 같은 인사말을 한 것처럼 그걸 받는 오쓰네의 겉치레 말도 처음과 전혀 다르지 않았다. 게다가 우연히 5엔이라는 금액도 같았다.

'다음에 올 때 5엔짜리 지폐가 없으면 어떡하지?'

겐조의 지갑이 늘 그만한 액수로 채워져 있지 않다는 사실은 임자인 그만 알고 있을 뿐 오쓰네가 알 리 없었다. 세 번째로 올 오쓰네를 예상한 그가 세 번째에 줄 5엔을 예상할 수 없었을 때 그는 문득 어이가 없어졌다.

"앞으로 그 사람이 오면 언제든 5엔을 줘야 할 것 같은 기분이 들어. 결국 누님이 쓸데없는 도리를 내세우는 것과 같은 일인 건가?"

자신과 관계된 일이 아니라는 식으로 다리미질을 하고 있던 아내는 손을 멈추지 않고 말했다.

"없을 때는 주지 않아도 되지 않을까요? 뭐 그렇게 허세를 부릴 필요는 없으니까요."

"없을 때는 주려고 해도 줄 수 없다는 건 알고 있어."

두 사람의 문답은 바로 끊겼다. 그사이에 꺼져가던 숯불을 다리미에서 화로로 옮기는 소리가 들려왔다.

"오늘은 어떻게 5엔이 들어 있었네요, 당신 지갑에?"

겐조는 도코노마에 어울리지 않는 커다란 붉은색 화병을 사는 데 4엔쯤 썼다. 액자를 맞출 때는 5엔쯤 들었다. 소목장이가 백 엔으로 깎아줄 테니 사지 않겠느냐고 했던 근사한 자단 책장을 유심히 보면서 그는 그 20분의 1에도 미치지 못하는 대가를 소중한 듯이 품속에서 꺼내 소목장이의 손에 건넸다. 그는 또 번쩍거리는 이세자키산 비단 한 필을 사는 데 10엔 남짓을 허비했다. 친구에게 받은 원고료가 이렇게 형태를 바꾼 후 손때 묻은 5엔짜리 지폐가 딱 한 장 남았던 것이다.

"실은 아직 사고 싶은 게 남았는데 말이지."

"뭘 살 생각이었는데요?"

겐조는 아내 앞에 특별한 물건 이름을 댈 수가 없었다.

"많이 있어."

욕심에 한계가 없는 그의 말은 간단했다. 남편과 동떨어진 취미를 갖고 있는 아내는 더 이상 번거롭게 추궁하지 않는 대신 다른 질문을 던졌다.

"그 할머니는 형님보다 훨씬 차분하던데요. 그 정도면 시마다라는 사람과 우리 집에서 마주쳐도 싸움 같은 건 안 할 것 같아요."

"마주치지 않으니까 그래도 다행인 거지. 두 사람이 한방에서 얼굴을 마주하기라도 해보라고, 그야말로 견딜 수가 없겠지. 한 사람씩 상대하는 것도 질색인데 말이야."

"지금도 싸우려 들까요?"

"싸움은 모르겠고, 내가 싫어."

"두 사람 다 아직 모르고 있죠? 한쪽이 우리 집에 온다는 걸요."

"글쎄 어떨지."

시마다는 일찍이 오쓰네 이야기를 하지 않았다. 오쓰네도 겐조의 예상과 달리 시마다에 대해 아무 말도 하지 않았다.

"그래도 할머니가 그 사람보다는 낫죠?"

"그건 왜?"

"5엔을 받으면 아무 말 없이 돌아가니까요."

시마다가 청구하는 액수가 방문할 때마다 늘어나는 것에 비하면 오쓰네의 태도는 확실히 순박했다.

89

며칠 안 되어 인중이 긴 시마다가 다시 겐조의 객실에 나타났을 때 그는 곧 오쓰네를 떠올렸다.

그들도 날 때부터 원수 사이가 아닌 이상 틀림없이 사이가 좋던 시절도 있었을 것이다. 남들에게 초 대신 손톱에 불을 켤 정도로 인색하다는 말을 듣는 것도 개의치 않고 돈만 모으던 당시는 얼마나 즐거웠겠는가. 얼마나 미래의 희망에 사로잡혀 있었겠는가. 그들에게 의가 좋았던 때의 유일한 기념물로 봐야 할 돈이 어딘가로 사라져버린 후 그들은 꿈같던 자신들의 과거를 과연 어떻게 바라보고 있을까.

겐조는 하마터면 시마다에게 오쓰네 이야기를 할 뻔했다. 그러나 과거에 대해 무감각한 표정밖에 짓지 못하는 시마다의 얼굴은 어떤 것도 기억하지 못하는 것처럼 희미했다. 옛날의 증오, 오래된 애착, 그런 것은 당시의 돈과 함께 그의 마음에서 사라져버린 것으로만 보였다.

그는 허리춤에서 쌈지를 꺼내 담뱃대에 담배를 채워 넣었다. 담뱃재를 떨어뜨릴 때는 왼손 손바닥으로 담뱃대를 받쳐 들고만 있고, 화로 가장자리에 두드리지 않았다. 댓진이 괴어 있는지 빨 때 쥬우쥬우 하는 소리가 났다. 그는 말없이 품속을 더듬었다. 그러고는 겐조를 보았다.

"종이 좀 있습니까? 하필이면 담뱃대가 막혀서요."

그는 겐조에게 받은 반지를 찢어 가늘게 꼬았다. 그것으로 두세 번 설대 속을 청소했다. 그는 이런 일에 아주 능숙한 사람이었다. 겐조는 잠자코 그 솜씨를 지켜보았다.

"연말이 점점 가까워지니 무척 분주하지요?"

그는 잘 뚫린 담뱃대를 뻑뻑 기분 좋게 빨면서 이렇게 말했다.

"우리 일은 연말도 정초도 없습니다. 일 년 내내 같습니다."

"그거 참 좋겠군요. 대개의 사람들은 그렇지 않지요."

시마다가 다시 무슨 말을 하려는데 안에서 아기가 울기 시작했다.

"어이구, 갓난아기 같군요."

"예, 바로 얼마 전에 태어났습니다."

"그거 참, 전혀 몰랐습니다. 아들입니까, 딸입니까?"

"딸입니다."

"허어, 실례지만 몇 번째지요?"

시마다는 여러 가지 것들을 물었다. 거기에 적당히 응수하고 있는 겐조가 어떤 생각을 하고 있는지 전혀 알아차리지 못했다.

바로 사오일 전에 겐조는 한 외국 잡지에서 출산율이 높아지면 사망률도 높아진다는 통계치를 다룬 글을 읽었다. 어딘가에서 갓난아기가 한 명 태어나면 또 어딘가에서 노인이 한 명 죽는다는, 이론인지 공상인지 알 수 없는 이상한 생각이었다.

'요컨대 대신 누군가가 죽어야 하는 것이다.'

겐조의 관념은 꿈처럼 어렴풋했다. 시(詩)처럼 그의 머릿속으로 희미하게 침범해올 뿐이었다. 그 관념이 좀 더 명료해질 때까지 이해력을 동원하여 밀어붙이면, 아기 대신 죽을 사람은 바로 갓난아기의 어머니임에 틀림없었다. 다음으로는 갓난아기의 아버지이기도 했다. 하지만 지금의 겐조는 거기까지 갈 생각이 없었다. 그저 자기 앞에 있는 노인에게만 의미 있는 시선을 주었다. 무엇 때문에 살고 있는지 거의 의의를 찾아볼 수 없는 이 노인은 아이가 태어나는 대신 죽을 사람으로 가장 적당한 인물임에 틀림없었다.

'왜 이렇게 건강한 것일까?'

겐조는 자신의 상상이 얼마나 잔혹한 것인지를 거의 잊어버렸다. 그리고 예사롭지 않은 자신의 건강 상태에 대해서는 추호도 책임이 없는 것처럼 분함을 느꼈다. 그때 시마다가 불쑥 이렇게 말했다.

"결국 오누이가 죽었습니다. 장례도 마쳤지요."

척수병이라는 병명을 듣고 도저히 살아날 가망이 없다는 것만은 진작부터 짐작하고 있었으나 새삼 말을 듣고 보니 겐조도 갑자기 안됐다는 마음이 들었다.

"그렇습니까? 참 안됐네요."

"뭐 병이 병인지라 도저히 나을 가망이 없었지요."

시마다는 태연했다. 죽은 것이 당연하다는 듯이 담배를 피워댔다.

90

하지만 시마다에게 이 불행한 여자의 죽음에 따라 일어나는 경제적인 영향은 죽음 그 자체보다 훨씬 중대했다. 겐조의 예상은 곧바로 사실이 되어 자신 앞에 나타났다.

"그 일에 대해 한 가지 꼭 말씀드리지 않으면 곤란한 일이 있습니다만."

여기까지 말하고 겐조의 얼굴을 쳐다본 시마다는 긴장하고 있었다. 겐조는 듣지 않아도 그다음 이야기를 추측할 수 있었다.

"또 돈이겠지요."

"뭐 그렇긴 한데, 오누이가 죽어서 시바노하고 오후지의 인연이 끊어진 거라 지금까지처럼 매달 송금을 받을 수 없게 되어서 말이지."

시마다의 말은 이상하게 난폭해지기도 하고 또 정중해지기도 했다.

"지금까지 긴시 훈장의 연금만은 꼬박꼬박 보내주었는데 말이지요. 그게 갑자기 끊기니 기대가 완전히 어긋난 형편이라 나도 참 어렵습니다."

그는 다시 어조를 바꾸었다.

"아무튼 이렇게 되었으니 너 말고는 달리 보살펴줄 사람이 한 사람도 없어. 그러니 어떻게든 해주지 않으면 곤란해."

"그렇게 남한테 압력을 넣어봤자 어쩔 수 없습니다. 지금 저한테는 그런 일을 해야 할 이유가 전혀 없으니까요."

시마다는 겐조의 얼굴을 물끄러미 쳐다보았다. 반은 슬쩍 속을 떠보는 듯한, 반은 약한 사람을 위협하는 듯한 눈빛은 단지 상대의 마음을 격앙시킬 뿐이었다. 겐조의 태도에서 너무 깊이 들어갔다가는 위험할 것 같다는 걸 간파한 시마다는 곧바로 문제를 작게 끊었다.

"앞으로의 일은 다시 천천히 이야기하기로 하고, 그럼 일단 급한 불이라도……."

겐조는 그들 사이에 어떤 급한 불이 났는지 알 수 없었다.

"올 연말을 넘겨야 해. 어느 집이든 연말이 되면 일이백 정도의 목돈이 필요한 건 당연하잖니."

겐조는 마음대로 하라는 생각이었다.

"저한테는 그런 돈이 없습니다."

"농담하면 안 되지. 이만한 살림에 그 정도도 융통할 수 없다니, 그럴 리가 있나?"

"그럴 리가 있든 없든 없으니까 없다고 한 것뿐입니다."

"그럼 말하겠는데, 네 수입이 매달 8백 엔[144]이라던데?"

---

144 이는 소세키의 교수 시절(도쿄제국대학이 연봉 8백 엔, 제일고가 7백 엔)이나 아사히 신문사에 입사할 당시(월급 2백 엔)의 수입에 비해 고액 정도가 아니라 "터무니없는" 액수다. 통계에 따르면 당시(1903) 고급 관료인 칙임관의 평균 연봉이 4천 엔 정도였다.

터무니없는 트집에 겐조는 화가 나기보다는 오히려 놀랐다.

"8백 엔이든 천 엔이든 제 수입은 제 수입입니다. 당신이 상관할 일이 아니지요."

그러자 시마다는 입을 다물었다. 겐조의 대답이 자신의 예상을 벗어났다는 것처럼 보이기도 했다. 뻔뻔스러운 것에 비해 두뇌가 발달하지 않은 그는 더 이상 상대를 어떻게 해볼 수가 없었다.

"그럼 아무리 어려워도 도와줄 수 없다는 거지요?"

"예, 이제 한 푼도 드릴 수 없습니다."

시마다는 일어났다. 신발 벗는 곳으로 내려가 격자문을 열고 나가다시 닫으면서 그가 돌아보았다.

"다시는 안 오겠네."

마지막인 듯한 말 한마디를 내뱉은 시마다의 눈이 어둠 속에서 빛났다. 겐조는 문지방 위에 서서 똑똑히 그 눈을 내려다보았다. 그러나 겐조는 시마다의 번뜩이는 눈에서 어떠한 무서움도, 두려움도, 섬뜩함도 느끼지 못했다. 그 자신의 눈동자에서 나오는 분노와 불쾌감이 그것들의 습격을 되받아치기에 충분했던 것이다.

아내는 멀리서 은근히 겐조의 기색을 살폈다.

"대체 무슨 일이에요?"

"멋대로 하라고 해."

"또 돈을 달라고 온 거예요?"

"누가 준대?"

아내는 남편을 바라보며 가만히 웃었다.

"그 할머니 쪽이 가늘고 길게 이어지니까 더 안전한 거네요."

"시마다 쪽도 이걸로 끝날까?"

겐조는 내뱉듯이 이렇게 말하고 다음에 다가올 장면을 머릿속에 그려보았다.

91

동시에 지금까지 잠자고 있던 기억도 떠올리지 않을 수 없었다. 겐조는 처음으로 새로운 세계에 임하는 사람의 날카로운 눈으로 생가로 돌아왔던 먼 옛날 일을 또렷이 떠올렸다.

생가의 아버지에게 겐조는 조그마한 방해물에 지나지 않았다. 이 못난 자식이 뭐 하러 난데없이 나타난 건가, 하는 표정으로 아버지는 그를 거의 자식으로 대우하지 않았다. 그때까지와는 완전히 달라진 아버지의 태도에 생부에 대한 겐조의 애정은 뿌리째 말라버렸다. 그는 양부모 앞에서 자신에게 내내 싱글벙글 웃던 아버지와 애물단지를 떠맡게 되자마자 무뚝뚝하게 변한 아버지를 비교하고 일단은 크게 놀랐다. 다음에는 정나미가 떨어졌다. 그러나 그는 아직 비관할 줄을 몰랐다. 성장함에 따라 그의 생기는 아무리 억눌러도 아래에서 쑥쑥 고개를 쳐들었다. 그는 끝내 우울증에 빠지지 않을 수 있었다.

자식이 많았던 겐조의 아버지[145]는 그에게 의지할 생각이 추호도 없었다. 조만간 신세를 질 거라는 속셈이 없는데 한 푼이라도 돈을 쓰는 것은 아까웠다. 부모 자식의 인연으로 어쩔 수 없이 거두긴 했지만

---

145 소세키의 아버지에게는 어렸을 때 세상을 떠난 1남 1녀를 제외하고도 소세키 위로 아들 셋과 딸 둘이 있었다. 그러나 겐조의 형 조타로는 이름으로 보아 장남이지만 소재가 된 나쓰메 나오타다는 셋째 아들이다.

밥을 먹이는 것 외에 돌봐주는 것은 그저 손해일 뿐이었다.

게다가 정작 본인은 돌아왔지만 호적은 회복되지 않았다. 가족이 아무리 정성껏 키워봤자 만일의 경우 다시 데려가버리면 그만이었다.

'먹이는 것만은 어쩔 수 없으니까 먹여주겠다. 하지만 그 외의 것은 우리가 상관할 바 아니다. 그쪽에서 하는 게 당연하다.'

아버지의 논리는 이러했다.

시마다는 역시 오로지 자기 편리할 대로 일의 진행 상황을 관망하고 있었다.

'뭐 생가에 맡겨두기만 하면 어떻게든 되겠지. 그럭저럭 겐조가 어른이 되어 조금이라도 일을 할 수 있게 되면 그때 소송을 해서라도 데려와버리면 그만이다.'

겐조는 바다에서도 살 수 없었다. 산에서도 있을 수 없었다. 양쪽에서 버림받고 이쪽저쪽 갈팡질팡하고 있었다. 동시에 바다에서 나는 것을 먹고 때로는 산에서 나는 것에도 손을 댔다.

친아버지의 입장에서도, 양아버지의 입장에서도 그는 인간이 아니었다. 오히려 물건이었다. 그저 친아버지가 그를 허드레 물건으로 취급한 것에 비해 양아버지는 조만간 어떤 도움이 되게 해야겠다는 심산이 있을 뿐이었다.

"이제 이리 데려와서 사환이든 뭐든 시킬 테니까 그리 알아라."

겐조가 어느 날 양가를 방문했을 때 시마다는 무슨 말 끝에 이렇게 말했다. 겐조는 깜짝 놀라 도망치듯이 돌아왔다. 어린 마음에도 잔혹하다는 느낌에 희미하게 두려움을 느꼈다. 그때 그가 몇 살이었는지 정확히 기억나지 않지만, 여하튼 오랫동안 학문을 하고 훌륭한 사람이 되어 세상에 나가야 한다는 욕망이 충분히 싹틀 무렵이었다.

'사환 같은 게 되어서는 큰일이다.'

그는 마음속으로 몇 번이고 같은 말을 되풀이했다. 다행히 이렇게 되풀이한 말은 헛되지 않았다. 그는 그럭저럭 사환이 되는 걸 면했다.

'하지만 어떻게 지금의 내가 되었을까?'

이런 생각을 하면 그는 신통해서 견딜 수가 없었다. 그 신통함 중에는 주변 환경과 잘 싸워냈다는 자부심도 꽤 섞여 있었다. 그리고 아직 이룩하지 못한 것을 이미 이룩한 것처럼 여기는 득의양양함도 물론 포함되어 있었다.

그는 과거와 현재를 대조해보았다. 과거가 어떻게 이 현재로 발전해왔는가를 의심했다. 그런데도 현재 때문에 괴로워하고 있는 자신을 전혀 의식하지 못했다.

그와 시마다의 관계가 파탄 난 것은 현재 탓이었다. 그가 오쓰네를 꺼리는 것도, 누나와 형과 동화할 수 없는 것도 현재 탓이었다. 장인과 점점 멀어지는 것도 틀림없이 현재 탓이었다. 한편에서 보면 남과 뜻이 잘 안 맞도록 현재의 자신을 만들어낸 그는 딱한 존재였다.

92

아내가 겐조에게 말했다.

"어차피 당신 마음에 드는 사람은 세상 어디에도 없을 거예요. 세상 사람들은 모두 바보들뿐이니까요."

겐조의 마음은 이런 풍자를 웃어넘길 수 있을 만큼 안정되어 있지 않았다. 주변 사정은 아량이 부족한 그를 점점 더 갑갑하게 만들었다.

"당신은, 사람이란 도움이 되기만 하면 그걸로 된다고 생각하지?"

"하지만 도움이 안 되면 아무것도 안 되잖아요?"

공교롭게도 장인은 도움이 되는 사람이었다. 처남도 그런 방면으로만 성격이 발달한 사람이었다. 그에 반해 겐조는 천성적으로 실용과는 아주 먼 사람이었다.

겐조는 이사할 때 거드는 일조차 하지 못했다. 대청소를 할 때도 팔짱만 끼고 모른 체했다. 고리짝 하나를 묶을 때도 끈을 어떻게 건너질러 매는지 몰랐다.

'남자인 주제에.'

꼼짝도 하지 않는 그는 주위 사람들 눈에 참으로 눈치 없고 둔한 사람으로 비쳤다. 그는 그럴수록 더 움직이지 않았다. 그리고 자신의 본령을 더욱 반대 방면으로 옮겨갔다.

이러한 견지에서 예전에 그는 처남을 자신이 살고 있는 먼 시골로 데려가 교육을 시키려고 했다. 겐조가 보기에 처남은 무척 건방졌다. 집 안을 활개치고 다니며 아무도 꺼려하지 않았다. 어느 이학사(理學士)가 매일 집으로 찾아와 수업 내용을 복습시켜줄 때도 선생 앞에서 거리낌 없이 책상다리를 하고 앉았다. 또한 그 선생을 아무개 군(君)이라고 불렀다.

"저래서는 안 되지. 제게 맡겨주십시오. 제가 시골로 데려가서 교육시킬 테니까요."

장인은 겐조의 제안을 묵묵히 받아들였다. 그리고 다시 묵묵히 거절했다. 장인은 눈앞에서 멋대로 횡포를 부리는 자식을 보고도 그의 미래에 대해서는 아무 걱정도 하지 않는 듯했다. 장인뿐 아니라 장모도 태평했다. 아내도 전혀 신경 쓰지 않는 듯했다.

"혹시 시골로 보냈다가 당신하고 충돌하기라도 하면 사이만 더 나빠지잖아요. 그러면 나중에 곤란해지니까 그만두셨대요."

아내의 변명을 들었을 때 겐조는 아주 거짓말은 아니라고 생각했다. 하지만 그 밖에 다른 뜻이 있는 것 같다고도 생각했다.

"바보가 아니잖아요. 그런 신세를 지지 않아도 괜찮아요."

겐조는 주변 상황으로 볼 때 거절한 진짜 이유가 오히려 거기에 있을 거라고 추측했다.

역시 처남은 바보가 아니었다. 오히려 지나치게 영리했다. 겐조도 그 점은 충분히 알고 있었다. 겐조가 자신과 아내의 미래를 위해 처남을 교육시키려고 한 것은 전혀 다른 방면으로였다. 그리고 유감스럽게도 그 방면은 아직까지도 장인은 고사하고 아내도 이해하지 못하고 있었다.

"쓸모만 있다고 능사는 아니야. 그 정도도 몰라서 어떡하겠다는 거야?"

당연히 겐조의 말은 우격다짐이었다. 상처를 받은 아내의 얼굴에는 불만의 빛이 역력했다.

기분이 풀렸을 때 아내는 다시 겐조에게 말했다.

"그렇게 딱딱거리지만 말고 처음부터 좀 더 알아듣기 쉽게 얘기해주면 좋잖아요?"

"알기 쉽게 말하려고 하면 이론만 늘어놓아 일을 더 어렵게 만든다고 할 거잖아?"

"그러니까 좀 더 이해하기 쉽게요. 제가 이해할 수 없는 어려운 이론은 그만두고요."

"그럼 도저히 설명할 수가 없어. 숫자를 사용하지 않고 산수를 하라고 주문하는 것이나 마찬가지니까."

"그래도 당신 이론은 남을 굴복시키려고 쓰는 거라고 생각할 수밖에 없는 점이 있어요."

"당신이 머리가 나쁘니까 그렇게 생각하는 거지."

"제 머리가 나쁠지도 모르지만 알맹이도 없는 텅 빈 이론에 굴복당하는 것은 싫어요."

두 사람은 다시 같은 원 위를 빙빙 돌기 시작했다.

93

남편과 얼굴을 마주하고도 서로 이해할 수 없을 때 아내는 어쩔 수 없이 그에게 등을 돌렸다. 그리고 옆에 누워 있는 아기를 보았다. 그녀는 문득 생각난 듯이 곧바로 아기를 안아 올렸다.

문어처럼 몰랑몰랑한 살덩이와 그녀 사이에는 이론의 벽도 분별의 울타리도 없었다. 자기가 만지는 것이 곧 자기 자신 같았다. 그녀는 갓난아기에게 따뜻한 마음을 전하려고 여기저기에 입을 맞추었다.

'당신은 제 것이 아니어도 이 아이는 제 것이에요.'

그녀의 태도에서는 분명히 이런 마음이 읽혔다.

갓난아기는 아직 이목구비조차 확실하지 않았다. 머리에는 아무리 기다려도 머리카락다운 것이 거의 나지 않았다. 객관적인 눈으로 보면 어쨌든 하나의 괴물이었다.

"이상한 아기가 생겼군."

겐조는 솔직한 말을 했다.

"어떤 아기든 막 태어났을 때는 다 이래요."

"설마 다 이렇지는 않겠지. 좀 더 반듯한 아이도 태어날 거라고."

"이제 곧 보세요."

아내는 자못 자신 있는 듯이 말했다. 겐조는 어떤 짐작도 할 수 없었다. 하지만 그는 아내가 갓난아기 때문에 밤중에도 여러 번 깨는 것을 알고 있었다. 중요한 수면을 희생하고도 전혀 불쾌한 표정을 보이지 않는 것도 알고 있었다. 그는 아이에 대한 어머니의 애정이 아버지의 애정에 비해 얼마나 강한 걸까 하는 의문에 봉착했다.

사오일 전에 다소 강력한 지진이 있었을 때 겁쟁이인 그는 바로 툇마루를 통해 뜰로 뛰어내렸다. 그가 다시 객실로 올라왔을 때 아내는 그에게 생각지도 못한 비난을 퍼부었다.

"당신은 참 몰인정하네요. 자기 혼자만 괜찮으면 그만이라니까요."

왜 아이의 안위를 자기 자신보다 먼저 생각하지 않았느냐는 것이 아내의 불만이었다. 눈 깜짝할 사이의 충동에서 일어난 자신의 행위에 대해 이런 평가를 받을 줄은 꿈에도 생각지 못했던 겐조는 깜짝 놀랐다.

"여자는 그럴 때도 아이를 생각할 수 있는 건가?"

"당연하죠."

겐조는 자신이 확실히 인정머리가 없는 것 같았다.

그러나 지금 그는 아이를 제 것인 양 안고 있는 아내를 오히려 쌀쌀한 시선으로 바라보았다.

'사리 분별도 못하는 것들끼리 아무리 뭉쳐 있어봤자 별수 없지.'

잠시 후 그의 사색은 더욱 넓은 방면에 걸쳐 현재로부터 먼 미래로 뻗어나갔다.

'이제 곧 아이가 커서 당신한테서 떠날 시기가 반드시 올 거야. 당신은 나와 떨어져도 아이와 사이좋게 하나가 될 수 있다면 그것으로 충분하다고 생각하겠지만 그건 틀렸어. 두고 보라고.'

서재에 자리를 잡고 앉았을 때 그의 감상은 다시 갑자기 과학의 색채를 띠기 시작했다.

'파초에 열매가 열리면 이듬해부터 그 줄기는 말라버린다. 대나무도 마찬가지다. 동물 중에는 새끼를 낳기 위해 사는 건지 죽기 위해 새끼를 낳는 건지 모르는 종이 많다. 사람 역시 엄격하지는 않지만 그에 준하는 법칙에 지배당하고 있다. 어머니는 일단 자신이 소유하는 모든 것을 희생하여 아이에게 생명을 준 이상 나머지 모든 것을 희생하여 그 생명을 지켜야 할 것이다. 어머니가 하늘에서 그런 명령을 받고 이 세상에 나왔다면 그 대가로 아이를 독점하는 것은 당연하다. 의도적이라기보다는 자연스러운 현상이다.'

겐조는 어머니의 입장을 이렇게 생각한 후 아버지로서 자신의 입장도 생각했다. 그리고 그것이 어머니의 경우와 어떻게 다른지에 생각이 미쳤을 때 다시 속으로 아내에게 말했다.

'아이를 가진 당신은 행복한 거야. 하지만 그 행복을 향유하기 전에 당신은 이미 엄청난 희생을 치른 거라고. 앞으로도 당신이 알아차리지 못하는 희생을 얼마나 치를지 몰라. 당신은 행복할지도 모르지만 실은 가엾은 존재야.'

한 해가 서서히 저물어갔다. 찬바람 속에 가는 눈발이 팔랑팔랑 날리기 시작했다. 아이들은 하루에도 몇 번씩 〈이제 몇 밤만 자면 설날〉이라는 노래를 불렀다. 그들의 마음은 그들이 부르는 창가 그대로였다. 다가올 새해에 대한 희망으로 가득 차 있었다.

서재에 있는 겐조는 때때로 손에 펜을 쥔 채 그들의 노랫소리에 귀를 기울였다. 자신에게도 그런 시절이 있었나 하고 생각했다.

아이들은 또 〈주인어른이 싫어하는 섣달그믐〉이라는 공놀이 노래를 불렀다. 겐조는 쓴웃음을 지었다. 그러나 그것도 현재 자신의 처지에 통절하게 들어맞지는 않았다. 그는 그저 두 번 접은 두툼한 반지 뭉치[146]를 열 개, 스무 개나 책상 위에 쌓아놓고 한 장씩 읽는 일에 시달리고 있었다. 읽으면서 그 종이에 붉은색 잉크로 줄을 긋기도 하고 동그라미나 세모를 그리기도 했다. 그러고는 자잘한 숫자를 늘어놓고 번거로운 계산을 하기도 했다.

반지에 적힌 것은 모두 연필로 흘려 쓴 것이라 빛이 어두운 곳에서는 자획조차 분명히 보이지 않는 경우가 많았다. 너무 갈겨써서 읽을 수 없는 것도 간혹 나왔다. 지친 눈을 들어 쌓인 뭉치를 보고 겐조는 낙담했다. '페넬로페의 베 짜기'[147]라는 영어 속담을 몇 번이나 되뇌었다.

146 시험 답안지일 것이다. 겐조가 무엇을 가르치고 있는지는 분명하지 않지만, 숫자에서 보면 고등학교 영어 답안지일 것이다.

147 그리스 신화에 나오는 오디세우스의 아내 페넬로페는, 남편이 트로이 전쟁에 출정하여 오랫동안 집을 비우자 주변 섬의 많은 지도자들로부터 구혼을 받았다. 구혼자들의 끈질긴 요구에서 벗어나기 위해 그녀는 오디세우스의 아버지인 라이르테스의 수의를 다 짤 때까지 기다려달라고 한다. 그러고는 날마다 낮에 짰던 천을 밤이면 다시 풀어버리는 일을 계속했다. 이처럼 영원히 끝나지 않는 일을 의미한다.

'아무리 해도 끝날 것 같지 않군.'

그는 이따금 펜을 놓고 한숨을 내쉬었다.

그러나 끝나지 않는 것은 그의 주위에 얼마든지 있었다. 그는 미심쩍은 얼굴로 아내가 다시 가져온 명함 한 장에 눈길을 주었다.

"뭐지?"

"시마다 일로 잠깐 뵙자고 하는데요."

"지금은 바쁘다고 하고 돌려보내."

일단 나갔던 아내가 곧바로 다시 돌아왔다.

"언제 찾아오면 되는지 편한 날을 알려달라는데요?"

겐조는 그럴 상황이 아니라는 얼굴을 하면서 자기 옆에 높이 쌓인 반지 뭉치를 바라보았다. 아내가 어쩔 수 없이 재촉했다.

"뭐라고 할까요?"

"모레 오후에 오라고 해."

겐조가 어쩔 수 없이 시일을 지정했다.

일을 중단한 그는 멍하니 담배를 피웠다. 그때 아내가 다시 들어왔다.

"돌아갔어?"

"네."

아내는 남편 앞에 펼쳐져 있는, 붉은 표시가 있는 지저분한 종이를 바라보았다. 밤중에 아기 때문에 몇 번이나 일어나야 하는 아내의 번거로움을 겐조가 모르듯이 이 반지 더미를 면밀하게 다 읽어야 하는 남편의 어려움을 그녀는 상상도 할 수 없었다.

종이 뭉치를 옆으로 치운 그녀는 앉자마자 바로 남편에게 물었다.

"또 뭔가 요구할 생각인가 보죠? 집요하네요."

"해가 가기 전에 어떻게 해보려는 거겠지. 어처구니가 없군."

아내는 이제 시마다를 상대할 필요가 없다고 생각했다. 겐조의 마음은 오히려 옛정을 생각해서 그에게 약간의 돈을 주는 쪽으로 기울어 있었다. 그러나 이야기는 거기까지 진행될 기회를 얻지 못하고 옆으로 새고 말았다.

"처가는 좀 어때?"

"여전히 어렵겠지요."

"철도회사 사장 자리는 아직 안 된 거야?"

"그건 된대요. 하지만 이쪽 사정에 맞게 그리 간단히 되지는 않겠지요."

"올해 안에는 어려운가?"

"아무래도 그렇겠지요."

"힘들겠군."

"힘들어도 할 수 없죠 뭐. 다 운명이니까요."

아내는 비교적 차분했다. 뭐든지 체념하고 있는 듯했다.

95

낯선 명함을 가져온 사람은 겐조가 지정한 대로 이틀 뒤에 다시 그의 현관에 나타났다. 여전히 겐조는 끝이 갈라진 펜으로 조잡한 반지 위에 동그라미며 세모며 여러 가지 표시를 하느라 바빴다. 그의 손끝은 군데군데 붉은 잉크로 더럽혀져 있었다. 그는 손도 씻지 않고 그대로 객실로 나갔다.

시마다 일로 찾아온 남자는 저번의 요시다에 비하면 유형이 다르긴 했지만 겐조가 보기에는 둘 다 거의 차이가 없을 만큼 자신과 동떨어진 사람이었다.

남자는 줄무늬 하오리에 겹으로 된 딱딱하고 폭이 좁은 허리띠를 매고 하얀 버선을 신고 있었다. 상인인지 신사인지 알 수 없는 차림새나 말투는 관리인 같은 인상을 풍겼다. 그는 자신의 신분이나 직업을 밝히기 전에 느닷없이 겐조에게 물었다.

"제 얼굴을 알아보시겠습니까?"

겐조는 깜짝 놀라 그 사람을 쳐다보았다. 그의 얼굴에는 아무런 특징도 없었다. 굳이 말하자면 오늘까지 살림에 찌들어 살아왔다는 것 정도였다.

"도무지 모르겠소."

그는 이겨서 우쭐한 사람처럼 웃었다.

"그러시겠지요. 벌써 잊어도 될 만한 시절의 일이니까요."

그는 일단락 짓고 나서 덧붙였다.

"하지만 전 이래 봬도 당신을 도련님, 도련님, 하고 불렸던 옛날 일을 아직도 기억하고 있습니다."

"그런가요?"

겐조는 쌀쌀맞은 대답을 하고 그 사람의 얼굴을 유심히 쳐다보았다.

"아무래도 생각이 안 나시나 보군요? 그럼 말씀드리지요. 저는 옛날에 시마다 씨가 동회 일을 하실 때 거기서 일했던 사람입니다. 왜 당신이 장난을 치다가 작은 칼로 손가락을 베어 소동이 일어난 적이 있잖습니까? 그 작은 칼은 제 벼룻집에 들어 있던 거였지요. 그때 놋대야에 물을 담아와 손가락을 식혀준 사람도 접니다."

겐조의 머리에는 아직 그런 사실이 또렷이 보존되어 있었다. 그러나 지금 자기 앞에 앉아 있는 사람의 그때 모습 따위는 전혀 생각나지 않았다.

"그런 연고로 이번에 또 제가 시마다 씨의 부탁을 받고 찾아온 겁니다."

그는 곧장 본론으로 들어갔다. 그리고 겐조가 예상했던 대로 돈을 요구하기 시작했다.

"이제 다시는 댁에 발길을 안 하겠다고 하니까요."

"저번에 돌아갈 때 그렇게 말하고 갔습니다."

"그런데, 어떨까요, 이쯤에서 깨끗이 매듭을 짓기로 한다면 말이지요. 그렇지 않으면 아무리 시간이 지나도 당신만 성가실 테니까요."

겐조는 성가시지 않게 해줄 테니까 돈을 내놓으라는 식의 말투가 비위에 거슬렸다.

"아무리 얽혀 있어도 성가시지 않습니다. 어차피 세상일은 얽힌 일 투성이니까요. 설령 성가시다고 해도 줘서는 안 될 돈을 줄 거라면 주지 않고 성가신 걸 참는 게 우리한테는 훨씬 기분 좋은 일입니다."

그 사람은 잠시 생각에 잠겼다. 살짝 난감한 듯한 모습도 비쳤다. 하지만 잠시 후 입을 열 때는 생각지도 못한 말을 꺼냈다.

"게다가 당신도 알고 계시겠지만 인연을 끊을 때 당신이 시마다 씨한테 써준 문서[148]가 아직 저쪽에 있으니까 이참에 얼마간 목돈을 건네고 그 문서를 돌려받는 게 낫지 않겠습니까?"

겐조는 그 문서를 분명히 기억하고 있었다. 그가 생가로 복적되었

---

148 시오바라가에서 나쓰메가로 복적할 때 소세키도 문서를 써서 시오바라에게 건넸다. 한편 작중의 겐조 아버지와 달리 소세키의 아버지는 시오바라가 문서를 요구한 것에 격노하여 항의 편지를 보냈다.

을 때 시마다가 당사자인 그에게 각서 한 통만 써달라고 해서 겐조의 아버지도 어쩔 수 없이 그에게 아무렇게나 써주라고 했다. 쓸 말이 없었던 그는 하는 수 없이 붓을 들었다. 그리고 이번에 인연을 끊게 된 것에 대해 앞으로 서로 도리와 인정에 어긋나는 일은 하고 싶지 않다는 뜻을 불과 두 줄 남짓 적어서 그쪽에 건넸다.

"그건 휴지조각이나 다름없습니다. 그쪽에서 가지고 있어도 아무 도움이 안 되고 제가 받아도 쓸모가 없어요. 만약 이용할 수 있다고 생각한다면 얼마든지 이용하라고 하세요."

겐조는 그런 문서를 억지로 팔려 드는 그의 태도가 더욱 마음에 들지 않았다.

96

이야기가 막히자 그는 한동안 입을 다물었다. 그러고 나서 적당한 시간이 되자 다시 같은 문제를 꺼냈다. 그의 말은 산만했다. 이치로 밀어붙일 수 없다면 정에 호소하겠다는 식도 아니었다. 그저 손에 넣기만 하면 된다는 속셈이 노골적으로 들여다보였다. 매듭을 짓지 못한 채 함께 동요하고 있던 겐조는 끝내 질리고 말았다.

"문서를 사라거나 조만간 성가신 일이 일어나는 게 싫으면 돈을 내놓으라고 하면 나도 거절할 수밖에 없지만, 어려우니 어떻게 좀 해달라, 대신 앞으로는 일절 돈을 요구하러 오지 않겠다고 약속한다면 옛날 정을 생각해서라도 약간의 돈을 마련해줄 수도 있습니다."

"예, 그게 제가 찾아온 목적이니까, 가능하시다면 제발 그렇게 해주셨으면 합니다."

겐조는 그렇다면 왜 빨리 그렇게 말하지 않았느냐고 묻고 싶었다. 동시에 상대도 왜 빨리 그렇게 말해주지 않았느냐는 표정이었다.

"그럼 얼마나 해줄 수 있습니까?"

겐조는 잠자코 생각했다. 하지만 어느 정도가 적당한지 확실한 기준이 있을 리 없었다. 게다가 되도록 적은 것이 그의 형편에는 맞았다.

"뭐 백 엔 정도지요."

"백 엔."

그 사람은 이렇게 되뇌었다.

"어떨까요, 적어도 3백 엔쯤 마련해주실 수는 없겠습니까?"

"마련해줘야 할 이유만 있다면야 수백 엔이라도 내드리지요."

"지당한 말씀입니다만, 시마다 씨가 그렇게 어려운 처지니까요."

"그렇게 말한다면 저 역시 어렵긴 마찬가지입니다."

"그렇습니까?"

그의 말은 오히려 빈정거리는 투였다.

"애초에 한 푼도 못 내놓겠다고 해도 당신 쪽에서는 어떻게 할 방법이 없을 겁니다. 백 엔이 싫다면 그만두시지요."

상대는 드디어 흥정을 그만두었다.

"그럼 아무튼 본인한테 그렇게 잘 말해보겠습니다. 그런 다음에 다시 찾아뵐 테니 아무쪼록 잘 부탁드립니다."

그가 돌아간 후 겐조는 아내에게 말했다.

"결국 왔어."

"무슨 일인데요?"

"또 돈을 빼앗기는 거지. 사람이 오기만 하면 반드시 돈을 빼앗기니까 아주 지겨워 죽겠어."

"어처구니가 없네요."

아내는 특별히 동정 어린 말을 하지 않았다.

"하지만 어쩔 수 없어."

겐조의 대답도 간단했다. 그는 그렇게 되기까지의 일을 아내에게 자세히 말해주는 것조차 귀찮았다.

"그거야 당신 돈을 당신이 주는 거니까 제가 무슨 말을 하겠어요?"

"나한테 돈이 어디 있어?"

겐조는 내던지듯이 이렇게 말하고 서재로 돌아갔다. 연필로 온통 더럽혀진 종이가 군데군데 빨갛게 물든 채 책상 위에서 그를 기다리고 있었다. 그는 곧 펜을 집어 들었다. 그리고 이미 더럽혀진 것을 더욱 빨갛게 더럽혀야 했다.

손님을 만나기 전후의 기분 차이가 그를 불공평하게 하지나 않을까 하는 두려움이 일자 그는 다 읽은 것을 혹시나 해서 다시 읽었다. 그렇게 해도 세 시간 전의 기준이 지금의 기준인지 어떤지는 전혀 알 수 없었다.

'신이 아닌 이상 공평할 수는 없어.'

그는 믿을 수 없는 자신을 변호하면서 빠르게 눈으로 훑어보기 시작했다. 그러나 쌓아 올린 종이 뭉치는 아무리 속도를 내도 끝이 없었다. 간신히 한 뭉치를 원래대로 접으면 다시 한 뭉치를 펼쳐야 했다.

'신이 아닌 이상 참는 데도 한계가 있지.'

그는 다시 펜을 내던졌다. 붉은 잉크가 피처럼 반지 위에 번졌다. 그는 모자를 쓰고 추운 거리로 뛰쳐나갔다.

97

인적이 드문 동네를 걷고 있는 동안 겐조는 자신의 일만 생각했다.

'너는 결국 뭘 하러 세상에 태어난 거냐?'

그의 머리 어딘가에서 그에게 이런 질문을 던지는 이가 있었다. 그는 대답하고 싶지 않았다. 가능하면 대답을 피하려고 했다. 그러자 그 목소리가 다시 그를 추궁하기 시작했다. 몇 번이라도 같은 질문을 되풀이했다. 그는 결국 소리쳤다.

"몰라."

그 목소리는 갑자기 코웃음을 쳤다.

'모르지 않을걸. 알고 있어도 거기에 갈 수 없는 거지? 도중에 막혀 있는 거겠지.'

'내 탓이 아니야. 내 탓이 아니라고.'

겐조는 도망치듯이 빠르게 걸었다.

번화한 거리로 나왔을 때 새해맞이 준비로 분주한 바깥세상은 경이에 가까운 새로움으로 갑자기 그의 눈을 자극해왔다. 그의 기분은 차차 바뀌었다.

겐조는 손님의 주의를 끌기 위해 온갖 수단을 다해 장식한 가게 앞을 차례로 들여다보면서 걸었다. 어떤 때는 유리 너머로 자신과 전혀 인연이 없는 산호 머리장식이며 마키에[149] 장식이 들어간 빗이며 비녀를 아무 뜻 없이 오랫동안 바라보았다.

'세밑이 되면 세상 사람들은 꼭 뭔가를 사야 하는 것일까?'

---

149 칠기 표면에 금·은가루로 무늬를 넣는 일본 특유의 공예.

적어도 그 자신은 아무것도 사지 않았다. 아내도 거의 아무것도 사지 않는 편이었다. 그의 형, 누나, 장인, 누구를 봐도 뭔가를 살 만한 여유를 가진 사람은 한 사람도 없었다. 다들 해를 넘기는 데 힘들어하는 사람들뿐이었다. 그중에서도 장인이 가장 힘들어 보였다.

"귀족원 의원[150]만 되었다면 어디든 기다려준다고 했다는데."

빚쟁이에게 시달리는 아버지의 사정을 남편에게 털어놓는 김에 아내는 일찍이 이런 말을 했다.

내각이 와해된 당시[151]의 일이다. 장인을 한직에서 끌어내 어쩔 수 없이 사직하게 만든 사람은 자신들이 물러나기 직전에 그를 귀족원 의원으로 천거하여 얼마간 그에게 도리를 다하려고 했다. 그러나 다수의 후보자 중에서 한정된 인원을 뽑아야 했던 총리대신은 장인의 이름에 거리낌 없이 줄을 그어버렸다. 결국 그는 인선에서 탈락했다. 어떤 의미에서 보험에 들지 않은 사람에게만 박정했던 채권자들은 곧 그의 집으로 몰려왔다. 관저를 떠날 때 하인 수를 줄인 그는 얼마 지나지 않아 전용 인력거를 없애고 인력거꾼을 내보냈다. 끝내 살던 집마저 남의 손에 넘어간 무렵에는 어찌해볼 수가 없었다. 날이 갈수록 점점 더 비참한 지경에 빠졌다.

"미두에 손댄 것이 나빴어요."

아내는 이런 말도 했다.

"관리일 때는 투기꾼 쪽에서 돈을 벌게 해준대요. 그래서 괜찮았는

---

150 귀족원은 구헌법에서 중의원과 함께 제국의회를 구성한 입법기관으로, 의원에는 황족, 화족, 칙임 등의 세 종류가 있었다.

151 소세키의 장인 나카네 시게카즈가 지방국장을 사임한 것은 제4차 이토 히로부미 내각의 총사직이 원인으로, 1901년 6월의 일이었다.

데, 일단 퇴직하고 나면 투기꾼이 신경을 안 써주니까 다 실패할 수밖에 없는 거래요."

"무슨 말인지 영문을 모르겠군. 우선 그 의미조차 모르겠어."

"당신이 모른다고 해도 그런 거라니 어쩌겠어요?"

"무슨 말을 하는 거야? 그럼 투기꾼은 절대 손해를 안 본다는 얘기잖아? 바보 같기는."

젠조는 그때 아내와 주고받은 대화까지 떠올랐다.

그는 문득 정신을 차렸다. 사람들은 빠른 걸음으로 그를 지나쳤다. 다들 바쁜 모양이었고 일정한 목적을 갖고 있는 듯했다. 한시라도 빨리 그 목적을 실현하기 위해 부지런히 움직인다고만 생각되었다.

어떤 사람은 그의 존재를 전혀 의식하지 않았다. 어떤 사람은 엇갈릴 때 흘끗 쳐다봤다.

'넌 바보야.'

드물게 이런 표정을 짓는 자조차 있었다.

그는 다시 집으로 돌아와 붉은색 잉크를 지저분한 반지에 칠하기 시작했다.

98

이삼일 지나자 시마다의 부탁을 받은 사람이 다시 명함을 내밀며 면회를 청했다. 저번 일이 있었던 이상 거절할 수가 없었던 젠조는 객실로 나와 관리인 같은 그 사람 앞에 다시 앉을 수밖에 없었다.

"정말 바쁘실 텐데 이렇게 자꾸 찾아와서……."

그는 세상 물정에 밝은 사람이었다. 입으로는 미안하다고 말하지만 그의 태도에는 그런 기특한 모습이 전혀 보이지 않았다.

"실은 저번 일을 시마다 씨한테 자세히 얘기했더니, 그런 사정이라면 어쩔 수 없는 일이니 금액은 그것으로 됐다, 대신 아무쪼록 올해 안에 받고 싶다, 이렇게 말하던데요."

겐조는 그렇게 할 수가 없었다.

"올해 안이라고 하지만 며칠 안 남았잖아요?"

"그래서 저쪽에서도 서두르는 것이거든요."

"있으면 당장이라도 드리겠습니다만, 없으니 어쩔 수 없지 않겠습니까?"

"그렇습니까?"

두 사람은 잠시 입을 다물고 앉아 있었다.

"어떨까요, 그걸 좀 어떻게 해주실 수는 없겠습니까? 바쁜 저도 이렇게 시마다 씨를 위해 일부러 찾아왔으니까요."

그건 그의 사정이었다. 겐조의 마음을 움직일 수 있을 만큼 귀찮은 일도 수고스러운 일도 아니었다.

"죄송하지만 그럴 수는 없겠네요."

두 사람은 다시 말없이 마주 앉아 있었다.

"그럼 언제쯤 받을 수 있겠습니까?"

겐조에게는 언제라는 전망도 없었다.

"어쨌든 내년이 되면 어떻게든 해보지요."

"저도 이렇게 부탁드리러 온 이상 저쪽에 뭐라고 답을 해야 하니까 하다못해 기한이라도 일단 정해주셨으면 합니다만."

"그렇겠지요. 그럼 정월 말까지로 해두지요."

겐조는 달리 할 말이 없었다. 상대는 하는 수 없이 돌아갔다.

그날 밤 추위와 권태를 견디기 위해 소바유(蕎麦湯)[152]를 만들어달라고 한 겐조는 쥐색의 걸쭉한 것을 후루룩거리면서, 옆에서 무릎 위에 쟁반을 올려놓고 앉아 있는 아내와 이야기를 나누었다.

"또 백 엔을 어떻게든 해야 해."

"주지 않아도 되는 걸 준다고 약속하니까 나중에 곤란해지는 거잖아요?"

"주지 않아도 되는 거지만 난 줄 거야."

말의 모순이 금세 아내를 불쾌하게 했다.

"그렇게 고집을 부리면 어쩔 수 없지요."

"이론만 따지니 뭐니 하면서 나를 공격하는 주제에 당신은 굉장히 형식만 차리고 있어."

"당신이야말로 형식을 좋아하잖아요. 무슨 일이나 이론을 앞세우니까요."

"이론하고 형식은 달라."

"당신한테는 같아요."

"그럼 말하겠는데, 난 입으로만 논리를 따지는 사람이 아니야. 입에 있는 논리는 내 손에도, 발에도, 몸 전체에도 있는 거라고."

"그렇다면 당신의 이론이 그렇게 텅 비어 보일 리가 없잖아요?"

"텅 빈 게 아니야. 그건 마치 곶감에 생기는 하얀 가루처럼 이론이 안에서 하얗게 뿜어 나오는 거거든. 겉에서 묻히는 설탕가루하고는 달라."

152 메밀가루를 뜨거운 물에 걸쭉하게 푼 것.

이런 설명이 바로 아내에게는 텅 빈 이론이었다. 게다가 무슨 일이든 눈에 보이는 것을 손에 꽉 쥐지 않고는 받아들일 수 없는 그녀는 남편과 논쟁하는 것을 좋아하지 않았다. 또 하려고 해도 할 수 없었다.

"당신이 형식만 차린다는 건 말이야, 사람의 내부가 어떻게 되었든 외부로 드러난 것만 파악하면 그걸로 그 인간을 다 알 수 있다고 생각하기 때문이야. 마치 장인어른이 법률가니까 증거만 없으면 불평을 들을 일이 없다고 생각하는 것처럼……."

"아버지는 그런 말 한 적 없어요. 저도 그렇게 외부만 꾸미고 사는 사람이 아니고요. 당신이 평소부터 사람을 그렇게 비뚤어진 눈으로 보니까……."

아내의 눈꺼풀에서 눈물이 뚝뚝 떨어졌다. 그사이에 말이 끊겼다. 시마다에게 줄 백 엔 이야기가 엉뚱한 방향으로 샜다. 그리고 점점 복잡해졌다.

99

이삼일 지나 아내가 오랜만에 외출했다.

"오랫동안 소식을 전하지 못한 인사를 겸해서 세밑 인사를 하며 돌고 왔어요."

추위로 볼이 빨개진 채 젖먹이를 안고 겐조 앞으로 나온 아내는 따뜻한 공기 속에서 엉덩이를 바닥에 붙였다.

"처갓집은 어때?"

"별로 달라진 건 없었어요. 그렇게 되면 지나치게 걱정을 해서 오히

276

려 태연해지는 건지도 모르겠어요."

젠조는 뭐라 대답할 수가 없었다.

"자단 책상을 사지 않겠느냐고 했는데 재수 없는 물건이라 그만뒀어요."

포도송이 모양의 나뭇결이 드러난 통판자로 만든 커다란 중국제 책상은 백 엔 이상이나 하는 근사한 것이었다. 예전에 파산한 친척에게 빚 담보로 책상을 받은 장인은 같은 운명 아래 조만간 다른 누군가에게 넘겨야만 했다.

"재수가 있든 없든 그건 상관없는데, 당분간 우리는 그렇게 비싼 걸 살 용기는 없을 것 같은데."

젠조는 쓴웃음을 지으며 담배를 피웠다.

"그러고 보니 그 사람한테 줄 돈을 히다 씨한테서 빌리는 건 어때요?"

아내는 아닌 밤중에 홍두깨 격으로 이런 말을 했다.

"매형한테 그만한 여유가 있을까?"

"있어요. 히다 씨는 올해를 끝으로 회사를 그만둔대요."

젠조는 새로운 소식을 당연하다고도, 이상하다고도 생각했다.

"이제 나이도 들었으니까. 하지만 그만두면 더 어려워질 텐데."

"나중에는 어떻게 될지 모르겠지만 지금 당장은 어려운 일이 없대요."

히다의 사직은 그를 발탁해준 중역 한 사람이 회사와 관계를 끊은 일이 원인이 된 것 같았다. 하지만 오랫동안 근무해온 결과 그의 손에 들어올 돈은 일시적으로 그의 경제 상태를 윤택하게 하기에 충분했다.

"놀고먹는 것도 별수 없다면서 확실한 사람이 있으면 빌려주고 싶으니까 좀 알아봐달라고, 오늘 부탁받고 왔어요."

"흐음, 결국 돈놀이를 하게 된 건가?"

겐조는 평소 시마다의 매정함을 비웃던 히다와 누나를 떠올렸다. 자신들의 처지가 바뀌자 어제까지 경멸했던 사람을 흉내 내면서도 부끄러운 줄 모르는 누나 부부는 반성이 부족하다는 점에서 오히려 어린애 같았다.

"어차피 이자가 높겠지?"

아내는 이자가 높은지 낮은지 전혀 알지 못했다.

"잘은 몰라도 잘만 운용하면 매달 3, 40엔의 이자가 들어올 테니까 그걸 두 사람의 용돈으로 삼아 앞으로 가늘고 길게 살아갈 생각이라고 형님이 말했어요."

겐조는 누나가 말한 이자 액수로 속셈을 해서 원금을 계산해보았다.

"자칫 잘못했다가는 다 날릴 거야. 그렇게 욕심부리지 말고 은행에라도 맡겨두고 적당한 이자를 받는 게 안전할 텐데 말이야."

"그러니까 확실한 사람한테 빌려주고 싶다는 거잖아요?"

"확실한 사람은 그런 돈 안 빌려. 무서워서."

"하지만 보통 이자로는 살아갈 수가 없잖아요?"

"비싼 이자라면 나라도 빌리는 게 싫겠지."

"아주버님도 어려우신가 봐요."

히다는 형에게 앞으로의 방침을 밝히면서 먼저 그 시작으로 돈을 빌려가라고 부탁했다는 것이다.

"어이가 없군. 돈을 빌려가라고 자기가 부탁하는 사람이 세상에 어디 있어? 형님도 돈이야 필요하겠지만 그런 위험을 무릅쓰면서까지 빌릴 필요는 없을 테고."

겐조는 씁쓸한 가운데서도 우스꽝스러움을 느꼈다. 이 한 가지 일로도 히다의 제멋대로인 성격을 충분히 엿볼 수 있었다. 옆에서 그걸 보고도 모른 척하고 있는 누나의 속셈도 그에게는 불가사의였다. 한 핏줄이라고는 하나 형제라는 느낌은 전혀 들지 않았다.

"설마 내가 빌릴 거라고 얘기한 건 아니지?"

"그런 쓸데없는 말을 왜 해요?"

100

겐조는 이자가 높고 낮은 것은 별도로 하고 도저히 히다에게 돈을 빌린다는 걸 진지하게 생각할 수 없었다. 그는 누나에게 매달 얼마씩 용돈을 보내는 처지였다. 그런 누나의 남편에게 돈을 빌리게 되는 모순은 누구의 눈에나 비칠 만큼 명백했다.

"앞뒤가 안 맞는 일이야 세상에 널려 있긴 하지만……."

이렇게 말하다 말고 그는 돌연 웃고 싶어졌다.

"어쩐지 이상하군. 생각하면 우스워질 뿐이야. 뭐 어때, 내가 빌리지 않아도 어떻게든 될 테니까."

"네, 그야 빌릴 사람은 얼마든지 있겠지요. 실제로 벌써 조금 빌려주었대요. 근처의 기생집인가 어딘가에요."

기생집이라는 말이 겐조의 귀에 더욱 우스꽝스럽게 들렸다. 그는 실성한 사람처럼 웃었다. 아내에게도 시누이의 남편이 기생집에 돈을 빌려주었다는 사실이 어울리지 않게 보였다. 하지만 그녀는 그것이 남편의 체면과 관련된다고 생각하는 성격은 아니었다. 그저 남편과 함께 재미있다는 듯이 웃을 뿐이었다.

우스꽝스러운 느낌이 사라지자 그에 대한 반동이 일어났다. 겐조는 히다에 대한 불쾌한 옛일까지 떠올렸다.

그것은 그의 둘째 형이 병사하기 전후[153]의 일이었다. 병자는 평소에 자신이 차고 있던, 양쪽에 뚜껑이 달린 회중 은시계를 동생인 겐조에게 보여주며 "나중에 너한테 줄게"라는 말을 입버릇처럼 했다. 시계를 가져본 경험이 없던 젊은 겐조는 갖고 싶어 견딜 수 없는 그 장식품을 언제 자신의 허리에 두를 수 있을지를 상상하며 은근히 미래의 득의양양함을 미리 가정해보며 한두 달을 보냈다.

둘째 형이 죽었을 때 그의 아내는 남편의 말을 존중하여 사람들 앞에서 그 시계를 겐조에게 주겠다고 말했다.

하지만 죽은 사람의 유품이라고 해야 할 그 물건은 불행히도 전당포에 맡겨져 있었다. 물론 겐조는 그걸 찾아올 능력이 없었다. 그는 형수로부터 소유권만 넘겨받았을 뿐 정작 시계에는 손도 대보지 못한 채 며칠이 지나갔다.

어느 날 모두가 한자리에 모였다. 그런데 그 자리에서 히다가 문제의 시계를 품에서 꺼냈다. 닦아서 반짝거리는 시계는 몰라볼 정도였다. 새 끈에 산호 구슬 장식까지 붙어 있었다. 히다는 거들먹거리며 그걸 큰형 앞에 내놓았다.

"그럼 이건 자네한테 주기로 하지."

옆에 있던 누나도 거의 히다와 같은 말을 했다.

"정말 여러 가지로 수고만 끼치고, 고맙습니다. 그럼 받겠습니다."

---

153 소세키의 둘째 형이 병사한 것은 1887년 6월 21일로, 이를 근거로 계산하면 겐조가 스물한 살 때의 일이다.

형은 감사를 표하고 시계를 받았다.

겐조는 잠자코 세 사람을 보고 있었다. 세 사람은 겐조가 그 자리에 있는 것조차 안중에 없는 것 같았다. 끝까지 한마디도 하지 않은 겐조는 속으로 심한 모욕을 받았다는 기분이 들었다. 그러나 그들은 태연했다. 그들의 처사를 원수처럼 미워한 겐조도 그들이 왜 그런 짓궂은 짓을 했는지 도무지 이해할 수가 없었다.

겐조는 자신의 권리도 주장하지 않았다. 또한 설명을 요구하지도 않았다. 그저 말없이 정나미가 떨어졌을 뿐이다. 그리고 육친인 형과 누나에게 정나미가 떨어진 일이 그들에게 가장 혹독한 형벌일 거라고 판단했다.

"그런 일을 아직까지 기억하고 있어요? 당신도 참 끈질기네요. 아주버님이 들으면 꽤나 놀라겠어요."

아내는 겐조의 얼굴을 보며 넌지시 안색을 살폈다. 겐조는 꼼짝도 하지 않았다.

"끈질기든 남자답지 못하든 사실은 사실이야. 설령 사실을 지운다고 해도 감정마저 없앨 수는 없으니까. 그때의 감정은 아직도 그대로 살아 있어. 살아서 지금도 어딘가에서 꿈틀거리고 있다고. 내가 죽여도 하늘이 부활시키니까 나도 어쩔 도리가 없지."

"돈만 안 빌리면 그걸로 된 거 아니에요?"

아내의 이 말은 히다만이 아니라 자신의 일이나 친정 일까지 고려한 것이었다.

101

해가 바뀌었을 때 겐조는 하룻밤 사이에 변한 세상의 겉모습을 심드렁한 얼굴로 바라보았다.

'모두 쓸데없는 일이다. 인간의 잔꾀다.'

실제로 겐조 주위에는 섣달그믐도 정월 초하루도 없었다. 모조리 전해의 연속일 뿐이었다. 그는 남의 얼굴을 보고 새해 복 많이 받으라고 인사하는 것조차 싫었다. 그런 새삼스러운 말을 입에 담는 것보다는 아무도 만나지 않고 조용히 있는 것이 더 기분 좋았다.

겐조는 평상복 차림으로 훌쩍 밖으로 나갔다. 가능한 한 새해 분위기가 안 나는 곳으로 발길을 향했다. 잎이 떨어진 앙상한 겨울나무들과 황량한 밭, 초가지붕과 작은 시내, 그런 것이 멍한 그의 눈에 들어왔다. 그러나 그는 이 가련한 자연에 대해서도 이미 감흥을 잃었다.

다행히 날씨는 포근했다. 바람이 심하게 불지 않는 들판에는 멀리 봄날 같은 연무가 자욱이 끼어 있었다. 그 사이로 비치는 엷은 햇살도 그의 몸을 포근히 감쌌다. 그는 일부러 사람도 없고 길도 없는 곳으로 들어갔다. 그리고 녹기 시작한 서리 때문에 흙투성이가 된 구두가 무거워진 것을 알고 잠시 발을 움직이지 않고 있었다. 그는 한곳에 멈춰 서 있는 동안 기분을 달래려고 그림을 그렸다. 그러나 그림이 너무 서툴러서 사생은 오히려 그를 자포자기하게 만들 뿐이었다. 그는 묵직한 발을 끌고 집으로 돌아왔다. 도중에 시마다에게 줘야 할 돈을 생각하고 문득 뭔가 써봐야겠다는 생각을 했다.

붉은색 잉크로 지저분해진 반지를 덧칠하는 일이 드디어 끝났다. 새 일이 시작되기까지 아직 열흘쯤 남아 있었다. 그는 그 열흘을 이용

하려고 했다. 그는 다시 펜을 들고 원고지를 마주했다.[154]

건강이 점차 나빠지고 있다는 불쾌한 사실을 알면서도 거기에 주의를 기울이지 않고 그는 맹렬하게 일했다. 마치 자신의 몸에 반항이라도 하는 것처럼, 마치 자신의 위생을 학대라도 하는 것처럼, 또한 자신의 병에 복수라도 하는 것처럼. 그는 피에 굶주렸다. 게다가 남을 도륙할 수 없기 때문에 어쩔 수 없이 자신의 피를 빨며 만족했다.

예정한 매수를 다 썼을 때 그는 펜을 던지고 다다미 위에 쓰러졌다.

"아아, 아아."

그는 짐승처럼 소리를 질렀다.

글로 쓴 것이 돈으로 바뀌는 것은 별 어려움 없이 끝났다. 다만 그 돈을 어떻게 시마다에게 건네야 좋을까 하는 문제로 잠깐 망설였다. 직접 만나는 것은 겐조도 달갑지 않았다. 시마다도 다시는 찾아오지 않겠다고 마지막 말을 내뱉은 이상 겐조 앞에 나설 생각이 없다는 것은 뻔했다. 아무래도 중간에서 말을 전해줄 사람이 필요했다.

"역시 형님이나 히다 씨한테 부탁할 수밖에 없지 않을까요? 지금까지 해온 일도 있으니까요."

"뭐 그렇게 하는 게 제일 낫겠지. 별로 달갑지는 않지만 말이야. 공공연히 남한테 부탁할 만한 일도 아니고."

겐조는 쓰노카미자카로 찾아갔다.

"백 엔이나 주는 거야?"

깜짝 놀란 누나는 아깝다는 듯이 눈을 동그랗게 뜨고 겐조를 쳐다보았다.

---

154 앞에서 '긴 원고'가 『나는 고양이로소이다』 1회분이라면 이것은 2회분일 것이다.

"하지만 너 같은 사람은 체면도 있으니까. 그렇게 노랑이 같은 짓을 할 수도 없을 테고, 게다가 시마다라는 노인네가 보통 노인네가 아니라 그런 악당이니 백 엔 정도는 어쩔 수 없을 거야."

누나는 겐조의 마음에 없는 것까지 지레짐작하여 지껄여댔다.

"하지만 정초부터 너도 참 꼴이 말이 아니구나."

"꼴이 말이 아닌 잉어가 폭포를 오르는군."[155]

조금 전부터 옆에서 책상다리를 하고 앉아 신문을 보고 있던 히다가 처음으로 입을 열었다. 그러나 그 말은 누나에게 통하지 않았다. 겐조도 무슨 말인지 도통 알 수가 없었다. 그걸 짐짓 안다는 듯이 아하하 하고 웃는 누나가 오히려 더 우스웠다.

"하지만 너는 좋겠다. 돈을 벌려고만 하면 얼마든지 벌 수 있으니까."

"우리하고는 머리 크기부터가 좀 다르지. 우다이쇼(右大将) 요리토모의 골상[156]이니까."

히다는 묘한 말만 했다. 하지만 부탁한 일은 두말없이 들어주었다.

102

히다와 형이 함께 겐조 집으로 찾아온 것은 정월 중순쯤이었다. 설

---

155 잉어가 폭포를 오른다는 말은 잉어가 용이 된다는 뜻, 즉 입신출세를 의미한다.
156 가마쿠라 막부를 세운 초대 쇼군 미나모토노 요리토모(源賴朝)의 머리는 보통 사람보다 컸다는 전설이 있다. 앞에서 머리의 좋고 나쁨을 '머리 크기'로 표현했으므로 겐조의 머리가 좋다는 뜻으로 한 말이다.

날 무렵 대문 앞에 장식하는 소나무도 치워진 거리에는 어딘지 모르게 아직도 새해 분위기가 남아 있었다. 세밑도 새해도 없는 겐조의 객실에 앉은 두 사람은 마음이 가라앉지 않는 듯 방 안을 둘러보았다.

히다가 품에서 문서 두 장을 꺼내 겐조 앞에 놓았다.

"자, 드디어 이걸로 다 매듭이 지어졌네."

한 장에는 백 엔을 받았다는 것과 앞으로 모든 관계를 끊겠다는 것이 고풍스러운 문구로 쓰여 있었다. 누구의 필적인지는 판단할 수 없지만 시마다의 도장은 확실히 찍혀 있었다.

겐조는 '이리된 바 후일에 이르러'라든가 '후일을 위한 서약은 전술한 바와 같다'라는 말을 바보 같다고 생각하면서 묵독했다.

"정말 수고하셨습니다. 감사합니다."

"이런 증서만 받아두면 이제 걱정할 게 없으니까. 그렇지 않으면 언제까지고 귀찮게 따라다닐지 모르거든. 안 그런가, 큰처남?"

"그렇지요. 이걸로 일단 안심할 수 있겠지요."

히다와 형의 대화는 겐조에게 전혀 감명을 주지 못했다. 겐조에게는 주지 않아도 되는 백 엔을 호의로 줬다는 생각만 강하게 일었다. 성가신 일을 피하기 위해 돈의 힘을 빌렸다는 생각은 좀처럼 들지 않았다.

겐조는 말없이 다른 문서 한 장을 펼치고 자신이 생가로 복적할 때 시마다에게 보낸 문구를 보았다.

'소생은 금번 귀가와 이연(離緣)하게 되매 친부가 양육비를 지불한 일에 대해서는 금후 상호 불성실하거나 몰인정한 일이 없도록 명심하겠습니다.'

겐조는 의미도 논리도 제대로 이해할 수 없었다.

"그걸 억지로 팔려는 게 그쪽 속셈이었지."

"결국 백 엔으로 사준 거지요."

히다와 형은 다시 이야기를 나누었다. 겐조는 그들 사이에 끼어드는 것조차 싫었다.

두 사람이 돌아간 후 아내는 남편 앞에 놓인 문서 두 통을 펼쳐 보았다.

"이건 좀이 슬었네요."

"휴지조각이야. 아무짝에도 쓸모없는 거니까 찢어서 휴지통에 버려."

"일부러 찢어 버리지 않아도 되잖아요?"

겐조는 그대로 자리에서 일어났다. 다시 얼굴을 마주했을 때 그는 아내에게 물었다.

"아까 그 문서는 어떻게 했어?"

"옷장 서랍에 넣어두었어요."

그녀는 소중한 거라도 간수해두었다는 듯한 투로 대답했다. 겐조는 그녀가 한 일을 타박하지도 않았고, 그렇다고 잘했다고 할 마음도 들지 않았다.

"아무튼 다행이에요. 그 사람만은 이걸로 매듭이 지어져서요."

아내는 안심했다는 표정을 지어 보였다.

"뭐가 매듭이 지어져?"

"그래도 이렇게 문서를 받아두면 안심이죠. 이제 올 일도 없을 거고, 온다고 해도 상대해주지 않으면 그만이잖아요?"

"그거야 지금까지도 그랬어. 그럴 마음만 먹었다면 언제든지 그럴 수 있었으니까."

"하지만 문서를 우리 손에 넣어두면 얘기가 전혀 다르지요."

"안심할 수 있을까?"

"네, 안심할 수 있어요. 완전히 매듭지어진걸요."

"그렇게 간단히 매듭지어지진 않아."

"왜요?"

"매듭지어진 것은 표면적인 것뿐이야. 그래서 당신을 형식만 앞세우는 여자라고 하는 거야."

아내의 얼굴에는 미심쩍음과 반항의 빛이 스쳤다.

"그럼 어떻게 하면 정말 매듭지어지는 거예요?"

"세상에 매듭지어지는 일은 거의 없어. 한번 일어난 일은 언제까지고 계속되지. 다만 여러 가지 형태로 변하니까 남들도 자신도 알 수 없을 뿐이야."

겐조는 몹시 쓸쓸한 어조로 토해내듯이 말했다. 아내는 잠자코 갓난아기를 안아 올렸다.

"오오, 그래, 우리 아기, 착하기도 하지. 아버지가 하는 말이 무슨 소린지 하나도 모르겠지, 그치?"

아내는 이렇게 말하며 아기의 빨간 볼에 연신 입을 맞추었다.

환멸에 맞서는 방식으로서의 쓰기, 그 기원을 찾아서

정이현(소설가)

작가는 어느 순간, 작가가 되는가? 아니다. 이 질문은 다시 적혀야 한다. 작가가 되려는 인간은 언제 글을 써야겠다는 다짐을 했는가? 역시, 아니다. 이 질문은 좀 더 정교해져야 한다. 작가가 되려는 인간은 언제 혹은 왜, 첫 원고를 완성하는가? 어떤 작가는 고백을 하기 위해 쓴다. 선언이나 저항, 복수의 방식으로 글쓰기를 택하는 경우도 있을 것이다. 그가 왜 쓰는지, 단 하나의 이유만으로 꼬집어 규정할 수 없을지도 모른다. 그렇다면 이 대작가의 경우는 어떨까. 일본의 국민작가이며 근대문학의 아버지라고 불리는 나쓰메 소세키 말이다.

나쓰메 소세키가 죽기 전 마지막으로 완결한 작품인 『한눈팔기』는 유학파 영문학자이던 작가가 첫 소설(『나는 고양이로소이다』)을 썼을 때인 1904년 무렵을 배경으로 한다. 『한눈팔기』는 소세키의 소설 쓰기의 기원을 드러낸다는 점에서 문제적이다. 또한 전근대와 근대 사이의 시간을 살았던 동아시아의 한 엘리트 지식인 남성의 삶을 응시할 수 있는 흥미로운 기회이기도 하다.

『한눈팔기』(원제 : 道草)는 1915년 나쓰메 소세키가 사망하기 1년 반 전 《아사히 신문》에 연재되었던 작품이며 그의 대표적인 자전소설로 널리 알려져 있다. 소세키의 많은 작품이 자전적 모티프를 바탕으로 하고 있지만 그중에서도 『한눈팔기』의 주인공 겐조의 삶은 작가와 유난히 닮아 있다. 영국 유학을 마친 후 대학 강사로 활동한 점, 유년기에 남에게 수양아들로 보내졌다 본가로 되돌아왔다는 점, 가족 관계 등 여러 가지 면에서 작가의 실제 경험과 유사한 궤적을 그린다.

도초(道草)라는 단어에는 '한눈팔다, 해찰하다', 아니면 '길가에 난 풀'이라는 두 가지 의미가 들어 있다고 한다. 이 소설에서는 첫 번째 의미로 쓰였다*는 것이 중론이지만 중의적인 뜻이라고 해석할 여지도 적지 않다. 이 소설은 명백히 한 남자의 '고난기'인바, 현실적이지 않은 성격의 겐조는 소설 내에서 시종일관 몹시도 현실적인 세속의 일들에 압박당하고 그 과정에서 느끼는 중압감은 스스로를 '특별한 존재'가 아닌 한갓 '길가의 풀 한 포기'라고 자조하게 만들기에 충분하기 때문이다. 인생을 걸고 맞서 싸워야 할 커다란 적은 보이지 않는다. 그가 맞닥뜨리는 것은 잡스러워서 더 곤혹스러운 소소한 역경들이고, 그는 좁고 더러운 물웅덩이 앞에 선 것처럼 콧등을 찡그리며 그것을 뛰어넘어야 한다. 그것은 오만한 자부심으로 뭉친 사내가 자신이 기실 길가에 핀 풀과 '다르지 않음'을 인정해가는 과정이다.

겐조는 대처(유럽)에서 공부하고 귀향한 엘리트 지식인의 전형이다. 그는 매사 심드렁하고 짜증스럽다. 그럴 수밖에 없는 것이 큰 세계를 겪고 오랜만에 돌아온 고향에는 남겨두고 떠났던 아내와 어린

---

* 조경란, 「거기 꽃이 있을지도」(『한국작가가 읽은 세계문학』, 문학동네)

딸들이 기다리고 있고, 변변찮은 일가붙이도 그대로다. 하나같이 사정들이 어렵다. 누이는 중병에 걸려 누워 있으며, 번번이 결혼에 실패하는 형은 근근이 살아가는 말단 관리다. 한때 융성했던 장인은 재산을 다 날리고도 허풍스러운 궁리만 하고 있다. 아내와의 관계는 또 어떤가. 아내와 그는 '말을 잘 하지 않는' 사이다. 깊은 속내는 전혀 나누지 않으며 일상의 표면적인 대화도 자주 끊어진다. 몸과 정신이 쇠약한 아내는 가끔 발작을 일으키기도 한다. 아내라는 존재는 겐조에게 소통의 불가능성을 증명하는 역할을 한다.

나는 결코 당신이 생각하는 그런 냉혹한 사람이 아니야. 단지 내가 갖고 있는 따뜻한 애정을 막고 밖으로 보낼 수 없게 하니까 어쩔 수 없이 그렇게 하는 거지.

설상가상으로, 오래전 연락이 끊겼던 양부와 양모마저 그의 인생에 등장한다. 겐조가 양아버지였던 시마다를 우연히 보는 장면으로 소설은 시작된다. 잠시 양아들로 삼았던 이를 찾아와 당당하게 돈을 요구하는 늙고 가난하고 뻔뻔한 남자와 여자. 그들은 끊임없이 겐조에게 도움을 요청한다. 그들의 눈에 비춰지는 겐조는 엄청나게 성공하지는 않았어도 '인정에 의해 나를 도와줄 정도는 되는' 존재인 탓이다. 겐조는 그들과, 그들(자신)을 둘러싼 세계에 지긋지긋한 염증을 느끼지만 외면하지도 못한다. 근대적 지식인인 겐조는 자신에게 그들을 도울 의무가 없다는 것을 알고 있으며 그 이상한 인척 관계를 무기 삼아 들이대는 그들의 요구가 얼마나 부당한지를 여실히 느끼고 있다. 그럼에도 냉정하게 떨쳐내지는 못한다. 적극적으로 도울 것인가, 차갑

게 외면할 것인가. 그 남자의 영혼은 어쩌지도 못하고 그 사이 어딘가에 납작하게 깔려 있다. 그의 내면을 구성하는 것은 모종의 이중성이며, 그 과정에서 그를 휩싸는 감정은 지독한 환멸이다. 환멸의 대상은 거절할 수 없는 요구를 거듭하는 바깥의 '적들'뿐 아니라 자신의 내부까지를 포함한다.

알고 보면 그들이 겐조에게 요구하는 것은 단 하나뿐이다. '돈'이다. 돈, 돈, 돈. '돈'은 무엇인가? 소설에서 겐조의 주변인들에게 돈은 전통적인 관계를 매개하는 도구이다. 눈에 보이지 않는 마음을 증명하는 방법이 물질적 가치로 전도된 것이다. 객관적으로 볼 때 겐조는 결코 사회의 강자가 아니다. 그런데 주변의 그보다 못한 인물들은 다들 그를 강자처럼 대우하고, 약자의 역할을 자처한다. 그에게 '돈'을 얻기 위한 수법이다. 모멸을 자처하여 타인에게 모멸감을 주는 것이다. 겐조는 짙은 모멸감을 느낀다.

그 변화의 이행기 한가운데에서 이러지도 저러지도 못하고 있는 인간이다. 돈을 안 주지는 못하겠고, 줄 돈의 액수를 깎아보려 드는 겐조의 모습은 우스꽝스러우면서도 씁쓸한 한 편의 블랙코미디이다.

그의 어린 시절, 양부모는 남의 집에서 데려온 아이 겐조에게 매일 물었다. '겐조, 너는 진짜 누구 아이지? 숨기지 말고 말해봐.' 아마 그들도 불안해서였을 것이다. 자의와는 전혀 상관없이 어린 겐조는 그들의 소유물이 되었지만 역시 어른들의 사정에 의하여 하루아침에 원래 부모에게로 돌려보내진다. 어른들의 전유물이 되었을 때에도 그것에서 놓여났을 때에도 아이의 의견은 아무도 묻지 않았다. 불안의 그림자는 아이의 가슴으로 옮겨지고, 그는 소속감 같은 것은 없는 어른으로 자라난다. 그러니 과거의 유령 같은 양부모를 다시 만나 시달리는 겐조가 '나는 진짜 누구인가'를 자문하는 것은 필연적인지도 모른다. '너는 결국 무엇을 하러 이 세상에 태어났는가, 라는 이 물음은 서사 전체를 관통하여 이어진다.

이 진퇴양난의 사내가 마련한 대답은, 친구에게 돈을 빌려 장인에게 건네는 것, 그리고 소설을 써서 번 돈 백 엔을 양부 시마다에게 주는 것이다. 소설은 돈이 되었고, 그 돈으로 종이쪼가리에 불과할지도 모를 옛 문서를 산다. 이것이 소설가의 교환 방식이다. 물론 교환이 완전히 끝나지 않았다는 것을 그는 알고 있다. 일이 일단락되었다고 생각하는 아내에게 겐조는 일은 그렇게 간단히 매듭지어지는 게 아니라고 말한다. 매듭지어지는 것은 표면뿐이라는 것이다.

세상에 매듭지어지는 일은 거의 없어. 한번 일어난 일은 언제까지고 계속되지. 다만 여러 가지 형태로 변하니까 남들도 자신도 알 수 없을 뿐이야.

고독 속에 놓인 인간 존재에 대해 진지하고 치밀하게 탐구했던 한 위대한 작가가 이렇게 탄생하였다.

『한눈팔기』를 덮고 난 뒤 계속 머릿속을 맴도는 것은 아내가 분만하는 대목이다. 산파는 쉬 오지 않고 겐조는 얼떨결에 아기의 탄생을 지키게 된다.

그는 어쩔 수 없이 어둠 속을 손으로 더듬었다. 곧 그의 오른손에 지금까지 경험한 적이 없는 이상한 촉감의 어떤 것이 닿았다. 그것은 우무처럼 탱탱했다. 그리고 윤곽이나 모습이 확실하지 않은 무슨 덩어리에 지나지 않았다. 섬뜩한 느낌을 온몸에 전하는 그 덩어리를 가볍게 손끝으로 만져보았다. 덩어리는 움직이지도 않고 울지도 않았다. 그저 쓰다듬을 때마다 탱탱한 우무 같은 것이 벗겨져 떨어지는 것 같았다. 만약 세게 누르거나 쥐면 전체가 뭉개질 것임이 틀림없다고 생각했다. 무서워져서 황급히 손을 거둬들였다. …… 겐조는 작은 살덩어리가 지금의 아내처럼 커질 미래를 상상했다. 그건 먼 훗날의 일이었다. 하지만 도중에 생명의 끈이 끊어지지 않는 한 언제가 반드시 올 것이다.

겐조가 새삼스러운 어리둥절함 속에서 중얼거린 말이 잊히지 않는다.

인간의 운명은 쉽게 끝나지 않는 거로군.

영원히 나쓰메 소세키의 소설이 유효한 이유다.

나쓰메 소세키 연보

1867년 0세

2월 9일(음력 1월 5일) 현재의 도쿄 신주쿠〔구 에도(江戶) 우시고메바바시타(牛込馬場下)〕에서 출생. 나쓰메 나오카쓰(夏目直克)와 후처 나쓰메 지에(夏目千枝) 사이에서 5남 3녀 중 막내로 태어남. 본명은 나쓰메 긴노스케(夏目金之助). 태어나자마자 요쓰야(四谷)의 만물상에 양자로 보내졌다가 곧 돌아옴.

1868년 1세

11월, 요쓰야의 시오바라 쇼노스케(鹽原昌之助)와 시오바라 야스(鹽原やす) 부부에게 다시 입양됨.

1870년 3세

천연두에 걸려 얼굴에 흉터가 약간 생김. 흉터는 평생 고민거리가 됨.

1872년 5세

시오바라가의 장남으로 호적에 오름.

1874년 7세

4월, 양부모의 불화로 양모와 함께 잠시 친가로 감.

11월, 아사쿠사(淺草)의 도다 소학교에 입학.

1876년 9세

양아버지가 아사쿠사의 동장에서 면직되어, 소세키는 시오바라가에

적을 둔 채 생가로 돌아옴.

5월, 이치가야(市ヶ谷) 소학교로 전학.

1878년 11세

2월, 친구들과 만든 잡지에 「마사시게론(正成論)」을 발표.

4월, 이치가야 소학교 졸업. 긴카(錦華) 학교 소학심상과(小學尋常科)

　　로 전학하고 11월에 졸업.

1879년 12세

3월, 간다(神田)의 도쿄 부립 제1중학교에 입학.

1881년 14세

1월 21일, 생모 나쓰메 지에 사망.

봄에 도쿄 부립 제1중학교 중퇴.

4월경, 한학을 전문으로 가르치는 니쇼(二松) 학사로 전학.

1882년 15세

봄에 니쇼 학사 중퇴.

1883년 16세

봄에 도쿄 대학 예비문(현재의 도쿄 대학 전신 중 하나) 시험 준비를 위해 세이리쓰(成立) 학사에 입학.

1884년 17세

9월, 도쿄 대학 예비문 예과에 입학. 입학 직후 맹장염을 앓음.

1885년 18세

9월, 도쿄 대학 예비문 예과 3급으로 진급.

1886년 19세

7월, 복막염 때문에 학년 말 시험을 치르지 못하고 낙제.

9월, 에토(江東) 의숙 교사가 되어 의숙 기숙사에서 제1고등중학교(도쿄 대학 예비문의 후신)에 다님.

1887년 20세

3월에 맏형이, 6월에 둘째 형이 폐결핵으로 사망.

9월, 제1고등중학교 예과에 진급. 이 시기에 과민성 결막염을 앓음.

1888년 21세

1월, 성을 시오바라에서 나쓰메로 복적.

9월, 제1고등중학교 본과에 진학해서 영문학을 전공.

1889년 22세

1월부터 마사오카 시키(正岡子規)와 친해짐.

5월, 시키의 한시 문집인 『나나쿠사슈(七草集)』에 대해 한문으로 평을 씀. 9편의 칠언절구를 덧붙이면서 처음으로 '소세키'라는 호를 사용.

9월, 한문체의 기행문집 『보쿠세쓰로쿠(木屑錄)』 탈고.

1890년 23세

7월, 제1고등중학교 본과 졸업.

9월, 도쿄제국대학 영문학과 입학. 문부성 대비생(貸費生)이 됨.

1891년 24세

7월, 문부성 특대생이 됨. 셋째 형의 부인 도세(登世)가 입덧 때문에 죽자 큰 충격을 받음. 딕슨 교수의 부탁으로 『호조키(方丈記)』를 영역.

1892년 25세

4월 5일, 병역을 피할 목적으로 친가로부터 분가하여 본적을 홋카이도(北海道)로 옮김.

5월, 도쿄 전문학교(현재의 와세다 대학)의 강사가 됨.

8월, 마사오카 시키가 그의 고향인 시코쿠(四國) 마쓰야마(松山)에서 요양 중일 때 방문하여 다카하마 교시(高浜虛子)를 처음 만남.

1893년 26세

7월, 도쿄제국대학을 졸업하고 대학원에 진학.

10월, 도쿄 고등사범학교의 영어 촉탁 교사가 됨.

1894년 27세

12월 말~1895년 1월, 폐결핵에 걸려 가마쿠라(鎌倉)의 엔카쿠지(園覺寺)에서 참선을 하며 치료에 임함. 일본인이 영문학을 한다는 것에 위화감을 느끼며 이즈음 신경쇠약 증세가 심해짐.

1895년 28세

4월, 시코쿠 에히메(愛媛) 현에 있는 보통중학교에 부임(월급 80엔).

8월~10월, 시키가 마쓰야마로 돌아와 소세키의 하숙집에서 함께 생활. 하이쿠에 열중하며 많은 가작(佳作)을 남김. 이곳에서의 경험은 『도련님(坊っちゃん)』의 소재가 됨.

12월, 귀족원 서기관장(현재의 참의원 사무총장) 나카네 시게카즈(中根重一)의 장녀 나카네 교코(中根鏡子)와 맞선을 보고 약혼.

1896년 29세

4월, 구마모토(熊本)의 제5고등학교 강사로 부임(월급 100엔).

6월 9일, 나카네 교코와 결혼. 구마모토에서 신혼 생활을 시작.

7월, 제5고등학교의 교수가 됨.

1897년 30세

4월, 교사를 그만두고 문학에 전념하고 싶다는 뜻을 시키에게 편지로 알림.

6월 29일, 아버지 나쓰메 나오카쓰 사망.

7월, 교코와 함께 도쿄로 감. 구마모토에서 도쿄까지의 장거리 여행이 원인이 되어 교코가 유산.

12월, 오아마(小天) 온천을 여행하며 『풀베개(草枕)』의 소재를 얻음.

1898년 31세

6월, 제5고등학교 학생으로 문하생이 된 데라다 도라히코(寺田寅彦) 등에게 하이쿠를 지도. 도라히코는 『나는 고양이로소이다(吾輩は猫である)』에 나오는 이학사 간게쓰의 모델로 알려짐.

7월, 교코가 히스테리 증세를 보이며 구마모토 현의 자택 가까이에 흐르는 시라카와(白川)의 이가와부치(井川淵) 하천에 뛰어들어 자살을 기도했지만 근처에 있던 어부가 구함.

1899년 32세

5월, 맏딸 후데코(筆子)가 태어남.

6월, 영어과 주임이 됨.

9월, 구마모토 주위에 있는 아소(阿蘇) 산을 여행하며 『이백십일(二百十日)』의 소재를 얻음.

1900년 33세

6월, 문부성으로부터 영문학 연구를 위해 2년 동안 영국 유학을 다녀 오라는 명을 받음(유학비 연 1,800엔).

9월 8일, 요코하마에서 출항.

10월 28일, 런던 도착.

1901년 34세

1월 26일, 둘째 딸 쓰네코(恒子)가 태어남.

5~6월 화학자 이케다 기쿠나에(池田菊苗)가 런던을 방문해서 함께 하숙. 이케다의 영향으로 『문학론』 구상을 결심하고 귀국할 때까지 저술에 몰두.

7월, 신경쇠약 재발.

1902년 35세

3월, 장인 나카네 시게카즈에게 편지를 보내 영일동맹 체결에 들뜬 일본인들을 비판하고 대규모 저술 구상을 언급.

9월, 신경쇠약이 극도로 악화되고, 일본에도 나쓰메 소세키의 증세가 전해짐. 문부성은 독일 유학생 후지시로 데이스케(藤代禎輔)에게 소세키를 데리고 귀국하도록 지시.

11월, 마사오카 시키가 7년 동안 앓던 결핵으로 사망했다는 소식을 다카하마 교시의 편지를 받고 알게 됨.

12월 5일, 일본 우편선에 승선해서 귀국길에 오름.

1903년 36세

1월 24일, 도쿄 도착.

3월, 도쿄 혼고(本郷) 구(현재의 분쿄 구) 센다기(千駄木)로 이사.

4월, 제1고등학교 강사가 됨(연봉 700엔). 또한 도쿄제국대학 영문과 교수를 겸함(연봉 800엔).

9월, 제1고등학교의 제자인 후지무라 미사오(藤村操)가 게곤(華嚴) 폭포에 몸을 던져 자살하는 사건이 발생. 다시 신경쇠약이 악화됨. 교코와 불화가 심해져 임신 중인 부인을 친정으로 보내고 별거.

10월, 셋째 딸 에이코(榮子)가 태어남.

1904년 37세

2월, 러일전쟁 발발.

7월, 어린 고양이 한 마리가 집에 들어오고, 교코가 귀여워함.

9월, 메이지(明治) 대학 고등예과 강사를 겸함(월급 30엔).

12월, 당시 《호토토기스(ホトトギス)》를 주재하고 있던 다카하마 교시
　로부터 작품 집필을 권유받고, 『나는 고양이로소이다』 1장을 문학
　모임에서 낭독.

1905년 38세

1월~1906년 8월, 『나는 고양이로소이다』를 《호토토기스》에 발표.
　1회분으로 끝날 예정이었지만 호평을 받아 11회에 걸쳐 장편으로
　연재. 이때부터 작가로 살아갈 뜻을 굳힘.

1월, 「런던탑(倫敦塔)」을 《데이코쿠분가쿠(帝國文學)》에, 「칼라일 박
　물관(カーライル博物館)」을 《가쿠토(學燈)》에 발표.

4월, 「환영의 방패(幻影の盾)」를 《호토토기스》에 발표.

5월, 「고토노소라네(琴のそら音)」를 《시치닌(七人)》에 발표.

9월, 「하룻밤(一夜)」을 《주오코론(中央公論)》에 발표.

11월, 「해로행(薤露行)」을 《주오코론》에 발표.

12월 14일, 넷째 딸 아이코(愛子)가 태어남.

1906년 39세

1월, 「취미의 유전(趣味の遺伝)」을 《데이코쿠분가쿠》에 발표.

4월, 『도련님』을 《호토토기스》에 발표.

9월, 『풀베개』를 《신쇼세쓰(新小說)》에 발표.

10월, 『이백십일』을 《주오코론》에 발표. 평소에 그의 자택에 출입이
    잦은 문하생들의 방문을 매주 목요일 오후 3시 이후로 정해서 '목
    요회'라고 불리게 됨.

11월, 요미우리(讀賣) 신문사에서 입사 의뢰가 왔으나 거절.

1907년 40세

1월, 『태풍(野分)』을 《호토토기스》에 발표.

4월, 제1고등학교와 도쿄제국대학 강사를 사직. 아사히(朝日) 신문사
    에 소설을 쓰는 전속작가로 입사.

5월, 『문학론』(大倉書店) 출간.

6월 5일, 장남 준이치(純一)가 태어남.

9월, 도쿄 우시고메 구 와세다미나미초(早稻田南町)로 이사. 이후 죽
    을 때까지 소세키 산방(漱石山房)이라고 불린 이 집에서 거주.

6~10월, 『우미인초(虞美人草)』를 《아사히 신문》에 연재.

1908년 41세

1~4월, 『갱부(坑夫)』 연재.

6월, 「문조(文鳥)」 연재(오사카 《아사히 신문》).

7~8월, 「열흘 밤의 꿈(夢十夜)」 발표.

9~12월, 『산시로(三四郞)』 연재.

12월 16일, 차남 신로쿠(伸六)가 태어남.

1909년 42세

1~3월, 「긴 봄날의 소품(永日小品)」 연재.

3월, 『문학평론』(春陽堂) 출간.

6~10월, 『그 후(それから)』 연재.

9월, 남만주철도주식회사 총재인 친구 나카무라 제코의 초대로 만주 와 한국을 여행. 이때 신의주, 평양, 서울, 인천, 부산을 방문함.

10~12월, 기행문 『만한 이곳저곳(滿韓ところどころ)』 연재.

11월, '아사히 문예란'을 새로 만들고 주재함. 위경련으로 고통받음.

1910년 43세

3월 2일, 다섯째 딸 히나코(ひな子)가 태어남.

3~6월, 『문(門)』 연재.

6~7월, 위궤양 때문에 나가요(長与) 위장병원에 입원.

8월, 슈젠지(修善寺) 온천에서 다량의 피를 토하고 위독한 상태에 빠 짐. 이를 '슈젠지의 대환'이라 부름.

10월~1911년 3월, 슈젠지의 체험을 바탕으로 『생각나는 일들(思い出 す事など)』을 32회에 걸쳐 연재.

1911년 44세

2월, 위궤양으로 입원 중에 문부성으로부터 문학박사 학위 수여를 통 지받지만 거절함.

8월, 오사카《아사히 신문》의 의뢰로 간사이(關西) 지방에서 순회 강 연을 함.

10월, '아사히 문예란'이 폐지됨. 아사히 신문사에 사표를 내지만 반려됨. 다섯째 딸 히나코가 급사함.

1912년 45세

1~4월, 『춘분 지나고까지(彼岸過迄)』 연재. 신경쇠약과 위궤양이 재발
하여 고통받음.

7월, 메이지 천황 사망. 연호가 다이쇼(大正)로 바뀜.

10월경, 남화풍의 그림을 그림.

12월, 자택에 전화가 들어옴.

12월~1913년 11월, 『행인(行人)』 연재.

1913년 46세

4월, 위궤양이 재발하고 신경쇠약이 심해져 『행인』 연재 중단(9월부터
재개).

1914년 47세

4~8월, 『마음(こころ)』 연재.

11월, '나의 개인주의'라는 주제로 가쿠슈인(學習院)에서 강연함.

1915년 48세

1월, 제자 데라다 도라히코에게 보낸 연하장에 금년에 죽을지도 모른
다고 씀.

1~2월, 『유리문 안에서(硝子戸の中)』 연재.

3~4월, 교토(京都) 여행. 위통으로 쓰러짐.

6~9월, 『한눈팔기(道草)』 연재.

12월, 아쿠타가와 류노스케(芥川龍之介), 구메 마사오(久米正雄)가 처음으로 목요회에 참가. 이들은 마지막 문하생이 됨.

1916년 49세

1월, 「점두록(點頭錄)」 연재.

2월, 아쿠타가와 류노스케에게 보낸 편지에서 그의 작품 『코(鼻)』를 격찬함.

4월, 당뇨병 진단을 받고 치료에 들어감.

5~12월, 『명암(明暗)』 연재.

8월, 오전에는 소설을 쓰고 오후에는 한시를 쓰고 그림을 그림.

11월 초, 목요회에서 만년의 사상으로 알려진 칙천거사(則天去私)에 대해 처음 언급함.

11월 16일, 마지막 목요회가 열리고 모리타 소헤이, 아베 요시시게, 아쿠타가와 류노스케, 구메 마사오 등이 출석함.

11월 21일, 위궤양 악화로 쓰러짐.

12월 2일, 내출혈로 다시 위독한 상태에 빠짐.

12월 9일 오후 6시 45분 사망.

12월 14일, 도쿄 《아사히 신문》에 연재되던 『명암』이 제188회를 마지막으로 연재 중단됨.

　　장례식 접수는 아쿠타가와 류노스케가 담당했으며 모리 오가이를 비롯한 많은 명사들이 조문함.

12월 28일, 도쿄 도시마(豊島) 구에 있는 조시가야(雜司ヶ谷) 묘원에 안장됨. 조시가야 묘원은 『마음』의 주인공 K가 자살 후 묻힌 장소임.

당시 자연주의 문단으로부터 처음으로 높은 평가를 받았다는 『한눈 팔기』는 첫 장편인 『나는 고양이로소이다』와 거의 같은 시기를 소재로 다루었으나 분위기는 영 딴판이다. '내 책임이 아니야. 이런 미치광이 같은 짓을 하게 하는 자가 누구냐? 그놈이 나쁜 거다'라며 속으로 변명하는 겐조를 통해 소세키는 자신의 불행했던 어린 시절로 돌아간다. '그놈'은 현재의 자신을 낳은 과거의 세계다. 그러므로 이 작품에서는 현재의 자신을 낳은 과거의 세계를 받아들이려는 소세키의 몸부림 같은 결의가 보인다. "세상에 매듭지어지는 일은 거의 없어. 한번 일어난 일은 언제까지고 계속되지. 다만 여러 가지 형태로 변하니까 남들도 자신도 알 수 없게 될 뿐이야."

옮긴이 송태욱

연세대학교 국문과를 졸업하고 같은 대학 대학원에서 문학박사 학위를 받았다. 도쿄외국어대학원 연구원을 지냈으며, 현재 대학에서 강의하며 전문번역가로 활동하고 있다.

지은 책으로 『르네상스인 김승옥』(공저)이 있고, 옮긴 책으로 『사랑의 갈증』, 『세설』, 『만년』, 『환상의 빛』, 『형태의 탄생』, 『책으로 찾아가는 유토피아』, 『일본 정신의 기원』, 『트랜스크리틱』, 『소리의 자본주의』, 『포스트콜로니얼』, 『천천히 읽기를 권함』, 『번역과 번역가들』, 『연애의 불가능성에 대하여』, 『매혹의 인문학 사전』, 『안도 다다오』, 『빈곤론』, 『해적판 스캔들』, 『오늘의 일본 문학』, 『문명개화와 일본 근대 문학』, 『유럽 근대 문학의 태동』, 『현대 일본 사상』, 『십자군 이야기』(전3권), 『잘라라, 기도하는 그 손을』 등 다수가 있다. 현암사에서 기획한 나쓰메 소세키 소설 전집 번역으로 한국출판문화상 번역상을 수상했다.